LILAC MILLS

Liebe kennt kein Hindernis

Lilac Mills lebt mit ihrem sehr geduldigen Ehemann und ihrem unglaublich süßen Hund auf einem walisischen Berg, wo sie Gemüse anbaut (wenn die Schnecken sie nicht erwischen), backt (schlecht) und es liebt, Dinge aus Glitzer und Kleber zu basteln.
Bei More Taschenbuch liegt bereits ihr Roman »Herzen kann man reparieren« vor.

In Applewell kennen sich die Leute noch und wissen übereinander Bescheid. Und doch hütet George Nightingale ein Geheimnis: Er bewahrt alles auf und sieht in allen Dingen noch eine Verwendung. Mit der Zeit ist sein Haus kaum noch begehbar, und seine sozialen Kontakte sind auf das Nötigste reduziert. Bis eines Tages die lebenslustige Nessa Millbrook ins Nachbarhaus einzieht und seine Welt auf den Kopf stellt. Sie probiert alles, um George aus seinem Schneckenhaus zu locken. Was unmöglich scheint, spornt Nessa nur an. Mit Geduld, Kuchen und einem offenen Ohr versucht sie, sein Vertrauen zu gewinnen. Wird es Nessa gelingen, zu dem zurückgezogenen George durchzudringen?

LILAC MILLS

Liebe kennt kein Hindernis

Ein Applewell Roman

Aus dem Englischen
von Petra Knese

more
Immer mit Liebe

Die Originalausgabe unter dem Titel
Waste Not, Want Not in Applewell
erschien 2018 bei Canelo Digital Publishing Limited, London.

MIX
Papier | Fördert gute Waldnutzung
FSC® C083411

ISBN 978-3-98751-027-4

More ist eine Marke der Aufbau Verlage GmbH & Co. KG

1. Auflage 2023

www.aufbau-verlage.de
10969 Berlin, Prinzenstraße 85

Umschlaggestaltung Nicole Meyer
graphische Adaption www.buerosued.de, München
unter Verwendung von Motiven von Margarita Fedorenko; Alexandra Gorchakova; NotionPic; Sudowoodo@shutterstock
Satz Greiner & Reichel, Köln
Druck und Binden CPI books GmbH, Leck, Germany

Printed in Germany

Für meinen Vater,
in dessen Garage sich die Gläser mit Schrauben,
Nägeln und Unterlegscheiben nur so stapelten,
alle fein säuberlich beschriftet,
wenn auch mit rostigem Inhalt …

1.
George

Du siehst ja wieder schnieke aus, George«, rief jemand.

George Nightingale tippte sich an den nicht vorhandenen Hut und bückte sich, um eine Zeitung aus dem Ständer am Eingang zu nehmen. Er hatte keine Lust, sich mit Donald Mousel zu unterhalten. Eigentlich hatte er nie Lust, sich mit jemandem zu unterhalten.

»Bloß die Zeitung?«, fragte Sid, dem der Zeitungsladen gehörte.

»Jawohl.« Die Frage stellte ihm Sid jeden Morgen, und er erhielt auch stets die gleiche Antwort. Es war schon so sehr zum Ritual geworden, dass George fürchtete, die Erde könnte aufhören, sich zu drehen, wenn sie davon abwichen.

Während George die Münzen abzählte, versuchte er, nicht auf die Schlagzeilen zu achten, denn er wollte sich nicht in der Titelgeschichte verlieren.

»Gleich nach Hause?«, fragte Donald.

»So ist es.«

»Und? Hast du heute noch was Schönes vor?«

»Arbeiten.«

»Also noch nicht im Ruhestand?«

George rang sich ein Lächeln ab. »Noch ist es nicht so weit.« Mit achtundfünfzig hatte er noch neun Jahre vor sich, bevor er in Rente gehen konnte.

»Ich kann mich noch gut an die Zeit erinnern«, sagte Donald. »Bin jeden Morgen um sechs aufgestanden, pünktlich wie ein Uhrwerk, und dann ab zur Maloche.« Er klang beinahe wehmütig, als würde er die Arbeit vermissen. »Heutzutage ist ja alles anders.«

George wusste nicht, ob sich die Bemerkung auf Donalds Ruhestand bezog oder auf die Tatsache, dass er selbst von zu Hause aus arbeitete.

»Wenn Not am Mann ist, springe ich auch mal als Taxifahrer ein.« Donald seufzte. »Der Tag heute scheint ja wie gemacht dafür.«

»Wofür gemacht?« Hatte er irgendwas verpasst? Stand in Applewell etwas Besonderes an? Das Dorffest konnte es noch nicht sein. Der 1. Mai war längst vorbei, und bis zum nächsten Feiertag waren es noch ein paar Wochen. Allesamt Höhepunkte im Dorfkalender, doch keines dieser Ereignisse stand unmittelbar bevor.

Donald runzelte die Stirn. »Ein schöner Tag wie gemacht für heute.«

Aus dieser Bemerkung wurde George auch nicht schlauer.

»Sehr gut«, erwiderte George.

Jeden Morgen wusch er das Hemd und die Unterwäsche vom Vortag und hängte sie draußen zum Trocknen auf, bei schlechtem Wetter neben dem Schreibtisch über die Heizung. Den Gedanken an die Heizung verdrängte er schnell wieder. Mit ein wenig Glück hielt das gute Wetter an, und er würde sich in absehbarer Zeit nicht mit den Klopfgeräuschen befassen müssen, die der uralte Boiler von sich gab. Deshalb stopfte er das Problem in die hinterste Schublade.

Darin war er gut. Das war quasi seine Spezialität. Alles hatte seinen Platz, und alles war an seinem Platz, nach diesem Motto lebte er. Und warum sollte es in seinem Kopf anders aussehen als in seinem Haus?

Er schnappte sich die Zeitung und wandte sich zum Gehen, doch Donald stand direkt hinter ihm. Vorbeidrängen ging nicht, dafür war der Laden zu klein, deshalb unternahm er den Versuch, durch den Gang mit den Süßigkeiten nach draußen zu gelangen, doch den blockierte Mrs Hayworth mit ihrem Hackenporsche.

»Wie geht's dir, George?«, zwitscherte sie. »Willst du vorbei?«

»Gerne«, antwortete er in der Annahme, sie würde zurückweichen oder sich gegen die Schütten mit den losen Süßigkeiten quetschen.

Weit gefehlt. Die alte Dame rührte sich keinen Millimeter.

»Das Nachbarhaus ist ja jetzt verkauft«, sagte sie.

»Wie bitte?«

»Ich sagte, das Haus neben dir ist jetzt verkauft.«

George dachte nach. »Im Ernst?« Hatte das Schild *Zu verkaufen* heute Morgen nicht noch an seinem angestammten Platz gestanden? »Bist du dir sicher?«

»Ganz sicher.«

»Wer hat es denn gekauft?« Das Haus hatte seit dem Tod der alten Alys Griffiths jahrelang leer gestanden.

Mrs Hayworth machte einen Schritt auf ihn zu und flüsterte verschwörerisch: »Sie heißt Nessa Millbrook und kommt aus England.« Im letzten Wort schwang ein gewisser Ärger mit.

George hätte fast laut geschnaubt. Die Einheimischen waren nicht erpicht auf Fremde, die sich hier einen zweiten Wohnsitz zulegten und ihn dann kaum nutzten. Generell fand George auch, dass es dem Dorf schadete, doch in diesem Fall war er ziemlich froh, dass das Haus nebenan nur sporadisch genutzt werden würde. Er war nicht scharf auf Nachbarn, und die Dorfbewohner waren für seinen Geschmack auch viel zu neugierig. Leute mit Zweitwohnsitz hielten sich in der Regel aus allem heraus und blieben für sich. Was ihm nur recht sein konnte.

»Und wusstest du, dass Maisie Beddoes schon wieder schwanger ist und John Porter gestern eine Kuh verloren hat?«, fragte Mrs Hayworth. »Hab gestern Morgen auf dem Weg zur Apotheke zufällig seine Frau getroffen, die hat's mir erzählt.«

»Nein, wusste ich nicht. Wie kam das denn?« Zwar interessierte es ihn nicht die Bohne, doch er rühmte sich, ein höflicher Mensch zu sein, auch wenn er sich mit Kontakten im Dorf schwertat.

Mrs Hayworth zuckte die Achseln. »Da bin ich überfragt, mit Kühen kenne ich mich nicht aus.«

George auch nicht. Er war zwar in Applewell aufgewachsen und hatte Liverpool wieder den Rücken gekehrt, um sich nach dem Tod der Mutter um seinen Vater zu kümmern, doch mit Kühen hatte er es auch nicht so, obwohl Applewell mitten in der walisischen Pampa lag.

»Wenn du sie siehst, grüß sie bitte von mir«, antwortete George höflich.

»Du siehst sie sicher eher als ich, da kannst du sie gleich selbst grüßen.«

»Wieso?«, fragte George verwundert. Obwohl Angharad Porters Hof gleich am Ende der Straße lag, begegnete er ihr selten.

»Heute zieht sie ein.«

»Wo zieht sie ein?«

Mrs Hayworth stöhnte. »Stimmt schon, was die Leute über dich sagen«, murmelte sie leise, aber immer noch hörbar. Etwas lauter fügte sie hinzu: »Ins Haus neben dir.«

»Angharad Porter?«

»Warum sollte die denn umziehen? Himmelherrgott noch mal! Nein, die doch nicht! Nessa Millbrook, deine neue Nachbarin.«

»Ach so. Tut mir leid. Stand gerade auf der Leitung. Muss los. Die Arbeit ruft.« So ungern er Mrs Hayworth auch nahe kam, quetschte er sich an ihr vorbei, um endlich loszukommen. Was hatte es eigentlich mit dieser Bemerkung auf sich? Was sagte man denn über ihn?

Die Leute aus Applewell sollten sich gefälligst um ihre eigenen Angelegenheiten kümmern. Das war wirklich das letzte Mal, dass er mit Mrs Hayworth Nettigkeiten ausgetauscht hatte. Von wegen Nettigkeiten.

Verärgert schritt George auf *Pins to Elephants* zu und beklagte innerlich sein Los, in einer kleinen Gemeinde zu leben. In ihm machte sich zunehmend Unbehagen breit.

In Zukunft musste er einfach besonders auf der Hut sein. Dass sein Bungalow von außen einen ordentlichen Eindruck machte, darauf achtete er schon, und Gardinen vor den Fenstern sorgten für seine Privatsphäre.

Als er vor dem Laden stand, fragte er sich, was er überhaupt hier wollte. Ach ja, ein neues Radio kaufen. Aus unerfindlichen Gründen hatte seines gestern Abend plötzlich den Geist aufgegeben. Er hatte vergeblich daran rumgefummelt, gegen das Gehäuse geklopft, das Kabel aus- und eingesteckt und mit der flachen Hand fest dagegengeschlagen, bis er hatte einsehen müssen, dass es kaputt war.

Ob er wollte oder nicht, er brauchte ein neues Gerät, denn beim Arbeiten hörte er gerne Radio 4, ohne ging es nicht. Selbstverständlich hatte er das alte Radio nicht entsorgt, denn für Ersatzteile war es ja noch gut.

»Entschuldigung.«

Als George sich umsah, stand eine ihm unbekannte Frau viel zu dicht hinter ihm. Offenbar versperrte er ihr den Zutritt zu *Pins to Elephants*. Die Unbekannte lächelte ihn an, und fast hätte er zurückgelächelt. Was war nur in ihn gefahren? Woher kam dieser völlig grundlose Wunsch, freundlich zu sein?

»Verzeihung«, sagte er und machte ihr Platz. Wahrscheinlich war sie eine Touristin. Um diese Jahreszeit wimmelte es im Dorf und in der Umgebung nur so von Touristen. Im Winter, wenn die Stürme von der Irischen See übers Land fegten und die Temperaturen fast auf Nordpolniveau fielen, erlosch ihr Interesse an Applewell.

»Danke«, entgegnete die Frau. George folgte ihr in den Laden. Während er auf die Ecke mit den Elektrogeräten zusteuerte, musterte er sie. Wahrscheinlich war sie Anfang fünfzig. Ihr Haar bot eine bunte Palette aus Braun-, Grau- und Silbertönen. Es fiel ihr bis auf die Schultern, wo es sich wellte und jedes Mal wippte, wenn sie den Kopf drehte. Um die Augen hatte sie Lachfältchen. Strahlend ging sie im Laden umher.

Irgendwas an ihr zog ihn an. Hastig schaute er weg, um ja nicht dabei erwischt zu werden, wie er sie anstarrte. Was war heute bloß los mit ihm? Für seine Mitmenschen interessierte er sich doch sonst nie, schon gar nicht für jemanden vom anderen Geschlecht. Dass er von seiner allmorgendlichen Routine abgewichen war und beim Spaziergang nicht bloß beim Zeitungskiosk vorbeigeschaut hatte, setzte ihm offenbar zu.

Nachdem George ein passendes Radio gefunden hatte, stellte er sich an der Kasse an. Dabei entging ihm nicht, dass sich die Unbekannte bei den Dosen mit Katzenfutter umsah. Schnell konzentrierte sich George auf eine Auslage mit Campingausrüstung. Der Laden warb damit, alles und jedes zu verkaufen. Eine maßlose Übertreibung, wie George immer fand, dennoch musste er zugeben, dass die Warenpalette beeindruckend war: Gartenutensilien, Elektrogeräte, Nähbedarf, Dübel und so weiter. Wenn er irgendwas brauchte, was nicht mit Lebensmitteln zu tun hatte, war *Pins to Elephants* seine Anlaufstelle.

George klemmte sich die Papiertüte mit dem Radio unter den Arm und mied den Blickkontakt mit der Unbekannten, die hinter ihm anstand.

Hastig verließ er den Laden und eilte zurück nach Hause. Zum Glück waren kaum Leute auf der Straße und noch weniger Autos. Er konnte es nämlich gar nicht leiden, wenn Leute hupten und ihm zuwinkten. Vollkommen überflüssig in seinen Augen, darum war er froh, dass ihm der Fahrer des einzigen Wagens keine Beachtung schenkte.

Georges Bungalow lag am Dorfrand, dahinter ging es bloß noch zum Hof der Porters, dann kam nichts mehr. Deshalb gab es kaum Durchgangsverkehr, und außer John und Angharad oder ihren Landarbeitern kam selten jemand vorbei. George lebte gerne so abgeschieden, und seit dem Tod der alten Nachbarin war es noch einsamer.

Damit war jetzt aber Schluss. Als er um die Ecke bog, entdeckte er einen Wagen in der Einfahrt des Nachbargrundstücks. Genau der Wagen war kurz zuvor an ihm vorbeigefahren, wahrscheinlich gehörte er der neuen Nachbarin.

Wie lästig.

Hoffentlich entpuppte sich diese Nessa Millbrook nicht als Nervensäge. Auf Kindergeschrei, laute Musik und launische Teenager, die mit Kippen und Bierdosen alles vollmüllten, konnte er gut verzichten.

George hastete seine Auffahrt hoch, öffnete die Tür einen Spalt und schlüpfte hinein. Endlich konnte er aufatmen.

Doch seine Erleichterung währte nur kurz, denn schon näherte sich brummend ein großes Fahrzeug, das nicht weiter zum Bauernhof fuhr, sondern rumpelnd vor seinem Haus stehen blieb.

Mit Radio und Zeitung unterm Arm schlängelte sich George durch den Flur ins Wohnzimmer bis zu seinem Schreibtisch am Fenster. Dort legte er alles ab und stellte sich zwischen Sessel und Anrichte, auf der sich Marmeladengläser türmten, und linste durch die Gardinen. Bei dem Wagen handelte es sich um ein Umzugsunternehmen, das Firmenlogo prangte auf der Seite des Transporters.

Zwei Männer stiegen aus, einer hielt einen Stapel Papiere in der Hand. Nachdem er einen Blick darauf geworfen hatte, sah er zum Bungalow. »Hier sind wir richtig«, hörte George ihn sagen.

Gereizt schüttelte George den Kopf. All dieses Kommen und Gehen behagte ihm gar nicht. Seine Morgenroutine war bereits heftig durcheinandergeraten und nun auch noch das!

Jetzt konnte George bloß hoffen, dass die Möbelpacker schleunigst abzogen, und sein Leben wieder in geordneten Bahnen verlief. Für heute konnte er keine weiteren Störungen verkraften.

2.
Nessa

Nessa Millbrook verfolgte mit Genugtuung, wie sich ihr neues Heim mit ihren Habseligkeiten füllte. So viel hatte sie allerdings gar nicht erst mitgenommen, denn sie hatte den Umzug ins hübsche kleine Cottage nach Applewell genutzt, um ordentlich auszumisten. Ihrer Meinung nach gab es nichts Besseres, als sich regelmäßig von überflüssigem Zeug zu trennen. Als ihr Sofa auf den Läufer platziert wurde, der die Bodenfliesen bedeckte, der Fernseher auf den Eckständer wanderte und das Bücherregal, das einst ihrer Mutter gehört hatte, in der kleinen Nische neben dem Kaminsims einen Platz fand, fühlte sie sich schon fast wie zu Hause.

»Die kann oben gleich ins erste Zimmer«, sagte sie zu den Möbelpackern, die schnaufend eine Kommode in den Flur schleppten. Nessa musste sich das Grinsen verkneifen. Irgendwie genoss sie die Situation, so als würde sie als Politesse den Verkehr regeln.

Während die Männer die Treppe hochwankten, fischte Nessa aus der Kiste mit der Aufschrift *Küche* einen Wasserkessel heraus. In derselben Kiste fand sie auch Becher, H-Milch, Kaffee, Tee und Zucker und machte ihnen allen erst einmal einen wohlverdienten Tee. Als Nächstes holte sie ihre unglaublich lautstarke Siamkatze Sylvia, die noch auf dem Rücksitz ihres Wagens in der Transportbox saß und sicher schon ganz ungeduldig war.

Weil sie nicht mehr wusste, in welchem der unzähligen Kartons das Katzenfutter steckte, war sie bei ihrer Ankunft in Applewell in den erstbesten Laden gestürmt. *Pins to Elephants* machte seinem Namen alle Ehre, davon hatte Nessa sich selbst überzeugen können. Die arme Sylvia dachte bestimmt, sie sei auf Diät gesetzt worden, denn normalerweise hatte sie um diese Zeit längst ihr Fressen bekommen, doch heute hatte Nessa in aller Frühe aufbrechen wollen.

»In der Küche steht Tee, wenn Sie mögen«, sagte Nessa, als die Männer die Treppe hinuntergestampft kamen. Dann ging sie nach draußen zum Wagen, um Sylvia aus ihrer Kiste zu befreien.

Nessa grinste. Kaum hatte sie einen Fuß vor die Tür gesetzt, hörte sie es schon maunzen, dabei hatte sie den Wagen auf dem verwilderten Rasen ganz ans Ende der Auffahrt (gut, so lang war die Auffahrt nun auch nicht) abgestellt, damit der Möbelwagen möglichst nah am Eingang parken konnte. Die Katze machte sich lautstark bemerkbar.

»Sylvia, Sylvia«, flötete Nessa. »Was ist denn los? Du steckst nicht gerne in der Kiste, stimmt's?«

Als Nessa sich an der Transportbox zu schaffen machte, um die Katze herauszulassen, verlieh diese ihrer Empörung noch lautstärker Ausdruck. Doch sobald Sylvia in Frauchens Armen war, schnurrte sie und rieb das Köpfchen an ihr.

Nessa liebkoste sie eine Weile, bevor sie die Katze am Halsband mit einer dünnen roten Lederleine festmachte und ins Gras setzte.

Normalerweise gingen Katzen ja nicht an der Leine, doch diese schon, auch wenn sie in ihrem alten Zuhause in Bristol allein rausgedurft hatte. Doch bis Sylvia hier allein herumstromern durfte, würde es dauern. Bevor sie weitere Ausflüge machte, sollte sie sich an Haus und Garten gewöhnen.

Erst einmal musste die Katze an der Leine bleiben, denn solange die Türen für die Möbelpacker sperrangelweit offen standen, wollte Nessa nicht riskieren, dass Sylvia ausbüxte.

In geduckter Haltung setzte die Katze vorsichtig eine Pfote vor die andere, spitzte die Ohren und schnupperte, ob all der fremden Geräusche und Gerüche. In dem kleinen Dorf zwei Kilometer von der walisischen Westküste entfernt war es so anders als in den belebten Straßen von Bristol. Nessa konnte sich gut vorstellen, dass die neuen Eindrücke die Sinne des Tiers überfluteten.

»Hier wird es dir gefallen«, meinte sie. »Lauter Gras, Bäume und Felder zum Erkunden. Mäuse fangen, Vögel jagen.« Gott sei Dank fing ihre Katze nicht besonders viel. Eine einzige tote Maus bislang, doch selbst daran dachte Nessa mit Schaudern zurück.

Während sie so dastand und Sylvia ein wenig herumschnuppern ließ, betrachtete sie das Cottage voller Glück. Von außen sah es aus wie im Bilderbuch, neben dem Eingang rankte die obligatorische Rose am Spalier empor, das Dach war aus grauem Schiefer und die Mauern aus Naturstein. Drinnen war es renovierungsbedürftig, doch bloß die Küche und das Bad mussten grundüberholt werden, der Rest brauchte nur ein wenig Farbe und Hege und Pflege. Darauf verstand sich Nessa. Tapezieren war nicht so ihr Fall. Heimwerkern lag ihr allgemein gar nicht. Doch abgesehen von ein paar kleinen Macken war das Haus gut in Schuss, und sie dachte nicht im Traum daran, die schönen Steinfliesen mit Auslegware zu verunstalten oder die herrlichen alten Kamine rauszureißen. Die Böden im ersten Stock mussten abgeschliffen und neu versiegelt werden, doch dafür, dass es so lange leer gestanden hatte, war das Haus wirklich tipptopp.

Es war Liebe auf den ersten Blick. Eigentlich seltsam, denn es war an einem nassen grauen Märzmorgen passiert. Punkt neun Uhr war sie hier aufgeschlagen, und zehn Minuten später hatte sie dem Makler schon ein Angebot unterbreitet.

Und nur ein paar Wochen später stand sie nun hier als stolze Hausbesitzerin. Vielleicht nicht unbedingt das Cottage am Meer, das ihr vorgeschwebt hatte, als sie das Krankenhaus von ihrem vorzeitigen Ruhestand in Kenntnis gesetzt hatte, doch der niedrige Preis machte den fehlenden Meerblick wett. Bei den grünen Hügeln und dem weiten Himmel würde sie den Anblick der kalten grauen Irischen See am Morgen sicher nicht vermissen. Applewell lag nur zwei Meilen vom Meer in einer kleinen Senke, ihr Haus befand sich allerdings erhöht auf einem Hang, deshalb hatte sie diesen wundervollen Blick auf die umliegende Landschaft.

Nessa hatte das Gefühl, so alle Vorteile zu genießen. Zum Meer war es ein Katzensprung, da konnte sie locker zu Fuß hinlaufen, was sie auch vorhatte, und zudem hatte sie Wald und Wiesen vor der Tür.

Aus dem Augenwinkel nahm sie eine winzige Bewegung wahr, und ihr Blick wanderte hinüber zum Nachbarhaus. Weil der Bungalow nebenan ein wenig höher lag, hatte sie ihn trotz der Hecke, die die beiden Grundstücke trennte, gut im Blick. Die Kiesauffahrt war picobello, kein Unkraut, die Mülltonnen standen in Reih und Glied vor der Garage, und vor den Fenstern hingen Gardinen. Alles sah sehr gepflegt aus. Wer mochte da wohl wohnen?

Als sie erneut eine Bewegung ausmachte – garantiert hatte da eine Gardine geruckt –, sah Nessa schnell weg. War ja auch nur allzu verständlich, dass die Nachbarn neugierig waren, aber als ersten Eindruck wollte sie nicht unbedingt über die Ligusterhecke gaffend erwischt werden.

Doch während sie augenscheinlich auf Sylvia achtgab, warf sie immer wieder verstohlene Blicke hinüber.

Bei ihrem ersten und einzigen Besuch, als sie sich direkt zum Kauf entschieden hatte, hatte sie sich in der Nachbarschaft nur flüchtig umgesehen. Alles hatte anständig gewirkt, weiter hatte sie sich für die Nachbarn nicht interessiert.

Ihr Häuschen war das vorletzte in der Straße und glich dem Cottage zur Rechten, es schien aus der gleichen Zeit zu stammen wie auch die restlichen kleinen Doppelhäuser dahinter: zwei Zimmer im Erdgeschoss, zwei Schlafzimmer im Obergeschoss und Schindeldach. Blumentöpfe zierten den Eingangsbereich ihres Nachbarn zur Rechten.

Doch der Bungalow zur Linken war offenbar hundert Jahre später gebaut worden, er hatte ein rotes Ziegeldach und eine verputzte Fassade, die weiß gestrichen war. Wie es wohl da drinnen aussehen mochte? Schaute der Gardinenspion durchs Schlafzimmer- oder Wohnzimmerfenster? Wie viele Leute wohnten da? Ob sie Kinder hatten?

In den umliegenden Gärten konnte sie nirgends irgendwelche Kinderräder oder Basketballkörbe entdecken, aber das musste nicht unbedingt etwas heißen. Was mochte der Gardinenspion wohl von ihr denken? Da stand sie nun im Vorgarten mit einer Katze an der Leine. Hoffentlich hielten die Nachbarn sie nicht für eine typische Katzenfrau mittleren Alters. Natürlich sah man ihr das Alter an, obwohl sie sich keinesfalls alt fühlte, und als Katzenfrau begriff sie sich schon gar nicht, obwohl sie unter der Fuchtel einer besitzergreifenden und fordernden Siamkatze stand.

Sobald sie sich ein wenig eingelebt hatte, würde sie sich reihum bei den Nachbarn vorstellen. Mit ihrem Schichtdienst war es in Bristol nicht so leicht gewesen, den Kontakt zu den Nachbarn zu halten. Ihrer Erfahrung nach waren die Leute in der Stadt nicht so offen wie auf dem Land und blieben eher für sich, da war es ohnehin schwieriger, Freundschaften mit den Nachbarn zu schließen.

Doch jetzt, wo sie wieder zurück in Wales war, wollte sie sich voll und ganz ins Dorfleben stürzen. Höchste Zeit, dass sie endlich einmal Wurzeln schlug. Und anfangen würde sie mit dem Gardinenspion von nebenan.

Während Sylvia vorsichtig den Vorgarten erkundete, malte sich Nessa schon aus, wie sie am Gartenzaun schwatzten, sich gegenseitig zum Kaffee oder Grillen einluden, sich Zucker ausliehen, füreinander Pakete annahmen und in der Urlaubszeit die Blumen gossen. All die Dinge, die gute Nachbarn taten, und die Nessa bislang in ihrem Leben vermisst hatte.

Sobald die Möbelpacker fertig waren, wollte Nessa die Küche erst gründlich schrubben und all ihre Utensilien verstauen. Anschließend würde sie in den nächsten Laden gehen, ihre Vorräte auffüllen und Kuchen backen. Jeder ihrer direkten Nachbarn würde einen Kuchen bekommen.

Hier würde es ihr gefallen, das wusste sie jetzt schon!

3.
George

Verflixt! Die fremde Frau hatte ihn beim Spionieren erwischt. Hätte er bloß nicht die Gardine beiseitegeschoben, hatte er aber, denn er wollte sich vergewissern, dass die Frau im Vorgarten nebenan dieselbe war, der er eben im Laden begegnet war.

Tatsächlich! Ohne die vielen Lagen aus Tüll erkannte er sie eindeutig wieder.

George zuckte zurück, obwohl sie ihn ja eigentlich gar nicht sehen konnte, wartete, bis sie den Blick abwendete, um erneut dicht ans Fenster zu treten.

Allem Anschein nach war sie allein. Gab es da vielleicht einen Mann oder Partner?

Hoffentlich nicht. Zwei Personen machten einfach doppelt so viel Ärger wie eine. Doppeltes Kommen und Gehen, doppelt so viel Krach. Wenigstens brachte sie keine Kinder mit, jedenfalls nicht den Möbeln nach zu urteilen, die die Männer aus dem Transporter hievten. Wenn er ihr Alter richtig einschätzte, wären ihre Kinder auch schon erwachsen. Wie alt mochte sie sein? Hatte er bei der ersten Schätzung richtig gelegen? Angestrengt schaute er zu ihr hinüber. Das Alter von Frauen schätzen, konnte er nicht gut. Wenn er ehrlich war, konnte er eigentlich nichts gut, was Frauen betraf. Für ihn waren es seltsam schwatzhafte Wesen mit einem Faible für Heimtextilien, die nie den Mund hielten und ihre Nase in Angelegenheiten steckten, die sie nichts angingen.

Männer waren viel unkomplizierter. Die wollten bloß über Rugby und das Wetter reden, hin und wieder vielleicht noch übers Heimwerkern. Damit konnte George noch halbwegs umgehen.

Allerdings musste er zugeben, dass sie wirklich attraktiv war, aber warum in aller Welt führte sie eine Katze an der Leine?

Großartig! Die Frau hatte eine Meise. Warum musste ausgerechnet so eine neben ihm einziehen? Hoffentlich ließ sie ihn wenigstens in Ruhe und spannte ihn nicht für irgendwelchen Unsinn ein, wie lange freundschaftliche Gespräche.

Im Dorf mal kurz ein paar Worte wechseln so wie mit Sid und Donald, das wäre okay, aber wenn er im Zeitungsladen mit ihr sprach, konnte er sie ja schlecht am Gartenzaun links liegen lassen. Am besten ignorierte er seine neue Nachbarin komplett. Immer. Ein Nicken oder ein kurzes Hallo wären vielleicht akzeptabel, aber ein richtiges Gespräch kam nicht infrage.

Immerhin war es ein Trost, dass sie ihr Haus nur ein paar Wochen im Jahr bewohnen und vielleicht gelegentlich mal am Wochenende vorbeikommen würde, da musste er ihre Anwesenheit nicht so lange ertragen.

Irgendwie konnte sich George nicht vom Fenster loseisen, vermied es aber tunlichst, die Gardine wieder zu berühren. Die Frau sollte sich bloß nicht einbilden, dass er Interesse an ihr hatte, hatte er nämlich nicht. Nicht das geringste.

Bei dem emsigen Treiben der Männer, die Möbelteile und Kisten über die Auffahrt schleppten, kehrte nicht unbedingt eine ruhige Arbeitsatmosphäre ein. Zum Glück hatte George keine geregelten Arbeitszeiten und konnte sich theoretisch auch einfach einmal vergnügen. Doch in diesem Moment war er kein Stück vergnügt. Wenn dieses Hin und Her nicht bald aufhörte, würde er heute länger arbeiten müssen, und das ging gar nicht. Da musste er nämlich seinen Abendspaziergang machen.

Verärgert grummelte er vor sich hin und sah auf die Uhr.

Über eine Stunde waren sie jetzt schon am Ausladen. Die sollten sich mal ein bisschen beeilen, damit er in Ruhe frühstücken konnte. Was hatte die Frau denn alles an Zeug? Viel konnte es wirklich nicht mehr sein.

Fasziniert sah George zu, wie erst eine Waschmaschine und dann eine Holzbank aus dem Lkw getragen wurden. Als die Möbelpacker mit der Bank aus seinem Blickfeld verschwanden, eilte er nach hinten in die Küche. Um vom Kücheneingang bis zum Fenster zu gelangen, musste er sich ordentlich schmal machen, um nicht all die säuberlich gefalteten und aufeinandergestapelten Kartons umzuwerfen.

Leider versperrten ihm aber sein Schuppen und die wuchernden Büsche und Sträucher im Nachbargarten die Sicht. Wenn er in den Garten ginge, könnte er besser sehen, aber das kam ihm albern vor, also verwarf er den Gedanken wieder und ging zurück ins Wohnzimmer auf Posten.

Nessa Millbrook, den Namen hatte er sich gemerkt, stand noch immer mit ihrer Katze an der Leine im Vorgarten, und sie sah lächerlich aus. Also Nessa Millbrook, nicht die Katze. Wobei die Katze auch nicht allzu glücklich darüber wirkte, angeleint zu sein. Es war ein schlankes Tier mit cremefarbenem Fell. Bloß Gesicht, Ohren, Schwanz und Pfoten waren rußig schwarz. Er meinte sich dunkel zu erinnern, dass es sich wohl um eine Siamkatze handeln musste. Ansonsten wusste er nicht viel über Katzen – er war kein Katzenfreund. Ein Hundefreund war er allerdings auch nicht, er war überhaupt kein Freund von irgendwas, auch kein Menschenfreund. Er brauchte niemanden, er war sich selbst genug. Natürlich vermisste er seinen Vater, aber da ihn ohnehin niemand ersetzen konnte, brachte es ja auch nichts, das riesige Loch, das sein Tod hinterlassen hatte, mit irgendeiner x-beliebigen Bekanntschaft zu füllen.

George blinzelte angestrengt. Die Katze erkundete nun weitere Ecken des Gartens mit Frauchen im Gefolge. Als Nessa Millbrook näher kam, rief er sich in Erinnerung, was Mrs Hayworth über sie gesagt hatte, dass sie nämlich aus England stammte. Deshalb hatte er auch einen englischen Akzent erwartet, doch zu seiner Überraschung vernahm er walisischen Singsang, als sie mit ihrer Katze redete. Die Möbelpacker hingegen sprachen mit einem weichen, verschliffenen West-Country-Akzent.

Also war sie doch Waliserin? Interessant.

Das warf logischerweise völlig neue Fragen auf. War das hier überhaupt ihr zweiter Wohnsitz? Bei der Vorstellung, das Nachbarhaus könnte durchgehend bewohnt werden, wurde George mulmig. Mittlerweile hatte er sich so an die Einsamkeit gewöhnt, dass ihm das gar nicht behagte. Zwar lag sein Bungalow am Ende des Dorfes, dennoch würde er sich mit direkten Nachbarn eingekesselt und überwacht fühlen.

Mit dem Entschluss, nichts, aber auch wirklich gar nichts mit dieser Nessa Millbrook zu tun haben zu wollen, trat George vom Fenster weg. Er hatte wahrlich Besseres vor, als die neue Nachbarin anzugaffen.

Ihm fiel ein, dass er ja noch die Einkäufe von heute Morgen wegpacken musste. Mit Zeitung und Radio ging er in den Flur, stellte sich auf Zehenspitzen und legte die ungelesene Zeitung fein säuberlich gefaltet auf einen der vielen Stapel, wobei er mit Schrecken feststellte, dass der Stapel schon fast bis zur Decke reichte und er bald einen neuen würde beginnen müssen. Schrecken deshalb, weil es im Flur keinen Platz mehr für einen weiteren Stapel gab. Die Haustür ließ sich jetzt schon fast nicht mehr öffnen. Dieses bevorstehende Dilemma sorgte für einen leichten Panikanfall.

Ängstlich schob er sich an den übrigen Stapeln ebenfalls tadelloser, ungelesener Zeitungen vorbei, um ja keinen von ihnen ins Wanken zu bringen, und arbeitete sich bis in die Küche vor. Dort nahm er das Radio aus der Papiertüte und stellte es beiseite, um die Tüte sorgfältig zu glätten, bevor er sie faltete und ins Schlafzimmer trug, um sie in einem Karton zu verstauen, der auf drei anderen Kartons thronte, die ebenfalls bis zum Bersten mit Papiertüten gefüllt waren.

Anschließend kehrte George in die Küche zurück und widmete sich dem Radio, hob es behutsam aus dem Karton, den er ebenfalls aufbewahrte. Und er bewahrte auch die Plastiktüte auf, in die das Radio eingeschweißt war, den Bindedraht um das Kabel und das kleine Kartonstück um den Stecker auch.

George warf nämlich nichts weg. Niemals.

Das hatte ihm sein Vater so beigebracht. Der hatte auch immer alles aufgehoben, jedes noch so belanglose Teil, denn man wusste ja nie, wozu es noch einmal gut war.

Einzig Essensreste warf George weg, weil er einfach keinen Schimmer hatte, was er damit anfangen oder wo er sie lagern sollte. Immerhin tat er die Reste in den kleinen grünen Eimer, den die Gemeinde allen Haushalten für Biomüll zur Verfügung stellte. So hoffte George, dass seine kärglichen Gaben wenigstens als Schweinefutter genutzt wurden. Der Gedanke, dass etwas einfach so weggeworfen wurde, war ihm unerträglich.

Gleich würde er das Radio mit ins Wohnzimmer nehmen und einstecken, doch erst einmal brauchte er einen Tee und einen Toast, bevor er sich an Mr Ferrys Konten machte. George lag weit hinter seinem Zeitplan zurück, doch ohne Frühstück ging gar nichts, wobei er sonst immer viel früher aß.

Unwillkürlich sah er auf die Uhr, in fünf Minuten wäre es Zeit, seinem Vater die Tablette zu geben, wenn er noch am Leben wäre. Während George wartete, bis das Wasser kochte und der Toast fertig war, wunderte er sich selbst darüber, wie sehr sein Alltag noch von der Vergangenheit und den Wünschen und Bedürfnissen seines Vaters geprägt war.

Anfangs hatte er sich an die Routine geklammert, war außerstande gewesen, überhaupt etwas zu ändern. Später hatte er dann einfach daran festgehalten. Die Routine hatte zu Lebzeiten seines Vaters funktioniert und funktionierte auch, nachdem es ihn nicht mehr gab. Und warum sollte er auf Biegen und Brechen irgendwas in seinem Leben verändern? Wozu sollte das gut sein? Deshalb hielt George an seiner Routine fest, außer dass er seinem Vater keine Tabletten mehr gab und auch all die anderen Dinge nicht mehr für ihn verrichtete.

Es war ein ruhiges, überschaubares Leben, genau wie er es wollte.

Nun war er aber durstig und nahm den Becher vom Trockengestell, doch als er ihn auf die einzig freie Stelle auf der Arbeitsfläche abstellte, entdeckte er den dünnen Riss in der Keramik. Mist! Wie war das nur passiert? Er sah sich doch mit seinen Sachen so vor.

Mit einem Seufzer legte er den Becher in die Waschmaschine zu dem anderen angeschlagenen Geschirr. Da war noch Platz für mehr. Nicht dass er vorhatte, weitere Becher zu zerdeppern, doch trotz größter Vorsicht wuchs seine Sammlung an kaputtem Porzellan kontinuierlich. Schon jetzt hatte er die Ecke der Arbeitsfläche und das Regal darüber dafür geopfert und nun auch noch die Waschmaschine. Die Becher gehörten ihm, die filigranen Teller, Tassen und Unterteller stammten von seiner Mutter. Inzwischen passte kaum noch was zusammen, weil so viel kaputt war, manches lag in tausend Scherben, die George in großen Tassen aufbewahrte, damit nichts verloren ging.

Während die Zeitungsstapel im Flur in die Höhe wuchsen, füllte sich auch die Waschmaschine unerbittlich, doch jetzt gerade hatte er ein anderes Problem: Wie sollte er ohne seinen morgendlichen Tee auskommen? Sollte er noch einmal los?

Aber das tat er nie. Er ging zweimal am Tag vor die Tür, einmal vor dem Frühstück und einmal vor dem Abendessen. Öfter nicht.

Doch ohne Tee schmeckte auch der Toast nicht. Apropos Toast, den konnte er ohnehin nicht mehr essen, denn während er noch mit dem Becher-Dilemma befasst war, war er schon aus dem Toaster gesprungen und inzwischen natürlich kalt.

Den Tee würde er jetzt einfach aus einem Glas trinken, ja genau. Nicht ideal, aber wenigstens konnte er endlich seinen Tagesablauf fortsetzen. Und Sorgen würde er sich so oder so machen, da regte er sich doch lieber mit Toast und Tee im Bauch auf.

Seine Mutter hatte sich auch immer ständig um alles gesorgt. Das lag in der Familie. Im Laufe der Jahre hatte sie seinen Vater damit angesteckt, und nun war er an der Reihe. Jede noch so kleine Abweichung vom Tagesablauf brachte ihn so aus dem Konzept, dass er mitunter nicht mehr imstande war zu funktionieren. Bislang war es noch nicht so häufig vorgekommen, hoffentlich auch heute nicht.

Was für ein schrecklicher Tag! Erst die Sache mit dem Radio und dann auch noch der Becher, während er sich an den Gedanken gewöhnen musste, dass nebenan jemand einzog.

Als er auch noch leichte Kopfschmerzen verspürte, riss er sich zusammen, um wieder Kontrolle über den Tag zu bekommen. Er warf den kalten Toast aus dem Fenster, sollten sich die Vögel doch darum streiten. Dann setzte er erneut Wasser auf und nahm sich ein Glas vom Abtropfregal.

Auf dem Abtropfregal standen sonst immer ein Becher (der ja leider in die Waschmaschine gewandert war), ein Glas, ein Essteller, ein Kuchenteller, eine Schale, eine Gabel, ein Messer, ein Esslöffel und ein Teelöffel. Früher hatten sich da auch noch ein Topf und eine Bratpfanne befunden, aber das war, bevor der Herd hinter gefalteten Kartons verschwunden war und George nicht mehr zu ihm durchkam. Ihn nicht einmal mehr sehen konnte. Nur vom Türgriff des Backofens blitzte noch ein winziges Stück hervor.

Dass er sich dann keine Rühreier mehr machen konnte, hatte ihn tagelang blockiert, bis er gelesen hatte, dass man Rühreier auch im Becher in der Mikrowelle zubereiten konnte, das tat er nämlich jetzt, und es klappte richtig gut.

Nachdem sich der Wasserkocher von selbst abgeschaltet hatte, öffnete George den Kühlschrank. Die Regale quollen über vor leeren Joghurtbechern, aber in den Fächern in der Tür befanden sich Käse, Butter, Milch, ein paar Scheiben Schinken und drei Eier.

Er schüttelte die Milchflasche. Gerade noch genug für eine Tasse Tee. George ärgerte sich maßlos, dass er keine besorgt hatte. Er war so mit dem Radiokauf beschäftigt gewesen, dass es ihm glatt entfallen war. Verdammt, nun würde er auf den Vormittagstee verzichten müssen. Schlimmer konnte der Tag nicht werden!

Der Toaster riss ihn aus seinen Gedanken. Auf der Arbeitsfläche war noch gerade genügend Platz, damit er seinem Frühstück den letzten Schliff geben konnte. Er bestrich den noch warmen Toast mit einer dünnen Schicht Porter's Pride-Organic-Welsh-Butter, der leicht gesalzenen Variante, und lehnte sich zum Essen gegen die Wand. Weil ihm Tisch und Stuhl fehlten, musste er sich so behelfen. Auf keinen Fall wollte er das Essen mit ins Wohnzimmer nehmen und da womöglich alles vollkrümeln, sein Arbeitsplatz war ihm nämlich heilig.

Nach dem Frühstück fiel sein Blick auf die leere Milchflasche, die den einzigen freien Platz auf der Arbeitsfläche verstellte. Da konnte sie nicht bleiben. Mit der Milchflasche ging er durch die Haustür nach draußen.

Zwischen Garage und Schuppen befand sich sein Milchflaschenlager. Die Plastikflaschen ließen sich nicht gut stapeln, egal ob man sie nun aufrecht stellte oder längs hinlegte, viele waren auch schon auf den kleinen Weg gerutscht, was George zu schaffen machte, denn der war aus einem bestimmten Winkel vom Nachbargarten aus einsehbar. Solange das Cottage nebenan leer gestanden hatte, war das ja kein Problem gewesen. George hatte Angst, die Nachbarn könnten es bemerken. Ein schlimmer Gedanke. Er wünschte, er könnte mehr dieser verdammten Plastikdinger im Schuppen unterbringen, aber der war schon so voll, dass er sich nicht traute, die Tür aufzumachen.

Behutsam platzierte er die Flasche oben auf dem Stapel und ging zurück ins Haus, um endlich mit der Arbeit zu beginnen.

George schlüpfte in die Lücke zwischen Stuhl und Computer. Er warf noch einen letzten Blick aus dem Fenster. Der Umzugswagen und die Möbelpacker waren fort. Gott sei

Dank. Leichten Herzens steckte er das neue Radio ein und stürzte sich in den Kampf mit Mr Ferrys Konten.

Doch zum ersten Mal fand er keinen Trost in den Zahlenkolonnen, immer wieder wanderten seine Gedanken zu der neuen Nachbarin, die in solch unmittelbarer Nähe zu ihm lebte, dass er fast ihren Atem zu hören meinte.

4.
Nessa

In ihrem zukünftigen Schlafzimmer türmten sich die Kartons. Bett, Nachttisch, Kommode und zwei geräumige Schränke standen schon, nun brauchte sie nur noch alles einzuräumen. Nessa stöhnte. Hätte sie doch bloß einen Zauberstab und könnte alles an Ort und Stelle zaubern. Unordnung konnte sie gar nicht ertragen, und sie wurde nicht eher ruhen, bis alles fein säuberlich an seinem Platz lag, selbst wenn es die ganze Nacht dauern sollte.

Und Kuchen wollte sie ja auch noch backen.

Sicher machte es den Nachbarn nichts aus, wenn sie sich erst einen Tag später vorstellte. Vielleicht schauten sie ja auch von sich aus vorbei.

Au weia, das konnte wirklich sehr gut sein.

Das Schlafzimmer konnte doch warten. Im Grunde musste sie erst einmal unten klar Schiff machen. Wenn sie die Nachbarn hereinbat, und das gehörte sich ja wohl so, musste sie dafür sorgen, dass unten alles tadellos war.

Nessa war drauf und dran, alle Kartons unten einfach in die Speisekammer zu schieben und die Tür zu schließen, doch das war gegen ihre Natur. Deshalb machte sie sich mit Feuereifer ans Putzen. Hoffentlich überforderte sie den alten Boiler und die klirrenden, klopfenden Leitungen mit ihrem Bedarf an heißem Wasser nicht, dachte sie, während sie die Wände abwischte, Schränke auswusch und den Boden feudelte.

Bei der Arbeit plapperte sie unentwegt mit Sylvia, die zumeist sogar eine Antwort gab. Nessa war überzeugt, dass die Katze jedes Wort verstand.

»Sylvia, ich wäre wirklich froh, wenn du dich nicht gleich mit allen Nachbarkatzen anfreunden würdest. Du weißt, wie es letztes Mal ausgegangen ist! Am Ende musste ich die Miezen von halb Bristol durchfüttern. Und dann dieser herrenlose Hund, den du angeschleppt hast. Zum Glück hat das Tierheim ein neues Zuhause für ihn gefunden.« Nessa machte sich über einen besonders hartnäckigen Fleck her und zog angeekelt die Nase kraus. »Hätte ich gewusst, dass ich das Haus hier kaufen würde, hätte ich ihn auch behalten können.«

Ob Mensch oder Tier, Nessa hatte ein Herz für Streuner. Auf ihrer Verabschiedungsparty (die ihr schon in weiter Ferne schien, obwohl sie erst ein paar Monate her war) hatte jemand so nett gesagt, dass es ihrem großen Mitgefühl zu verdanken sei, dass sie eine so gute Krankenschwester geworden war.

War es Mitgefühl oder einfach bloß Anstand, der es ihr gebot, niemanden abzuweisen, der in Not war? Hin und wieder war es als Einmischung gedeutet worden, aber Nessa hatte es immer gut gemeint, und wenn jemand ihre Hilfe nicht wollte, dann eben nicht.

Sylvia war einst auch eine verängstigte Kreatur gewesen, die bei jeder Gelegenheit die Krallen ausgefahren hatte, und jetzt wich sie Nessa kaum von der Seite und beschwerte sich lauthals, wenn sie nicht genügend Liebe und Zuwendung bekam.

So wie jetzt.

Obwohl Nessa dauernd mit Sylvia sprach, fühlte sie sich vernachlässigt, schlich ihr um Beine oder Arme, wenn Nessa auf allen vieren mit dem Kopf im Schrank steckte. Die Katze rieb sich an ihrem Gesicht und langte mit der Pfote nach ihr, bis Nessa nachgab und sie streichelte.

Doch sobald Nessa sich wieder ihrer Arbeit widmete, fing Sylvia von Neuem an, kläglich zu maunzen, sich zu reiben und sie mit der Pfote zu bearbeiten, bis Frauchen gehorchte. Nessa hatte das Gefühl, die Katze gab den Ton an, denn das kleine Wesen konnte sie einfach so mit einem Blick aus ihren großen, seelenvollen Augen um die Pfote wickeln.

Als Nessa irgendwann genug vom Putzen hatte und alle Küchenkartons ausgepackt waren, gönnte sie sich eine Pause. Es würde garantiert Tage dauern, bevor sie sich an die neue Ordnung in der Küche gewöhnt hatte, aber nun war sie müde, durstig, hungrig und verdreckt. Jetzt brauchte sie erst einmal ein wenig frische Luft. Das Mittagessen hatte sie ausgelassen, überhaupt hatte sie gar keine frischen Lebensmittel im Haus.

Ein Spaziergang ins Dorf würde ihr guttun, da konnte sie sich gleich die Beine vertreten und ihren Lungen etwas anderes als Putzmittelgerüche bieten. In dem Café, das sie vorhin entdeckt hatte, könnte sie eine Kleinigkeit essen und einen Kaffee trinken und sich anschließend mit Vorräten eindecken.

Sylvia müsste solange im Haus bleiben. In dem Karton mit der Aufschrift *Sylvia* fand Nessa ihr Kuschelkörbchen und stellte es ins Schlafzimmer. Da konnte sie keine Dummheiten machen, denn wenn die Katze sauer wurde, weil sie sich vernachlässigt fühlte, riss sie schon gerne mal etwas um. Zum Glück war Nessa kein Fan von viel Zierrat, außerdem waren die Kartons im Schlafzimmer noch nicht ausgepackt, da würde Sylvia nichts anderes übrig bleiben, als sich im Körbchen zusammenzurollen und zu schlafen.

Nessa schloss die Haustür hinter sich ab und steckte den schweren Schlüsselbund in die Jackentasche. Noch immer konnte sie kaum glauben, dass das Cottage ihr gehörte. So lange hatte sie davon geträumt, in ihrer Heimat etwas Eigenes zu besitzen, und nun, da es Wirklichkeit geworden war, musste sie sich immer wieder kneifen.

Beim Gehen warf sie noch einen kurzen Blick zurück. Sylvia saß auf dem Fensterbrett und sah ihr nach, ihr Maul öffnete und schloss sich in stummem Protest.

Vom Bungalow war nichts zu sehen und zu hören, auch vom Haus auf der anderen Seite waren keine Lebenszeichen auszumachen. Wer wohl nebenan wohnte? Neugierig reckte Nessa den Hals.

Kurz darauf befand sie sich im Herzen des Dorfes und sah sich entzückt um. Neben einem winzigen Rathaus erhob sich eine gedrungene, quadratische Kirche, die wohl noch von den Angelsachsen oder Normannen stammte, daran schloss sich ein Friedhof mit windschiefen Grabsteinen an. Für eine so kleine Ortschaft hatte das Dorf einiges an Geschäften zu bieten, darunter eine Bäckerei, ein Lebensmittelgeschäft mit einer guten Auswahl, wie sie durch einen Blick ins Schaufenster feststellte, den *Pins-to-Elephants*-Laden, eine Apotheke und den Zeitungsladen. Außerdem gab es noch einen Frisör, einen Charity-Shop und eine Pommesbude.

Und einen Pub gab es auch, der lustigerweise *Busy Bumble* hieß, ein paar Andenkenläden für Touristen und eben das Café.

»Viel haben wir nicht mehr im Angebot«, sagte eine der Damen hinter dem Tresen, als Nessa sich im Café die Tafel anschaute.

»Ich hatte heute kein Mittagessen, deshalb würde ich gerne etwas Deftigeres essen als Kekse oder Scones.« Auf dem Menü standen verschiedene Sandwiches, Quiche, Tagessuppe, Ofenkartoffel und das Tagesgericht: Chili mit Nachos. Nessa lief das Wasser im Mund zusammen. Heiß, scharf und magenfüllend, genau danach war ihr zumute. »Vom Chili haben Sie sicher nichts mehr, oder?«

Die Frau schaute sie bedauernd an. »Ein bisschen was habe ich noch, aber es reicht nicht mehr für eine Portion.«

»Kann ich es trotzdem haben? Ich bezahle auch den vollen Preis.«

»Wie wär's, wenn ich bloß die Hälfte veranschlage und noch ein knuspriges Brötchen mit Butter dazu spendiere?«

»Gebongt.« Nessa grinste. »Und könnte ich dazu noch einen starken Kaffee haben?«

»Natürlich. Nehmen Sie einfach Platz, ich bringe Ihnen gleich alles.«

Nessa setzte sich. Sie fühlte sich hier jetzt schon zu Hause. Applewell erinnerte sie an den Ort, an dem sie aufgewachsen war. Weiter östlich zwar, in den Tälern von Südwales, landschaftlich ganz anders, aber die Leute waren auch so freundlich. Während sie ihr dampfendes Chili verdrückte, wurde sie von einer inneren Heiterkeit erfüllt.

»Machen Sie Urlaub hier?«, fragte die Bedienung beim Abräumen.

»Nein, ich bin gerade in die Oak Lane gezogen.«

»Ach, in das Haus der alten Alys Griffith. Die ist schon vor ein paar Jahren gestorben. Schön, dass das Haus wieder bewohnt wird. Ich bin übrigens Eleri Jones.«

»Nessa Millbrook.«

»Wo kommen Sie her?«, fragte Eleri. »Wenn ich Ihnen zu neugierig bin, sagen Sie es einfach. Aber die Frage werden Sie sicher noch öfter hören. Überhaupt werden die Leute sie löchern. Und wenn Sie nicht antworten, denken wir uns einfach alles aus.« Die Frau grinste sie an, und Nessa musste unwillkürlich lachen.

»Vorher habe ich in Bristol gewohnt, aber geboren und aufgewachsen bin ich in Südwales.

»Was hat Sie bewogen, nach Applewell zu ziehen?«

»Ich habe schon immer von einem Haus am Meer geträumt. Jetzt, nach meiner Pensionierung, habe ich es einfach wahr gemacht.«

»So ungern ich es Ihnen auch sage, aber das Meer können sie von Applewell nirgends sehen«, sagte Eleri todernst.

Nessa lächelte. »Schon klar. Aber wissen Sie, was so ein Grundstück mit Meerblick kostet? Und zwei Meilen sind doch ein Klacks.«

»Was haben Sie denn vor Ihrer Pensionierung gemacht?«

»Ich war Krankenschwester.«

»Sind Sie verheiratet?«

»Nicht mehr.« Ihre Ehe war ein Reinfall gewesen und hatte nicht lange gewährt. Nessa war schon seit fast zwanzig Jahren geschieden.

»Kinder?«

»Nein.«

Eleri hielt inne. »Ich glaube, das war's fürs Erste. Aber kommen Sie auf jeden Fall wieder vorbei, denn mir fallen bestimmt noch mehr Fragen ein.« Strahlend wandte Eleri sich ab.

»Ähm, können Sie mir vielleicht sagen, wer neben mir wohnt?«, fragte Nessa. »Bislang kenne ich meine Nachbarn noch nicht, und vielleicht wäre es ganz schön, ein wenig über sie zu erfahren, bevor ich mich bei ihnen vorstelle.«

»Also rechts neben Ihnen im Cottage wohnt Mairi Edwards und im Bungalow links George Nightingale. Mairi ist älter, hat letztes Jahr ihren Mann verloren und kommt nicht so gut mit dem Alleinsein zurecht, die wird sich über etwas Gesellschaft freuen. George ist ein schräger Vogel, er lebt auch allein, bleibt aber für sich. Ist vor ein paar Jahren zurückgekommen, um seinen Vater zu betreuen, und geblieben. Nach dem können Sie die Uhr stellen, pünktlich wie die Maurer läuft er durchs Dorf, egal ob es regnet oder schneit. Gerade eben habe ich ihn am Fenster vorbeigehen sehen.«

»Ich wollte beiden einen Kuchen backen und ihn dann später vorbeibringen.«

Eleri schnaubte vor Lachen. »Viel Glück mit George. Der wird nicht gerade begeistert sein, wenn Sie bei ihm klingeln. Mairi wird sich freuen wie eine Schneekönigin, aber die besucht ihre Tochter in Swansea und ist erst morgen wieder zurück.«

»Danke, dann backe ich ihr einfach morgen einen frischen Kuchen.«

Beim Bezahlen versprach Nessa, recht bald wiederzukommen, dann machte sie sich auf den Weg zum Lebensmittelhändler. Unterwegs überlegte sie, was sie alles brauchte. Eine große Tüte Mehl hatte sie schon zu Hause im Vorratsschrank, fehlten also noch Eier und Butter, Milch natürlich, Brot, Obst und was ihr sonst noch so ins Auge fiel und nicht zu schwer war.

Innen war der Laden viel größer als gedacht, und es gab fast alles zu kaufen, was Nessa täglich brauchte. Nach und nach wanderten mehr Waren in ihren Korb. Nachdem sie eine Zweiliterflasche Milch angehoben hatte, stellte sie sie wieder zurück und griff doch lieber nach der Halbliterflasche, damit würde sie bis morgen über die Runden kommen und dann für die kommende Woche einen Großeinkauf machen.

Gerade wollte sie die Kühlabteilung verlassen, da bemerkte sie, dass ein gut gekleideter Mann im Begriff war, in den Kühlschrank zu greifen. Erschrocken sah er sie an, hielt in der

Bewegung inne und wandte sich dann blitzschnell ab und lief davon.

Was hatte das denn zu bedeuten? Irgendwo hatte sie ihn schon einmal gesehen, und es war noch nicht lange her …

Genau, heute Morgen im *Pins to Elephants*. Er hatte den Eingang blockiert, und sie hatte ihn gebeten, ihr Platz zu machen. Im Laden hatte er sie dann immer wieder angestarrt, doch sie hatte ihn einfach ignoriert, weil er nicht einmal ihr Lächeln erwidert hatte.

Er war auffallend gut angezogen, schlank und hochgewachsen und sah überhaupt ganz okay aus. Eigentlich mehr als okay. Gut aussehend für einen älteren Typen, wahrscheinlich war er so zwischen fünfzig und sechzig.

So wie er angezogen war, war er sicher kein Tourist, sondern lebte hier. Hoffentlich würde sie ihm mal wieder begegnen.

Den Gedanken schob sie ganz schnell wieder beiseite, denn er war sicher verheiratet oder in einer Beziehung, und schließlich war es viel zu früh, an eine Beziehung zu denken, sie war ja gerade erst hergezogen. Außerdem war sie auch so glücklich.

Nessa verdrängte den Mann und sein merkwürdiges Verhalten und konzentrierte sich lieber auf ihre Vorhaben. Da gab es ein Haus einzuräumen, Kuchen zu backen, einen Besuch abzustatten und keine Zeit zu verschwenden.

5.
George

Verflixt noch mal! Ausgerechnet die Person, der er bei seinem Nachmittagsspaziergang auf keinen Fall begegnen wollte, hatte vor dem Kühlregal gestanden, so dass ihm nichts anderes übrig geblieben war, als das Weite zu suchen. Eigentlich hatte er sich im Laden auch noch was zum Abendessen besorgen wollen, und dann hatte er es nicht einmal geschafft, Milch zu kaufen. Jetzt müsste er sie beim Zeitungskiosk kaufen, was ihn ärgerte, denn diese Lokalität pflegte er sonst bloß morgens aufzusuchen.

Zum Glück hatte er bei *Pins to Elephants* schon einen neuen Becher erstanden, den er behutsam in seinem Leinenbeutel trug, brauchte er also bloß noch rasch in den Zeitungsladen, Milch kaufen und nach Hause eilen, bevor diese Nessa Millbrook wieder auftauchte. Schreckliche Vorstellung, ihr auf dem Nachhauseweg in die Arme zu laufen. Womöglich erwartete sie noch, dass sie zusammen liefen.

Zu seinem Entsetzen fand er Gefallen an dieser Vorstellung. Was war bloß mit ihm los? Wurde er krank? Sonst war er eigentlich kein geselliger Typ, sicherheitshalber sollte er sich mit Erkältungsmitteln eindecken. Insgeheim schalt er sich für diese albernen Phantasien. Er wollte nicht mit Nessa sprechen und ganz sicher nicht mit ihr durchs Dorf flanieren.

Im Zeitungsladen gab es nichts, was sich irgendwie als Abendessen eignete, deshalb nahm sich George bloß eine

Flasche Milch aus dem Kühlregal, ignorierte Sids fragenden Blick beim Bezahlen und eilte nach Hause. Musste er sich eben mit Käse-Makkaroni aus der Packung und einem Butterbrot begnügen. Nicht besonders nahrhaft, aber George konnte sich auch kaum noch erinnern, wann er das letzte Mal richtig gekocht hatte. Sicher lange bevor er den Herd so zugebaut hatte, dass er nicht mehr zu benutzen war. Vielleicht sogar noch bevor sein Vater gestorben war. In den letzten Lebensmonaten hatte der alte Mann immer weniger Appetit gehabt, bis er nur noch ein paar Löffel Suppe oder Kartoffelpüree (aus der Tüte) gegessen hatte. Schließlich hatte George ihn mit Babykost aus Gläsern gefüttert, um überhaupt etwas in ihn hineinzubekommen.

Auch wenn am Ende alles umsonst gewesen war, hatte er es doch zumindest versucht.

Sobald George zu Hause war, tauschte er Anzug, Hemd und Krawatte gegen legerere Kleidung. Dann sah er im Garten noch nach der Wäsche, bevor er sich die Makkaroni warm machte. Socken, Unterhosen, Hemd und Handtuch, die er heute Morgen nach draußen gehängt hatte, waren schon trocken. Während er sie abnahm, warf er einen Blick hinüber zum Cottage.

Sie war da. Nessa. Was sie tat, konnte er nicht erkennen, aber auf jeden Fall hielt sie sich in der Küche auf. Vor lauter Angst, dass sie aus dem Fenster schauen und ihn sehen könnte, hastete er über den Gartenweg, um sich in seiner Küche in Sicherheit zu bringen.

Mist, eine dieser unbändigen Milchflaschen lag im Weg. Ehe er sich's versah, glitt er mit den Pantoffeln auf dem schlüpfrigen Ding aus. Mit einem Aufschrei knallte er gegen die Schuppenwand und hätte dabei fast die Wäsche fallen lassen.

Daran war bloß die neue Nachbarin schuld, dachte er verärgert. Obwohl sie erst vor ein paar Stunden eingezogen war, machte sie ihm schon das Leben schwer.

George richtete sich auf und betrachtete die stetig wachsende Milchflaschenlawine. Wenn sie erst den Gartenweg überrollte, hätte er keine Möglichkeit mehr, in den Garten zu gelangen. Durch die Küche konnte er nicht mehr, weil die Tür innen mit Kartons verstellt war.

Sicher ließen sich die Plastikflaschen besser stapeln, wenn er sie in der Mitte durchschnitt, aber das würde ja den Zweck verfehlen. Was sollte man mit kaputten Flaschen noch anfangen?

Das Milchflaschenfiasko stellte eine Bedrohung auf zwei Ebenen dar: Wie sollte er in den Garten kommen, wenn der Weg versperrt war? Und was, wenn *sie* es bemerkte?

Solange das Cottage nebenan unbewohnt gewesen war, hatte sich George darüber keine Sorgen machen müssen, denn Mairi Edwards konnte von ihrer Seite seinen Garten überhaupt nicht richtig einsehen. Nessa Millbrook hingegen hatte von ihrem Garten und auch vom Fenster im oberen Stock einen viel besseren Blick. Hoffentlich sah sie nichts, was sie nicht sehen sollte.

Ihn überlief es kalt. Was ihm diese Frau binnen kürzester Zeit schon eingebrockt hatte! Fertig-Makkaroni, einen Beinahsturz und knapper werdende Lagerkapazitäten, wie der Vorfall mit den Plastikflaschen bewies. Das konnte ja heiter werden.

Ungehalten kickte er die vermaledeite Flasche aus dem Weg. Als sie über die Steine schlitterte, stellten sich ihm die Nackenhaare auf. Entnervt huschte er durch den Garten, schloss die Pforte, damit ihm die übergriffigen Flaschen nicht noch folgten. Dann flitzte er ins Haus, schob sich ganz automatisch seitlich durch die Haustür, um die Zeitungstürme nicht anzustoßen. Wenn einer von ihnen umfiel, wäre er richtig aufgeschmissen.

Keuchend lehnte er sich gegen die Haustür, das Blut rauschte in seinen Ohren, innerlich war er vollkommen aufgewühlt. Er wartete, bis sich die Angst legte und sich sein Puls wieder normalisierte, dann dachte er über sein Abendbrot nach.

Hunger hatte er keinen, aber er aß immer um diese Zeit, deshalb war es wohl besser, sich jetzt etwas zu essen zu machen, auch wenn sich ihm beim Gedanken an Makkaroni aus der Packung der Magen umdrehte.

Beim Essen stellte er fest, dass er tatsächlich nicht hungrig gewesen war, und warf den Großteil des unappetitlichen bleichen Matsches in den Mülleimer, den er eigens für Essensreste angeschafft hatte. Donnerstags würde er ihn dann an die Straße stellen, da kam die Müllabfuhr. Viel war meistens nicht drin. Verschwendung war ihm ein Graus, deshalb aß er meist seinen Teller leer, doch heute bekam er einfach nichts runter.

Während er die leere Makkaroni-Packung ausspülte, um sie mit den übrigen Verpackungen im ehemaligen Schlafzimmer seiner Eltern zu lagern, klopfte es an der Tür.

George erstarrte.

Im rechten Augenlid verspürte er ein Zucken, ihm wurde schlecht.

Natürlich ging er nicht an die Tür. Das tat er nie, außer er erwartete ein Päckchen, aber für Postboten und Lieferanten war es schon zu spät. Sonst kam nie jemand zu ihm. Und weil er nie Besuch bekam, erwartete er auch keinen. Das letzte Mal hatte es vor ein paar Jahren kurz vor der letzten Runde zur Gemeinderatswahl geklopft. Da hatte George auch nicht aufgemacht. Den Flyer, der durch den Briefschlitz geschoben worden war, hatte er ungelesen auf einen Stapel im Gästezimmer gelegt. Da lag er heute noch.

George schlängelte sich ins Wohnzimmer, quetschte sich zwischen Sessel und Anrichte und sah aus dem Fenster. Von hier hatte er die Haustür gut im Blick, denn der Bungalow hatte eine L-Form und der Eingang lag mitten zwischen den beiden Flügeln. Also konnte er sehen, wer da mit einer großen runden Dose und erwartungsvoller Miene vor seiner Tür stand.

Nessa Millbrook!

Die Frau war ja eine richtige Landplage! Was in aller Welt wollte sie bloß?

George tauchte ab, betete, dass sie ihn nicht gesehen hatte. Nicht dass es leicht wäre, durch die vielen Lagen von Gardinenstoff zu linsen (da war er auf Nummer sicher gegangen), doch ein leichter Luftzug könnte ihn verraten haben. Auf keinen Fall sollte Nessa Millbrook wissen, dass er ihr Klopfen gehört hatte.

George beobachtete, wie sie geduldig zwei Schritte vor der Schwelle wartete. Warum hatte sie bloß diese Dose bei sich, und was wollte sie von ihm? Wenn sie sich von ihm eine Tasse Zucker leihen wollte, hatte sie Pech, denn er hatte keinen. Und selbst wenn, würde er ihn nicht rausrücken, denn dann hätte sie bloß einen Vorwand, erneut vorbeizukommen, um ihn zurückzubringen.

Er wollte kein freundschaftliches Verhältnis zu seiner Nachbarin. Er wollte nicht einmal Blickkontakt, verdammt. Und bei dem Gedanken, gleich ein ganzes Gespräch bestreiten zu müssen, wurde ihm übel.

Schließlich trat Nessa einen Schritt vor und spähte durchs Türglas. Zum Glück konnte man durch das Milchglas nichts erkennen, doch was, wenn sie in ihrer Neugierde nun durch das Fenster schaute, hinter dem er stand? Dann warf sie noch einen letzten Blick zur Tür und verließ sein Grundstück.

George verfolgte, wie sie durch ihren Vorgarten in ihrem Haus verschwand.

Natürlich brannte er vor Neugier, was sie ihm wohl hinterlassen hatte, doch wie ein Tier, das sich vor einer Falle in Acht nahm, wartete er geduldig, falls sie seinen Eingang im Auge behielt.

Und er war wirklich froh, denn keine Minute später kam sie schon wieder angelaufen, in der einen Hand hatte sie einen Zettel, in der anderen einen Stein.

Belustigt beobachtete er, wie sie den Zettel auf die Dose legte und mit einem Stein beschwerte. Nun war er wirklich gespannt!

Wieder verschwand sie in ihrem Haus.

Diesmal kam sie nicht wieder, obwohl er abwartete, bis das Licht am Himmel verblasste und ihm die Beine vom langen Stillstehen wehtaten.

Endlich fasste er sich ein Herz und holte die Dose.

Nachdem er die Tür einen Spalt geöffnet hatte, ging er in die Hocke und streckte den Arm nach der Dose aus. Er machte sich lang und länger, drückte sich mit der Wange gegen den Türrahmen und tastete den Boden ab.

Da!

Vorsichtig zog er die Dose zu sich heran, erst dann riskierte er, die Haustür weiter zu öffnen. Kaum hatte er die Dose mit beiden Händen gegriffen und reingeholt, schlug er auch schon die Tür wieder zu.

Auf dem Zettel stand:

Nur ein kleiner Willkommensgruß
von Ihrer neuen Nachbarin.
Nessa x
(Nessa Millbrook)

Verdutzt las er die Nachricht ein zweites Mal. Wieso Willkommensgruß? Sollte das »x« einen Kuss bedeuten? Aber sie kannte ihn doch gar nicht! Und worin bestand dieser kleine Willkommensgruß?

Blieb ihm bloß, die Dose zu öffnen.

Irgendwie hatte er das dumme Gefühl, die Büchse der Pandora zu öffnen. Wie albern, schließlich war da ja sicher keine tickende Zeitbombe drin. Kaum hatte George den Deckel angehoben, umfing ihn der köstliche Duft eines frisch gebackenen Kuchens. Vanille und Erdbeere konnte er ausmachen. Ihm knurrte der Magen, er musste sofort ein Stück essen.

In dem Moment war es ihm egal, dass der Kuchen von der Frau kam, mit der er absolut nichts zu tun haben wollte. Er konnte nur noch an die Zuckerexplosion auf seinem Gaumen denken.

George musste sich zusammenreißen, um den Kuchen nicht an Ort und Stelle aus der Dose zu heben und einfach reinzubeißen. Doch obwohl ihm ja niemand zusah, besann er sich auf seine guten Manieren und trug den Kuchen in die Küche, wo er sich eine dicke Scheibe abschnitt.

Beim ersten Bissen kamen ihm fast die Tränen. So hatte der Geburtstagskuchen seiner Mutter geschmeckt. Victoria Sponge Cake. So lange er denken konnte, hatte ihm seine Mutter diesen Kuchen zum Geburtstag gebacken.

Bis zu ihrer Diagnose, dann war sie zu krank gewesen, um zu backen und all die anderen Dinge zu tun.

Seither hatte niemand mehr etwas für ihn gebacken. Und seither hatte er auch nie wieder selbst gemachten Kuchen gegessen. Bis jetzt.

Die Buttercreme war der Hammer, diese cremige süße Füllung brachte seine Geschmacksknospen zum Tanzen, und dann die fruchtige Marmelade.

Er verputzte das Stück in Rekordzeit.

Dann schnitt er ein weiteres Stück ab und aß auch das.

Bevor er allzu gierig wurde, packte er den Rest in eine Plastiktüte, die er von irgendwoher gerettet hatte, woher wusste er nicht mehr, und verstaute den Kuchen sorgfältig im Kühlschrank. Dafür musste er einige leere und gefaltete Orangensaftkartons rausnehmen, aber das war es ihm wert. Wenn der Kuchen aufgegessen war, würden sie wieder an ihren angestammten Platz wandern.

Sobald es dunkel genug war, würde auch die Dose zu ihrer Besitzerin zurückwandern, denn ihm behagte ihr Anblick vor der Mikrowelle nicht. Die Dose gehörte nicht ins Haus, und er fühlte sich irgendwie von ihr beobachtet, als wäre sie ausgesandt worden, ihn zu bespitzeln.

Als er vor dem Fenster eine Bewegung wahrnahm und aufschaute, stellte er bestürzt fest, dass er tatsächlich beobachtet wurde.

Die Katze, die vorhin an einer roten Lederleine im Garten der Nachbarin umherstolziert war, hatte sich auf seinem Fensterbrett niedergelassen und starrte durch die Gardinen in die Küche. Ihm kam es vor, als hätte sie ihn ins Visier genommen wie eine Maus. Mit gespitzten Ohren und einer Prise Verachtung schien sie ihn zu beobachten.

»Schhh«, zischte er und fuchtelte wild mit den Armen.

Ob die Katze wirklich nach drinnen schauen konnte, wusste er nicht, doch sie schenkte ihm einen gelangweilten Blick, bevor sie sich grazil erhob, den Schwanz in die Höhe reckte und ihm ihr Hinterteil darbot, bis sie mit einem Satz verschwand.

Hoffentlich wurden derartige Besuche nicht zur Regel. Andernfalls würde er wohl doch mal ein Wörtchen mit Mrs Millbrook reden müssen.

Reden würde er ohnehin mit ihr müssen, denn es gehörte sich, dass er sich für den Kuchen bedankte. Dass er das nicht wollte, war ohne Belang.

Wie gerissen von dieser Millbrook. Ihm blieb keine Wahl, er musste mit ihr sprechen.

In dem Moment fiel ihm ein, dass er ihr ja auch schreiben könnte. Einfach auf die Rückseite ihrer Nachricht ein paar Dankesworte schreiben und den Zettel dann oben auf die Dose packen, wenn er sie zurückgab.

Genial!

Genauso machte er es auch, und als er später am Abend wieder in sein Haus zurückschlich, genehmigte er sich noch ein drittes Stück Kuchen.

Dabei machte es George ein wenig zu schaffen, dass er von seiner Gewohnheit abwich, nach dem Abendbrot nichts mehr zu essen, doch der Kuchen lockte ihn, und er konnte nicht widerstehen. Außerdem verdiente die Miniportion Makkaroni kaum den Namen Abendessen, deshalb war eher der Kuchen sein Abendessen. Dass sich der Verzehr über drei Stunden hingezogen hatte, spielte auch keine Rolle.

Der Kuchen war das einzig Gute an diesem verstörenden Tag gewesen.

6.
Nessa

Wo steckte Sylvia bloß? Nessa hatte schon das ganze Haus abgesucht und die Katze nicht gefunden. Andererseits hatte dieses kleine Luder schon oft in seinem Versteck gesessen, während Frauchen verzweifelt gesucht hatte.

Nessa wusste nur zu gut, dass Katzen sich an den winzigsten und unzugänglichsten Orten verstecken konnten, bei denen man dachte: »Da passt niemals eine Katze rein.« Tat sie aber doch. Und dann genossen sie es bestimmt, wenn Frauchen wie ein aufgescheuchtes Huhn umherirrte und suchte.

Erst als sie draußen eine Katze in einer Lautstärke miauen hörte, mit der man Tote hätte wecken können, wurde ihr klar, dass Sylvia rausgewischt sein musste, als sie zum Nachbarn rübergegangen war.

»Du ungezogenes Mädchen!«, schalt sie Sylvia, der es herzlich egal war, dass sie zu ihrer eigenen Sicherheit hatte drinnen bleiben sollen. Die Katze maunzte freudig, als Nessa sie hereinließ, und strich ihr um die Beine, sicher, um Fressen abzustauben.

»Wo bist du denn gewesen? Erkundest du dein neues Revier? Da hast du aber Glück gehabt, dass du wieder nach Hause gefunden hast.« Als Nessa ihr über den seidig weichen Kopf streichelte, erntete sie ein lautes Schnurren.

Gut, dass Sylvia zurück war, denn allmählich wurde es dunkel. Nessa schaltete im Wohnzimmer eine Lampe ein und zog die Vorhänge zu. Inzwischen sah es hier schon ganz wohnlich aus. Alles war ausgepackt und hatte einen Platz gefunden, doch ob es bei dem Platz blieb, musste sich noch herausstellen. Fürs Erste beließ sie es so, wenn es ihr nicht gefiel, konnte sie ja immer noch umstellen.

Neugierig, ob ihre Kuchengabe angenommen worden war, spähte sie aus dem Fenster. Die Dose stand nicht mehr vor George Nightingales Tür. Nessa lächelte zufrieden. Eleri hatte sie ja schon gewarnt, dass er ihren Besuch nicht gut aufnehmen würde, ihren Kuchen hingegen schon. Zumindest hatte er ihn ins Haus geholt.

Vielleicht hatte es ihn auch geärgert, und der Kuchen war in den Tiefen seines Abfalleimers gelandet. Zweifel kamen in ihr auf. Wäre doch zu schade, wenn sie sich mit den Nachbarn nicht gut verstehen würde.

Morgen würde sie mit Mairi Edwards einen neuen Versuch starten. Wenn Mairi so einsam war, wie Eleri gesagt hatte, würde sie sich sicher über etwas Gesellschaft freuen.

Doch nun musste sie erst einmal ihr Bett herrichten und ihre Klamotten verstauen. So viel war gar nicht mehr zu tun, unten war schon alles sauber und ordentlich, und das Schlafzimmer wäre auch bald gemacht. Nessa war müde, es war ein langer Tag gewesen, doch eine Stunde hielt sie noch durch, und die wollte sie auch gut nutzen. So wie sie sich kannte, fand sie ohnehin keine Ruhe, bis alles tipptopp war.

Während sie oben die Kissen in die neuen Bezüge steckte, die sie zu Ehren ihres neuen Hauses gekauft hatte, hörte sie ein leises Geräusch von draußen.

Auch wenn es noch nicht ganz dunkel war, fehlte nicht mehr viel. Das Cottage lag in vollkommener Stille: kein Verkehr, keine Stimmen, keine Musik. Nur hin und wieder strich der Wind durch die Bäume, und in der Ferne blökte ein Rind. Für Nessa war es eine wohltuende Abwechslung zum hektischen Stadtleben. Vielleicht würde ihr die Ruhe irgendwann auf die Nerven fallen, aber im Moment genoss sie sie einfach.

Bis sie wieder dieses seltsame Geräusch hörte.

Die Vorhänge im Schlafzimmer hatte sie aus alter Gewohnheit schon zugezogen und zum Arbeiten die Deckenbeleuchtung eingeschaltet. Ihr war bewusst, dass man von draußen sicher ihre Silhouette durch die Vorhänge sehen konnte, deshalb hielt sie sich dicht an der Wand, als sie vom Bett ans Fenster trat. Vorsichtig schob sie den Vorhang beiseite und lugte hinaus.

Wahrscheinlich trieb sich draußen ein Fuchs herum. Oder ein Dachs. Gab es hier überhaupt Dachse? Igel konnten auch ordentlich Krach machen …

Dass es kein Tier war, wurde ihr klar, als sie in das erschrockene Gesicht eines Mannes blickte.

Der Mann war gerade im Begriff, ihr Grundstück zu verlassen, und sah sich dabei immer wieder verstohlen um.

Als sich ihre Blicke trafen, machte er große Augen. Ihr ging es nicht anders, denn bei diesem Mann konnte es sich nur um George Nightingale handeln. Er stolperte, fing sich wieder und verschwand wie der geölte Blitz im Nachbarhaus.

Nessa hatte keinen Zweifel daran, dass es derselbe Mann war, dem sie beim Einkaufen begegnet war. Der Mann, der sie einmal angesehen und dann Reißaus genommen hatte.

Während sie sich fragte, was sie ihm bloß getan haben könnte – schließlich war sie doch erst heute eingezogen –, stürmte sie die Treppe hinunter. Sicher stand ihre Dose vor der Tür, die Frage war nur, ob voll oder leer.

Tatsächlich. Als sie die Tür öffnete, stand da die Dose samt Stein und Zettel.

Bloß dass es nicht ihre Handschrift auf dem Zettel war. Diese Schrift war spitz und ebenmäßig, ganz anders als ihre dicken runden Buchstaben.

DANKE.
GEORGE NIGHTINGALE

Kurz und bündig, wie sie belustigt feststellte. Nur das Nötigste. Aber immerhin hatte er sich bedankt, ansonsten hätte sie den Wink verstanden und ihn künftig in Ruhe gelassen. Und den Kuchen hatte er auch genommen.

Bald würde er ihr über die Hecke zulächeln, und vielleicht bekäme sie auch ein Hallo von ihm, wenn er ihr nicht vorher entwischte.

Und sie war überzeugt, dass er zu Hause gewesen war, als sie den Kuchen vorbeigebracht hatte. Warum sie das dachte, wusste sie nicht. Es war einfach ein Bauchgefühl, denn irgendwie war sie sich beobachtet vorgekommen.

Unbehaglich war ihr dabei aber nicht zumute gewesen, eher stimmte es sie traurig, dass dieser Mann nebenan das Gefühl hatte, sich verstecken zu müssen.

Vor irgendwas hatte er Angst, so viel stand fest. Doch wovor?

Sie würde es schon noch herausfinden, vielleicht konnte sie ihm ja helfen. Rente hin oder her, sie war und blieb Krankenschwester, und der Nachbar brauchte ihre Hilfe. Es war, als wäre er bei ihr in der Notaufnahme erschienen.

Dass sich George sehr wahrscheinlich nicht bewusst war, dass er ihre Hilfe brauchte, war ihr einerlei.

7.
Nessa

Am nächsten Morgen wurde sie von Vogelgesang geweckt, und kurz darauf ertönte auch schon Sylvias Maunzen und Keckern.

Verschlafen setzte Nessa sich auf. Ihre Katze hockte auf dem Fensterbrett, hatte den Kopf durch den Vorhangspalt gesteckt und stieß wüste Drohungen aus. Nessa mühte sich aus dem Bett, um nachzusehen, was Sylvia so aufbrachte. Unten pickten mehrere Amseln auf dem Rasen.

Sylvia warf ihr einen sehnsuchtsvollen Blick zu, bevor sie sich wieder den Vögeln widmete.

»Frühstück kannst du haben, aber rauslassen kann ich dich nicht. Dafür ist es noch zu früh.«

Die Katze sprang vom Fensterbrett, als hätte sie jedes Wort verstanden. Und vielleicht hatte sie das auch, dachte Nessa, zog die Vorhänge auf und schaute hinaus. Es würde ein herrlicher Tag werden. Die Sonne ging hinter dem Cottage auf und der Himmel im Westen war blau und fast wolkenlos.

West Wales war berühmt sowohl für seine Landschaften als auch für seine Regengüsse, deshalb beschloss sie, das gute Wetter zu nutzen und zum Strand zu laufen. Wie sie Eleri schon gestern im Café erzählt hatte, waren zwei Meilen für sie ein Klacks. Im Krankenhaus hatte Nessa allein innerhalb einer Schicht die dreifache Entfernung zurückgelegt, jedenfalls laut ihres Schrittzählers.

Außerdem gab es im Cottage kaum noch etwas zu tun. Nessa hatte nicht sehr viel aus Bristol mitgebracht, sie pflegte einen minimalistischen Lebensstil und hatte vor dem Umzug noch einmal beherzt ausgemistet. Ihre einzige Schwäche waren Bücher, die im Moment noch in Kartons im Gästezimmer lagerten. Wenn sie damit erst einmal anfing, würde sie sich irgendwo festlesen und der Tag wäre ruckzuck vorbei. Das Vergnügen sparte sie sich lieber für einen Regentag auf.

Nachdem sie Sylvia ordnungsgemäß gefüttert hatte, nahm Nessa ihr eigenes Frühstück mit in den Garten. Sie hatte eine Gartenbank, einen schmiedeeisernen Tisch und zwei Stühle mitgebracht. Wenn man aus der Küchentür trat, gab es einen kleinen gepflasterten Bereich, da hatte sie die Garnitur aufbauen lassen. Die Bank hatten die Möbelpacker mitten auf den Rasen gestellt.

Während sie ihren Toast aß, betrachtete sie den Garten. Er war ein wenig verwildert, der Rasen war ins Kraut geschossen, die Bank war halb verborgen in den langen Halmen. Irgendwie gefiel es ihr, vielleicht würde sie bloß einen Weg ins Gras mähen, statt alles radikal zu kürzen. Die Büsche müssten aber auf jeden Fall beschnitten werden, so weit wie die in den Garten hineinwucherten, sicher würde die Fläche dann auch viel größer wirken.

Mit der Sonne im Gesicht genoss sie den Morgen, statt zur Arbeit zu hetzen oder kostbare Zeit mit noch mehr häuslichen Pflichten zu verplempern. Nach ihrem Strandspaziergang würde sie mit dem Wagen ins Dorf fahren, um sich mit Vorräten und frischen Lebensmitteln einzudecken, dann würde sie mit einem Buch und einem Tee in den Garten zurückkehren und ihre Freiheit genießen.

So ganz ohne Ziele und Struktur würde es ihr sicher irgendwann langweilig werden, aber erst einmal gönnte sie sich diesen Luxus. Ihr kam es fast wie Urlaub vor, als hätte sie das Haus bloß für eine Woche gemietet. Noch immer konnte sie nicht glauben, dass hier nun ihr Zuhause war.

Als sie ein Geräusch hörte, drehte sie den Kopf, um auszumachen, woher es kam. Eine Tür fiel ins Schloss. Schritte ertönten. Offenbar verließ ihr Nachbar das Haus.

»Alles in Ordnung, George?«, rief ein Mann über die Straße. »Gehst du ins Dorf?«

»Korrekt.«

»Ich gehe mit Jim Gassi.«

»Das sehe ich.«

»Bist du der neuen Nachbarin schon begegnet?«

»Noch nicht.« Georges Stimme wurde leise, offenbar entfernte er sich, während die Stimme des fremden Mannes lauter wurde.

Da würde sie ihm aber widersprechen müssen, dachte Nessa mit einem Grinsen und machte sich für ihren Spaziergang bereit.

Nachdem sie sich von einer missmutigen Sylvia verabschiedet hatte, tänzelte sie durch den Vorgarten und eilte mit hüpfenden Schritten die Straße hinauf bis zu einem Feld mit einem Schwinggatter, über dem ein Schild hing, dass es sich um einen öffentlichen Weg handelte. Die Richtung schien zu stimmen, also folgte sie ihm, in der Hoffnung, so ans Meer zu gelangen.

In diesem Teil von Wales war es hügelig, aber nicht wirklich bergig, hier gab es ausgedehnte Heckenlandschaften mit Feldern und Äckern; und dass sich die Küste wie eine Ziehharmonika aus windgepeitschten Klippen und tiefen Einschnitten zog, die zu geheimen Stränden und winzigen Buchten führten, hatte sie bereits erfahren, als sie sich hier nach einem geeigneten Objekt umgesehen hatte. Nessa hoffte, der Weg würde sie zu einer dieser Buchten führen oder zumindest die Küstenstraße kreuzen, die an der gesamten walisischen Küste entlangführte und sich vorbei an Buchten durch Städte und Dörfer schlängelte. War sie erst einmal auf der Küstenstraße, könnte sie dieser folgen, bis sie irgendwo an den Strand kam. Manche Buchten lagen jenseits der Steilklippen und waren bloß vom Wasser aus zugänglich. Um Oktober herum schleppten sich die Seehunde hier an Land und gebaren an diesen Stränden ihre Heuler. Doch es gab auch abgeschiedene Buchten, die man zu Fuß erreichen konnte. Nessa sehnte sich danach, barfuß durch den Sand zu laufen und die Gischt im Haar zu spüren.

Der Pfad führte um ein längst abgeerntetes Stoppelfeld herum weiter Richtung Westen. Der Untergrund war ein wenig schlammig, und an Stellen mit besonders weicher Erde waren Fuß- und Pfotenabdrücke zu sehen, doch sie begegnete keiner Menschenseele. Gesellschaft leisteten ihr bloß die Spatzen, die aufgeregt in den Hecken zwitscherten, und die eine oder andere Amsel, die ihre territorialen Besitzansprüche von den höheren Zweigen trällerte. Andere kleine Vögel flatterten umher, die Nessa nicht bestimmen konnte. Krähen gab es auch, die sie an ihren rauen Rufen erkannte, und als sie sich der Küste näherte, sah sie Seevögel in der Luft kreisen, hörte das glückbringende Kreischen der Möwen.

Sofort fühlte sie sich in der Zeit zurückversetzt. Dieses Geräusch erinnerte sie an ihre Sommerferien als Kind. Nun brannte auch noch die Sonne vom Himmel, fehlten nur noch Kescher und Eimer, mit denen sie über die Steine klettern und die kleinen Tümpel inspizieren konnte, die Ebbe und Flut hinterließen.

Als sie zum ersten Mal das Meer erblickte, war sie außer sich vor Freude. Ein Blick auf die Uhr sagte ihr, dass sie siebenundvierzig Minuten gebraucht hatte, um über zwei Felder zu laufen und einen Steinwurf entfernt vom Küstenweg zu landen. Nachdem sie ein weiteres Schwinggatter passiert hatte, stand sie oben auf einer Klippe und blickte hinaus auf die Irische See, die in nebliger Ferne verschwand.

Nessa nahm einen tiefen Atemzug und füllte ihre Lungen mit der frischen, salzigen Luft. Der Westwind wehte vom offenen Meer herüber und blies ihr das Haar aus dem Gesicht.

Keinen Schritt wich sie vom Pfad ab, neben dem es steil nach unten ging; es mussten Hunderte von Vögeln sein, die in der Felswand nisteten. Die Luft war erfüllt von ihren Rufen. Vorsichtig trat Nessa an die Kante und schaute auf die Wellen, deren Gischt sicher drei Meter hoch an die Felsen schlug und deren rhythmisches Brausen nun in Nessas Brustkorb widerhallte.

Beeindruckend genug an einem milden, sonnigen Tag wie diesem, wie musste es erst bei stürmischem Wetter wirken? Sie nahm sich vor, die stürmischen, regnerischen Tage ebenso wie die sonnigen zu genießen.

Doch fürs Erste wollte sie einfach bloß das kühle Nass an den Füßen spüren. Suchend sah sie sich um. Zur Rechten nichts als Felsnasen. Doch links ragte ein Meeresarm ins Land, und so folgte sie dem Pfad in diese Richtung.

Fast eine Viertelstunde war sie von der Hoffnungslosigkeit ihres Unterfanges überzeugt, dann führte der Weg tatsächlich steil hinunter in eine bewaldete Bucht mit einem kleinen Kiesstrand. Künftig würde es noch mehr zu entdecken geben, denn der Pfad führte auf der anderen Seite wieder hinauf und weiter die Steilküste entlang, doch für heute genügte ihr diese Bucht.

Oberhalb der Klippen war es ordentlich windig gewesen, doch dieses kleine Paradies lag wunderbar geschützt. Quasi die Miniaturausgabe eines idealen Strandes. Die Steine glänzten noch feucht vom zurückweichenden Meer, darüber ein trockener Sandstreifen. Ein kleiner Strom teilte die Bucht in zwei Hälften. Der Strand war märchenhaft schön, und von nun an gehörte er ihr. Hier würde sie viele vergnügliche Stunden mit einem Buch und einem Picknickkorb verbringen. Und während sie sich beglückt umsah, wurde sie von einer unglaublichen Ruhe erfüllt.

Bei ihrem nächsten Besuch würde sie das kleine Tal dahinter erkunden. Wohin das wohl führen mochte? Aber im Augenblick wollte sie bloß Schuhe und Strümpfe ausziehen und sich in die Wellen stürzen, die in dieser kleinen Bucht längst nicht so wild waren, weil sie sich nicht an irgendwelchen schroffen Klippen abarbeiten mussten.

Auf dem Weg zum Wasser mied sie die spitzen Steine und hielt sich an den Sand, der sich kühl anfühlte. Als eine vorwitzige Welle an ihren Füßen leckte, kreischte sie. Ui wie kalt!

Kichernd machte sie einen Satz zurück, bevor sie sich wieder vorwagte und so in den Wellen planschte wie früher als Kind. Als sie außer Atem war und ihre Füße von dem eiskalten Wasser kribbelten, trabte sie zurück zu ihren Schuhen und Strümpfen und saß noch eine Weile mit geschlossenen Augen am Strand, das Gesicht in die Sonne gerichtet, und ließ die Füße trocknen.

Dann raffte sie sich schließlich auf. Es würde noch viele Tage geben, die sie hier am Strand verbringen konnte, jetzt wollte sie erst einmal ins Dorf, um Kühlschrank und Gefrierschrank aufzufüllen. Vielleicht gab es in dem Laden, in dem sie gestern das Katzenfutter erstanden hatte, auch Farbe zu kaufen, denn die Zimmer in ihrem Cottage konnten einen frischen Anstrich gebrauchen. Außerdem wollte sie noch einen Kuchen für ihre Nachbarin backen und sich ihr vorstellen.

Auf einmal hatte sie es richtig eilig, mühte sich mit den noch feuchten Füßen in die Socken und kämpfte sich schnaufend den Steilhang hoch. Oben genoss sie die kühle Brise und schritt forschen Schrittes über die Felder nach Hause. Diesmal brauchte sie bloß vierzig Minuten. Für eine Frau in den Fünfzigern war sie ganz schön fit, dachte sie stolz. Vielleicht fand sie ja noch einen Weg weiter durch das Tal ins Dorf, dann könnte das ihr täglicher Spaziergang werden.

Als sie vor ihrer Haustür stand, schaute sie automatisch zum Bungalow hinüber.

Drüben war keine Bewegung auszumachen, es gab kein Anzeichen, dass jemand zu Hause war, und nicht den geringsten Hinweis, dass ihr Nachbar sie beobachtete. Dennoch war sie überzeugt davon, dass er es tat, deshalb winkte sie ihm lächelnd zu.

Wenn er sie nicht beobachtete, war es auch nicht schlimm, und wenn doch, dann sah er, dass sie sich Mühe gab, das Eis zwischen ihnen zu brechen.

Steter Tropfen höhlt den Stein, sagte Nessa sich, als sie hineinging. Drinnen begrüßte Sylvia sie unter lautem Protest. Irgendwann würde sie seinen Widerstand schon brechen. Nur mit ihren Beweggründen wollte sie sich lieber nicht so genau auseinandersetzen, denn irgendwie ahnte sie schon, dass sie sich von ihm stärker angezogen fühlte, als sie sich eingestehen wollte.

8.
George

Nessa hatte ihn schon wieder gesehen! Warum hätte sie sonst winken sollen? Eigentlich konnte man durch die Gardinen nicht hindurchsehen, aber dennoch glaubte er es.

George wünschte, sie würde ihn in Ruhe lassen. Hatte er sie in irgendeiner Form ermuntert? Wenn er etwas nicht leiden konnte, dann waren es neugierige Schnüffler. Warum belästigte sie ihn bloß? Und er fühlte sich wirklich belästigt, so als würde sie ihn auf Schritt und Tritt überwachen.

Das gefiel ihm nicht. Überhaupt nicht. Jedenfalls redete er sich das ein, denn die Schmetterlinge im Bauch, die er fühlte, wenn er an ihr Lächeln dachte, verdrängte er.

Vielleicht hätte er ihr die Dose nicht zurückbringen sollen, aber dann hätte sie womöglich deshalb noch bei ihm geklopft. Oder hätte er ihr keine Dankesnotiz schreiben sollen? Aber daraus konnte sie ihm wohl keinen Strick drehen, die war ja kaum mehr als höflich gewesen. Im Grunde hatte er sich nicht einmal bedanken wollen, doch als unhöflich wollte er auch nicht gelten.

George sah sie zurückkommen. Schon von Weitem hatte er sie in schnellen Schritten über die Felder eilen sehen, als würden ihr die Ländereien gehören. Ob sie die kleine Bucht entdeckt hatte, in der er als Kind immer gespielt hatte? Im Spiel hatte dieser versteckte Meeresarm ganz allein ihm gehört, und noch immer wachte er eifersüchtig darüber.

Er war seit Jahren nicht mehr dort gewesen. Das letzte Mal kurz bevor er auf die Universität gegangen war, da hatte er befürchtet, dass er nicht zu den anderen passen könnte (und genau so war es dann auch gewesen). Überhaupt hatte er Angst gehabt, das Elternhaus zu verlassen, und andererseits war er außer sich vor Freude gewesen, ein eigenes Leben zu beginnen.

Das Studium hatte ihn nach Liverpool geführt, doch er hatte auch dort keine gute Zeit gehabt. Erst nachdem er seinen Abschluss gemacht und angefangen hatte, fürs Finanzamt zu arbeiten, hatte er sich in der Großstadt etwas wohler gefühlt. Da war er dann geblieben, bis seine Mutter gestorben und sein Vater nicht mehr allein zurechtgekommen war.

Natürlich kannten ihn noch alle im Dorf. Da konnte er so lange und weit wegbleiben, wie er wollte, die Leute erinnerten sich an ihn. Doch nach seiner Rückkehr blieb er für sich, und so trat er mehr und mehr in den Hintergrund, was ihm lieb war. Man ließ ihn in Frieden. Mit den Hallos und Wiegeht's kam er zurecht, aber alles andere war ihm zu viel und brachte ihn aus dem Gleichgewicht.

Nessa Millbrook brachte ihn aus dem Gleichgewicht.

Und es gefiel ihm ganz und gar nicht.

Hektisch trat er vom Fenster weg, als hätte die Nachbarin die Gabe, in seine Seele zu sehen. Dabei stieß er gegen einen turmhohen Bücherstapel, und alles purzelte zu Boden.

Zu was diese Frau ihn alles trieb!

George war den Tränen nahe, und als auch noch der Nachbarstapel ins Wanken geriet, schrie er kurz auf vor Schreck.

Nein, nein, nein!

Rasch stabilisierte er den Stapel, bemüht, nicht auf die Taschenbücher zu seinen Füßen zu treten. Erst als die Gefahr gebannt war, entspannte er ein wenig und fing an, die Bücher am Boden wieder neu aufzustapeln.

Nach zwanzig Minuten hatte er es fast geschafft. Um das letzte Buch auf den Stapel zu legen, musste er sich auf die Zehenspitzen stellen. Er achtete darauf, dass die Bücher keinen der anderen Stapel berührten, und vor allem, dass sie akribisch aufeinanderlagen. Alles, was schief war, ertrug er nicht. Eigentlich hatte er ja vorgehabt, die Bücher zu sortieren und alphabetisch nach Genre oder Größe zu ordnen. Doch inzwischen hatte er so viele, dass es schier unmöglich schien. Ob es unter den vielen Psychologiebüchern, die er besaß, auch eines gab, das einem half, mit neugierigen Nachbarinnen fertigzuwerden? Doch er brachte es nicht über sich, danach zu suchen. Er hatte auch gar keinen Platz dafür. Um ins Zimmer zu kommen, musste er sich an den Stapeln vorbeischlängeln. Wenn er die Bücher durchsehen wollte, müsste er sich dazwischen auf den Boden legen, doch dann würde er nicht mehr zu seinem Schreibtisch gelangen und könnte nicht mehr arbeiten, und keine Arbeit bedeutete kein Geld und …

George hyperventilierte, atmete in flachen, keuchenden Stößen, ihm rauschte das Blut in den Ohren. In der linken Schläfe hämmerte es, als würde sein Schädel gleich explodieren. Dann wurde ihm auch noch schlecht.

Er tastete hinter sich nach seinem Schreibtischstuhl, die einzige Sitzgelegenheit im ganzen Haus, die nicht mit Sachen voll war, und ließ sich darauf sinken. Sein Herz klopfte so laut, dass er fürchtete, es könnte ihm aus der Brust springen.

Einatmen, eins, zwei, drei; ausatmen, eins, zwei, drei, sagte er sich im Kopf. Hätte er doch bloß eine Papiertüte zur Hand. Die meisten Tüten befanden sich jedoch an ihrem ordnungsgemäßen Platz im Esszimmer. Leider konnte er den Raum nicht mehr betreten, weil irgendetwas (oder mehrere irgendetwasse) von innen gegen die Tür gefallen war und sie sich daher nicht mehr öffnen ließ. Bei dem Gedanken an die schreckliche Unordnung in dem Zimmer musste George gleich wieder nach Luft schnappen, und vor seinen Augen tanzten bunte Lichtpunkte.

Atmen, atmen, atmen …

Allmählich bekam er sich wieder in den Griff, doch der Vorfall hatte ihn tief erschüttert. An Arbeit war heute nicht mehr zu denken, nicht nach diesem Schock. Damit hatte er schon fast zwei Tage nicht mehr gearbeitet und alles bloß wegen dieser Frau nebenan.

Verdammter Mist! Eigentlich fluchte er nie, nicht einmal in Gedanken. So weit war es also schon mit ihm gekommen. Was sollte er bloß tun?

9.
Nessa

Applewell gefiel ihr immer besser, dachte sie, als sie durch die kleine Hauptstraße lief. Ihr war es doch albern vorgekommen, für die kurze Strecke den Wagen zu nehmen, deshalb ging sie zu Fuß. So würde sie zwar nicht so viel besorgen können, doch so lange sie etwas zum Tee hatte und ein paar Dinge im Gefrierschrank, würde sie schon nicht verhungern. Außerdem war morgen ja auch noch ein Tag. Nichts hielt sie davon ab, morgen Vormittag wieder durchs Dorf zu bummeln.

Nessa lächelte. Sie war es so gewöhnt, von der Arbeit nach Hause zu hetzen und dann wieder von zu Hause zur Arbeit und die Einkäufe immer irgendwann zwischendurch zu erledigen, dass sie derzeit noch vergaß, dass sie nicht mehr in diesem Hamsterrad steckte und tun und lassen konnte, was sie wollte.

Natürlich nicht für immer, denn irgendwann würde die viele Freizeit ihren Reiz verlieren und langweilig werden, doch fürs Erste musste Nessa verschnaufen und Bilanz ziehen. Bestimmt gab es in Applewell eine gemeinnützige Einrichtung, in der sie sich ehrenamtlich engagieren konnte. Kurz darauf kam sie an dem Charity-Shop vorbei, dessen Erlös Obdachlosen zugutekam. Während ihrer Zeit im Krankenhaus hatte sie viele Obdachlose behandelt, und ihr ging deren Leid nahe. Sobald sie sich eingelebt hatte, sollte sie vielleicht mal fragen, ob ihre Hilfe gebraucht wurde.

Inzwischen konnte sie sich ja mal unverbindlich umsehen. Sie brauchte nichts, eher im Gegenteil, vor ihrem Umzug hatte sie selbst im großen Stil gespendet.

»Hi«, rief eine junge Frau aus dem hinteren Teil des Ladens. Sie sortierte gerade Vorhänge der Länge nach.

»Hallo.« Wenn sie es sich recht überlegte, waren die Vorhänge im Cottage schon recht verblichen und fadenscheinig. Die Vorhänge aus ihrer alten Wohnung hätten ohnehin nicht gepasst, deshalb hatte sie sie gleich in Bristol hängen lassen. Neue Vorhänge könnte sie eigentlich schon gebrauchen.

»Die sind ja wirklich schön«, sagte Nessa. Ihr Blick war auf leichte, mit Lavendelzweigen bedruckte Baumwollvorhänge gefallen, die gut in die Küche passen würden.

»Fassen Sie mal an. Die sind brandneu.« Die junge Frau reichte ihr die Vorhänge.

Nessa hielt sie hoch. Ohne die genauen Maße zu kennen, war ihr sofort klar, dass die nicht passen würden. »Leider viel zu lang«, sagte sie und gab sie zurück.

»Kürzen ist ja kein Problem.«

Nessa lächelte. »Für mich schon. Ich kann kaum einen Knopf annähen.« So patent sie in vielen Bereichen auch war, Handarbeit gehörte nicht dazu, obwohl sie in der Notaufnahme Hunderte von Wunden genäht hatte.

»Bleiben Sie in Applewell oder sind Sie auf der Durchreise? Wenn Sie noch ein paar Tage bleiben, könnte ich die Vorhänge kürzen lassen. Das dauert nicht allzu lange.«

»Ich bin hergezogen.«

Die Frau strahlte sie an. »Ach, Sie haben das Haus der alten Alys Griffith gekauft?«

Nessa lachte. »Ertappt.«

»Und haben Sie sich schon eingelebt? Ich bin übrigens Catrin.«

»Ich bin Nessa. Nessa Millbrook.«

Nun musste Catrin lachen. »Weiß ich doch längst. In so einem kleinen Nest kann man nichts geheim halten.«

»Das wird mir auch gerade klar! Sonst fühle ich mich ganz wohl. Ausgepackt ist schon alles, und jetzt erkunde ich gerade ein wenig die Umgebung. Heute Morgen habe ich einen herrlichen kleinen Strand entdeckt, von mir nur über die Felder.«

Obwohl der Laden leer war, sah sich Catrin um und raunte: »Schh, das behalten wir hier für uns.«

»Verdammt, ich dachte, ich wäre die Einzige, die den entdeckt hätte«, witzelte Nessa.

»Im Ernst, wenn die Touristen davon Wind bekämen, wäre er sofort komplett überlaufen. Verstehen Sie mich nicht falsch«, fügte Catrin schnell hinzu. »Natürlich leben wir von den Touristen, aber manche Dinge behalten wir lieber für uns. Aber zurück zu den Vorhängen: Wollen Sie sie vielleicht kürzen lassen?«

Die Frau war geschäftstüchtig, das musste Nessa ihr lassen. »Ich weiß noch nicht so recht …«

»Ich lege sie einfach für Sie zur Seite, und dann können Sie es sich bis morgen überlegen. Und je nachdem, wie viel Stoff am Ende übrig bleibt, könnten Sie sich aus dem Rest Kissen machen lassen.«

»Das ist eine super Idee. Ich habe nämlich einen Tisch und zwei Stühle in der Küche, da wären passende Kissen wunderbar.«

»Gracie hat sicher nichts dagegen, wenn ich Ihnen ihre Nummer gebe.« Catrin kritzelte eine Telefonnummer auf ein Post-it. »Sie kann Ihnen dann sagen, was sie nehmen würde. Das hilft Ihnen vielleicht bei der Entscheidungsfindung.«

»Was kosten denn die Vorhänge?«, fragte Nessa.

»Fünf Pfund. Ein richtiges Schnäppchen!«

»Okay, dann legen Sie mir die Vorhänge zurück. Ich rufe die Frau nachher an und sage Ihnen dann morgen Bescheid.«

Belustigt verließ Nessa den Laden. Catrin war wirklich eine resolute Geschäftsfrau. Mit einem Lächeln betrat sie den Metzger, um ein wenig Rindfleisch für den Eintopf zu kaufen, den sie sich zum Abendessen machen wollte.

Während sie dem Mann zusah, wie er ihr Fleisch in Papier wickelte, dachte sie darüber nach, wie schnell sie die Abendmahlzeit wieder »Abendessen« nannte, in Bristol hatte sie immer Abendbrot gesagt. Ihre Wurzeln brachen durch, auch trat ihr sonst kaum wahrnehmbarer walisischer Singsang wieder stärker hervor. Sie ertappte sich sogar dabei, dass sie den walisischen Ausdruck »diolch« statt »danke« sagte, als der Metzger ihr das Fleisch reichte.

Als er sie daraufhin angrinste, grinste sie zurück. Alle waren so freundlich hier. Nicht alle, dachte sie ernüchtert. Nicht ihr schwieriger Nachbar George …

Doch George musste warten, denn als sie nach Hause kam, standen Mairis Fenster offen, sie war also wieder da. Nun wollte Nessa einen Kuchen backen und ihr einen Besuch abstatten.

Deshalb stand Nessa schon knapp eine Stunde später mit einem Kuchen in der Hand (in derselben Dose, die sie vor Georges Tür gestellt hatte) und einem Lächeln auf den Lippen bei Mairi vor der Tür.

Gleich beim ersten Klopfen wurde ihr geöffnet. Vor ihr stand eine winzige, hutzelige Frau mit einem leichten Buckel, krausem Haar und einer Brille auf der Nasespitze. Auch sie lächelte zur Begrüßung.

»Kommen Sie rein, kommen Sie rein«, Mairi öffnete die Tür sperrangelweit und machte ihr Platz.

Nessa zögerte. Hoffentlich lud die alte Dame nicht jeden

wildfremden Menschen zu sich ein. »Ich bin Nessa von nebenan.«

»Weiß ich doch.« Dabei strahlte sie über ihr verknittertes Gesicht.

Nessa runzelte die Stirn. »Woher denn …?«

»Die Appleweller Buschtrommeln.«

»Aber Sie sind doch gerade erst wiedergekommen«, warf Nessa ein und folgte der winzigen Gestalt durch den Flur, der ihrem bis aufs Haar glich.

»Spielt keine Rolle. Das spricht sich rum. In Applewell kann man nichts für sich behalten. Aussichtslos.« Sie deutete auf einen der beiden Sessel in der Küche. Nessa setzte sich, hielt noch immer die Dose an sich gepresst, während Mairi geschäftig in der Küche umherwuselte, Wasser aufsetzte und Teetassen hinstellte.

Nessa reichte ihr die Dose. »Ich habe Ihnen zur Begrüßung einen Kuchen gebacken.«

»Das ist aber nett. Ich wusste gleich, dass ich Sie mögen würde.«

»Ach ja?«

Mairi nickte ernst. »Man sieht es Ihnen schon im Gesicht an.«

Nessa verkniff sich das Lachen. »Oh, danke.«

»Sie haben so etwas Fürsorgliches. Offenes. Ach, bin ich froh, dass Sie nebenan eingezogen sind!« Sie klatschte in die Hände und strahlte wie ein Kind. Nessa musste unwillkürlich grinsen. »Es ist ein beruhigendes Gefühl, wenn das Cottage bewohnt ist. Stand ja eine ganze Weile leer.«

Nessa erinnerte sich, was Eleri ihr über Mairi erzählt hatte, und sagte spontan: »Haben Sie nicht Lust, heute zum Abendessen zu kommen? Ich mache Rindereintopf mit neuen Kartoffeln und Gemüse.«

Mairi zögerte.

»Sie tun mir damit einen Gefallen, denn ich mache immer viel zu viel Essen, und ich werfe so ungern was weg. Außerdem sind Sie bestimmt noch gar nicht zum Einkaufen gekommen.«

»Ganz sicher?« Die alte Dame wirkte unschlüssig. »Ich hätte mir heute sonst ein Fertiggericht aus dem Gefrierschrank aufgetaut.«

»Das können Sie ja ein andermal essen. Bitte sagen Sie zu. Ich würde mich über ein bisschen Gesellschaft freuen.«

»Na wenn das so ist, komme ich gerne«, entgegnete Mairi mit leuchtenden Augen.

Die alte Dame war wirklich einsam. Aus der Welt schaffen konnte Nessa ihr Problem nicht, aber doch ein wenig mildern. Wenigstens sollte Mairi wissen, dass sie für sie da war, wenn sie Hilfe brauchte.

Nessa sah sich neugierig um. Die Küche war ziemlich altmodisch. Wo sich einst der Kamin mit der Feuerstelle befunden hatte, stand ein antiker Eisenherd und daneben noch ein alter Spülstein. Einbauschränke gab es nicht, stattdessen standen ein paar Küchenschränke herum, und ein langer Tisch war mit der Längsseite gegen die Wand geschoben. Mit den Sesseln wirkte es hier wie in einem Film, der um die Jahrhundertwende spielte.

Aber es war gemütlich, und Mairi saß offenbar gerne hier. Der Garten hinter der Küche war die reinste Farbenpracht.

»Sie haben ja einen wahnsinnig schönen Garten«, sagte Nessa, während die alte Dame den Kuchen schnitt und Tee aus einer Kanne in Tassen goss.

»Ja, das habe ich wirklich. Doch jedes Jahr wird er ein wenig wilder, und es fällt mir schwerer, ihn in Schach zu halten.« Mairi stellte Teller und Tassen auf den kleinen Tisch zwischen den Sesseln und ließ sich ächzend in ihren Sessel fallen.

»Ich könnte Ihnen helfen.«

»Ach, Sie haben sicher genug mit Ihrem eigenen Garten zu tun. Ich schaffe das schon.«

Nessa ließ es auf sich beruhen, sie wollte die alte Frau nicht bedrängen, aber zumindest hatte sie ihre Hilfe angeboten.

»Nun erzählen Sie mal ein bisschen von sich.« Mairi nahm einen Schluck Tee, bevor sie sich einen großen Bissen Kuchen in den Mund schob. »Mhmm, köstlich.« Ihre Stimme klang durch den Kuchen etwas gedämpft.

»Hoffentlich hat es meinem anderen Nachbarn auch so gut geschmeckt«, sagte Nessa.

Mairi schluckte und leckte sich die Lippen. »Haben Sie George auch einen gebacken? Wie nett von Ihnen!«

Nessa nickte. »Ich habe ihm den Kuchen vor die Tür gestellt, und später habe ich dann die leere Dose und eine Dankesnotiz vor meiner gefunden.«

Mairi verzog das Gesicht. »Typisch George. Ich kannte ihn schon als Kind. War ein seltsamer kleiner Kerl. Sehr schüchtern. Ausgesprochen höflich. Viele Freunde hatte er nicht. Ist heute nicht anders.«

»Das ist aber traurig. Woran lag es denn?«

»Ich glaube, er wurde in der Schule viel gehänselt. Mobbing nennt man das wohl heute. Seine Mutter hat Himmel und Hölle in Bewegung gesetzt, um ihn dazu zu bewegen, auf die weiterführende Schule in Lampeter zu gehen. Kinder können grausam sein. George war nicht besonders sportlich. Er war ein Bücherwurm und verstand sich auf Zahlen. Was war seine Mutter stolz, als er auf die Universität ging. Er war der Erste in der Familie mit einem Universitätsabschluss. Irgendwas mit Zahlen … Hat sie es mir mal gesagt …? Weg.

Bestimmt fällt es mir wieder ein. Jedenfalls hat er ein paar Jahre in Liverpool gelebt und kam dann zurück, als seine Mutter so schlimm Krebs hatte. Da musste er sich dann um seinen Vater kümmern. Parkinson. Schlimme Krankheit. Und dabei ist Mr Nightingale immer so geschickt mit seinen Händen gewesen. Der Mann konnte wirklich alles reparieren, alles. Und es gab nichts, das er nicht hatte. Mein Jim ist immer rübergegangen, wenn er mal einen Nagel oder eine Schnur brauchte. Ganz egal, was, Mr Nightingale hatte es sofort griffbereit.« Mairi lächelte. »Einmal war ich bei ihm in der Garage, als er seinen Morris Minor gewartet hat, damals ging das noch, da waren die Autos noch nicht halbe Computer. Jedenfalls waren die Regale voller Gläser mit Nägeln, Schrauben, Unterlegscheiben, alle fein säuberlich beschriftet, wenn auch mit rostigem Inhalt.«

Nessa konnte gar nicht genug über ihren scheuen Nachbarn erfahren, doch gleichzeitig hatte sie ein schlechtes Gewissen, dass sie über ihn tratschten. Sie schob sich noch ein letztes Stück Kuchen in den Mund – er war wirklich gut geworden – und stellte dann den Teller in die Spüle, woraufhin Mairi ihr ein wohlwollendes Lächeln schenkte.

»Mr Nightingale war gut ein paar Jahre älter als ich«, sagte Mairi. »Er hat noch den Krieg erlebt und die Zeit danach, als alles knapp war. Natürlich war er da selbst noch ein Kind, doch er hat stets gesagt: ›Wirf nichts weg. Wer weiß, wozu es noch gut ist.‹ Und er hat nie irgendwas weggeworfen, was man noch benutzen konnte. Meine Mutter war auch so sparsam. Das Papier, in dem die Butter eingeschlagen war, hat sie glatt gestrichen und damit die Backbleche eingerieben. Das hat sie bis kurz vor ihrem Tod so gemacht.« Ihre neue Freundin klang wehmütig, doch dann schüttelte sie den Kopf. »Wollten wir nicht eigentlich über Sie sprechen?«

»Tut mir leid, aber bei mir gibt es nicht viel zu erzählen. Ich bin gerade in Rente gegangen, habe als Krankenschwester gearbeitet und wollte immer gerne am Meer leben. Da bin ich also. Und bevor Sie etwas sagen wollen, Eleri vom Café hat schon darauf hingewiesen, dass Applewell zwei Meilen von der Küste entfernt liegt.«

»Das Meer ist verdammt nah, man kann in einer knappen Stunde hinlaufen, wenn man nicht trödelt. Zurück dauert es wegen der Klippen ein wenig länger.«

»Weiß ich. Heute Morgen habe ich einen wunderschönen kleinen Strand entdeckt.«

»Schh, nicht den Touristen verraten«, meinte Mairi, und Nessa kicherte. Das schien hier im Dorf der Running Gag zu sein.

»Die Frau im Charity-Shop hat das auch schon gesagt.«

»Catrin Williams?«

»Ja.«

»Nettes Mädchen. Kenn ich auch schon, seit sie auf der Welt ist.«

»Da haben Sie wohl Ihr ganzes Leben in Applewell verbracht?«

»Das habe ich, und ich kann mir keinen schöneren Ort vorstellen. Was ist mit Ihnen? Ich habe gehört, Sie kommen aus Bristol, aber Sie haben einen leichten walisischen Akzent?«

»Geboren und aufgewachsen bin ich in den Valleys, doch für meine Ausbildung zur Krankenschwester bin ich weggegangen. Und dann habe ich eine Anstellung im Bristol Royal Hospital bekommen und da mein Leben lang gearbeitet.«

»Wollten Sie denn nicht lieber in Ihren Heimatort zurück?«

»Da gab es nichts mehr für mich.«

»Keine Familie?«

»Nein.«

»Und haben Sie einen Mann oder einen Lebensgefährten?«

»Ich war vor langer Zeit einmal verheiratet. Hat aber nicht gehalten.«

»Das tut mir leid. Haben Sie Kinder?«

»Leider nicht.«

Mairi tätschelte ihr die Hand. »Tut mir leid, dass ich so neugierig bin.«

»Macht nichts.« Die Fragen machten Nessa wirklich nichts aus, Eleri hatte sie ja auch schon gelöchert, doch das Alleinsein hatte sie nicht unbedingt gewählt. Irgendwie war ihr dieses Leben eher zugefallen. Natürlich hatte sie zahlreiche Möglichkeiten gehabt, jemanden kennenzulernen, doch keine Beziehung hatte so richtig geklappt. Nessa schob es gerne auf ihren anstrengenden Job, besser als zu glauben, dass keiner sie so richtig gewollt hatte. Für die Liebe war es jetzt natürlich zu spät, sie war ja quasi schon eine alte Frau. In ihrem Alter konnte man bloß noch auf die Liebe guter Freunde (wenn sie welche fand, doch mit Mairi machte sie schon einmal einen Anfang) und die ihrer Katze hoffen.

Mairi grinste breit. »Ich glaube, wir zwei werden gute Freundinnen. Und ich bin so froh, dass ich so eine nette Nachbarin wie Sie bekommen habe. Ehrlich gestanden habe ich mir schon ein wenig Sorgen gemacht, wer da neben mir einzieht.«

»Sehen Sie die anderen Nachbarn oft?«

»Eigentlich kaum. Das Pärchen gegenüber ist tagsüber auf der Arbeit, und die meisten anderen Häuser sind Ferienhäuser.«

»Und was ist mit George?«

»George ist George.« Mairi zog die Nase kraus.

»Ob er einsam ist?«

»Ganz bestimmt.«

»Wollen wir ihn vielleicht zum Abendessen dazu bitten? Hätten Sie was dagegen?«

»Überhaupt nicht, aber ich kann mir kaum vorstellen, dass er kommt.«

Nessa konnte es sich auch nicht vorstellen, aber fragen kostete ja nichts. Wenigstens wusste er so, dass man an ihn dachte, denn sie hatte das schreckliche Gefühl, dass sich lange Zeit wirklich niemand für George Nightingale interessiert hatte.

10.
George

Heute war Nessa über die Felder davongestapft. Nachdem sie zurückgekommen war, hatte sie das Cottage erneut verlassen und war mit vollen Einkaufstaschen zurückgekehrt. Dann war sie wieder losgezogen, diesmal um die alte Mrs Edwards zwei Häuser weiter zu behelligen. Dabei hatte sie dieselbe Dose dabeigehabt, die sie am Vortag ihm vor die Tür gestellt hatte, also konnte er sich schon denken, was darin war.

Beim Gedanken an das letzte Stück Kuchen im Kühlschrank wanderte sein Blick zur Wohnzimmertür. Heute Morgen hatte er einfach nicht widerstehen können und ein Stück zum Frühstück gegessen, anstelle seines sonst üblichen Toasts.

Nessas Hin und Her ging ihm zunehmend auf die Nerven. Wie sollte er bei dieser ständigen Ablenkung bloß arbeiten?

O nein! Jetzt kam sie aus Mrs Edwards Haus und lief beschwingten Schrittes und mit einem Lächeln auf den Lippen seine Auffahrt hinauf.

Egal, was sie wollte, nicht mit ihm.

Obwohl er das Klopfen erwartet hatte, erschrak er, blieb aber in seinem Drehstuhl sitzen, auch wenn er gute Lust hatte, der Frau mal gehörig die Meinung zu geigen. So ein Dämpfer geschähe ihr ganz recht. Wenn sie ihn weiter belästigte, würde er …

Was? Die Polizei konnte er ja schlecht rufen. War ja klar, wie das ablaufen würde. Die würden kommen und ins Haus wollen. Wenn er aus den Krimis, die er mit seinem Vater immer geschaut hatte, eines gelernt hatte, dann, dass die Polizei immer ins Haus wollte. Und das konnte er auf keinen Fall zulassen.

Deshalb würde er sich mit der neugierigen Nessa von nebenan abfinden müssen, bis sie den Wink endlich verstand und ihn in Ruhe ließ. Wie viele misslungene Kontaktversuche brauchte es denn noch? Aber er hatte Geduld und alle Zeit der Welt, er würde das Problem aussitzen. Und garantiert würde sie eher die Nase voll haben als er. Abgesehen von den zwei Ausflügen ins Dorf jeden Tag, konnte er sich hinter seinen Gardinen und seiner Haustür verschanzen. Im Bungalow war er sicher. Er würde einfach warten, bis es vorbei war.

Als es wieder klopfte, fuhr er zusammen und legte eine Hand auf die Brust, um sein rasendes Herz zu beruhigen.

Dann schepperte der Briefschlitz. Hoffentlich hatte sie ihm nicht eine Nachricht durchgesteckt, denn sie verschwendete bloß ihre Zeit, diesmal würde er nicht antworten.

Als ihre Stimme durch den Flur ins Wohnzimmer schallte, hätte er fast aufgeschrien. Für einen Moment fürchtete er, sie wäre irgendwie hineingelangt, bis er begriff, dass sie durch den Briefschlitz rief.

»Mr Nightingale? George? Ich bin's, Nessa von nebenan. Sind Sie da?«

Dann wurde es eine Sekunde lang ganz still, und George hoffte, sie würde gehen, wenn er nicht antwortete.

Fehlanzeige.

»George? Wenn Sie da sind, können Sie dann mal an die Tür kommen? Ich möchte Sie heute Nachmittag zu mir zum Abendessen einladen.«

Aus Angst, sie könnte ihn atmen hören, hielt er die Luft an.

»Ich mache einen Rindereintopf mit neuen Kartoffeln. Wenn Sie Lust haben, kommen Sie doch einfach um sechs vorbei. Sie brauchen auch nichts mitbringen, nur sich selbst.«

Wieso mitbringen? Was sollte er denn mitbringen wollen?

»Mairi kommt auch«, fügte sie hinzu, »also wären wir nicht allein.«

Dann klapperte der Briefschlitz noch ein letztes Mal, und er hörte Schritte, die sich entfernten.

George schnappte gierig nach Luft, als wäre er zu lange unter Wasser geblieben.

Mairi kam auch? Es wurde ja immer schlimmer. Mairi Edwards war er nun schon Jahre aus dem Weg gegangen, bloß gegrüßt hatte er sie mit einem höflichen Lächeln, aber immer den Blickkontakt vermieden. Hin und wieder hatte sie das Gespräch gesucht, zwar hatte er immer freundlich geantwortet, war aber nie stehen geblieben.

Wenn es sich vermeiden ließ, blieb er eigentlich nie stehen, um sich zu unterhalten.

Die längsten Gespräche führte er mit Sid, aber nur weil der nervige Mann die Zeitung festhielt oder das Wechselgeld so lange zurückhielt, bis George ihm auf seine belanglose Frage eine Antwort gegeben hatte. George verfluchte den Tag, als Waren nicht einfach mehr in die Kasse getippt werden konnten, sondern gescannt werden mussten. Auf diese Form der Interaktion hätte er gut und gerne verzichten können. Es hatte eine Zeit gegeben, da hatte er sich die Zeitung einfach nehmen, das passende Wechselgeld auf den Tresen legen und sich mit einem Winken mit der Zeitung verabschieden können.

Jetzt ging das nicht mehr. Heutzutage musste Sid die Zeitung nehmen, sie einscannen und mit ihm sprechen.

Gegen das Scannen hatte er im Prinzip ja nichts einzuwenden, aber gegen das Gespräch.

Er fragte sich, worüber sich Nessa Millbrook und Mairi Edwards wohl unterhielten. Hoffentlich nicht über ihn. Doch selbst wenn sein Name fiel, gäbe es sicher kaum etwas über ihn zu sagen, dafür sorgte er schon.

Als er sich später in der Küche eine Packung Spaghetti bolognese in der Mikrowelle warm machte, hörte er hinter dem Haus plötzlich Stimmen.

Und erkannte die Stimmen.

Er öffnete das Küchenfenster einen Spalt und lauschte.

Nessa und Mrs Edwards standen in Nessas Garten und sprachen darüber, was sie mit dem Rasen machen wollte. Irgendwas müsse da passieren, denn er sei vollkommen verwildert. George hatte das gut in den Kram gepasst, denn so ging niemand in den Garten. Alys Griffith hatte ihn seinem Schicksal überlassen, zweimal im Jahr hatten Gärtner den Rasen gemäht und die Büsche beschnitten.

Da kam nun eine neue Sorge auf ihn zu: wenn Nessa in ihrem Garten herumwerkelte, würde sie in seinen gucken können. Auch wenn er noch so vorsichtig war, bestand immer die Gefahr, dass man etwas sah. Zum Beispiel die aufgetürmten Milchflaschen, die in letzter Zeit ein Eigenleben zu führen schienen. George mochte gar nicht daran denken, was passieren könnte, wenn es regnete, da hätten sie noch weniger Halt.

Es war eine seiner größten Ängste, dass jemand hinter sein Geheimnis kam und ihn deswegen verspottete oder schlimmer noch bemitleidete.

Dass es ein Problem war, dass er alles aufhob, wusste er selbst. Doch was sollte er dagegen tun? Und wollte er überhaupt etwas dagegen tun? Im Grunde war er mit allem zufrieden. Und er schadete ja keinem. Was er in seinen eigenen vier Wänden tat, war schließlich allein seine Sache. Und hinter allem steckte die noch viel größere Angst, dass alles, was er so mühsam angesammelt und aufgehoben hatte, weggeschmissen werden könnte. Das könnte er nicht ertragen.

Von klein auf hatte ihm sein Vater eingetrichtert, dass Verschwendung böse und schlecht sei. Warf man etwas weg, brauchte man es kurz darauf garantiert. Und sein Vater hatte immer wieder recht behalten. Einmal hatte er seinem Vater geholfen, in der Garage eine Rolle Stacheldraht zu suchen, die er aufgehoben hatte, als der Großvater von John Porter einen neuen Zaun auf dem Feld gegenüber aufgestellt hatte. Es war zwar nur ein kleines Stück gewesen, doch damit hatte man drei Häuser weiter den Hühnerstall reparieren können, damit sich der Fuchs nicht die Hühner schnappte. Und John Porters Großvater hatte die Rolle wegwerfen wollen. Das war Georges früheste Erinnerung.

Und sie war ihm aus zwei Gründen im Gedächtnis geblieben, zum einen, weil er sich mit dem Draht verletzt hatte, noch immer hatte er eine kleine silbrige Narbe am kleinen Finger, und zum anderen, weil Mr Taylor (dem die Hühner gehörten) ihm eine Tüte Krokant geschenkt hatte, die Mrs Taylor am gleichen Morgen gemacht hatte, und er noch immer den Geschmack dieser köstlichen Süßigkeit auf der Zunge hatte. Klebrig und süß, Nussstücke in goldfarbenem Karamell, allein beim Gedanken daran lief ihm das Wasser im Mund zusammen …

Wonach roch es hier eigentlich?

Da lief einem auch das Wasser im Mund zusammen. Allerdings roch es eher herzhaft-aromatisch, nach Zwiebeln und Fleisch … oh! Nessa hatte doch gesagt, sie wolle Rindereintopf kochen, das musste es sein.

George wäre gerne durch die Hintertür in den Garten geschlüpft, um mehr in Erfahrung zu bringen, doch um in den Garten zu gelangen, musste er ja erst einmal ums Haus herumgehen. Er wollte nicht riskieren, dass er gesehen wurde, wie er ums Haus schlich. Deshalb verharrte er in der Küche, Ärger stieg in ihm auf.

Der köstliche Duft quälte ihn. Sagte ihm, dass er jetzt vor einem Teller selbst gekochtem Essen sitzen könnte, wenn er vorhin nur an die Tür gegangen wäre.

Moment mal!

Er könnte auch jetzt noch einfach nebenan klingeln. So hatte sie es gesagt. In weniger als fünf Minuten könnte er …

Das Piepen der Mikrowelle schreckte ihn auf.

Nein! Was dachte er sich bloß? Er hatte doch wunderbare Spaghetti bolognese. Almosen von Nachbarn hatte er gar nicht nötig. Er war doch nicht so bedürftig wie Mrs Edwards, die nach ein wenig Gesellschaft lechzte. Wenn er aber vollkommen ehrlich war, lechzte er nach einem Teller Rindereintopf und wünschte sich, Nessa Millbrook würde ihm eine Portion vor die Tür stellen.

George nahm die Bolognese aus der Mikrowelle und blies darauf. Was für ein absurder Gedanke! Wieso sollte ihm jemand einen Teller Rindereintopf vor die Tür stellen, er war doch keine wilde Katze, die man füttern musste!

Missmutig nahm er die Gabel in die Hand und aß.

Doch das Essen schmeckte nur nach Salz und Hoffnungslosigkeit. Mit Wucht schleuderte er die Schüssel in die Spüle. Es machte einen irren Krach, die Schüssel zerbrach in drei Teile, und braune Hackfleischbrocken spritzten durch die Küche.

George zuckte zusammen. Der Ärger verschwand so schnell, wie er gekommen war.

Was war nur in ihn gefahren?

Sonst wurde er doch nie wütend. Missmutig und gereizt schon, aber er verlor nie die Beherrschung.

Daran waren bloß diese Nessa und ihr verdammter Eintopf schuld! Und jetzt musste er sich auch noch eine neue Schüssel kaufen. Was für eine Verschwendung!

Dabei hasste er Verschwendung.

Doch was er noch mehr hasste, war, dass sein Herz einen Satz machte, als Nessa nach ihm rief. »George? Wir haben Krach gehört. Ist alles in Ordnung?«

Natürlich war alles in Ordnung.

»George?«

Es half nichts, er musste ihr antworten, sonst stünde sie gleich wieder bei ihm vor der Tür. Er stellte sich auf die Zehenspitzen und öffnete das Fenster ein wenig mehr. »Alles gut«, rief er durch den Spalt.

»Sicher?« Ihre Stimme wurde lauter. Sehen konnte er sie nicht, doch sie stand offenbar direkt am Zaun.

»Ganz sicher!«, brüllte er.

»Wollen Sie uns nicht doch Gesellschaft leisten? Ich wollte gerade den Tisch decken?«

»Nein.« Er hielt einen Moment inne. »Danke.«

»Okay.« Sie klang enttäuscht.

Auch er war enttäuscht. Durch seine Leichtsinnigkeit hatte er nun doch ein Gespräch mit ihr geführt, außerdem musste er sich ein neues Essen machen … und eine neue Schüssel kaufen.

Doch trotz seines knurrenden Magens mit nichts im Regal und auch nichts im Kühlschrank, auf das er Lust hatte, stapfte er ins Schlafzimmer und legte sich ins Bett, obwohl es noch grotesk früh war. Die Küche würde er morgen sauber machen.

Wenn er schlief, musste er sich zumindest nicht mit übergriffigen Nachbarn und quälenden Gerüchen herumschlagen.

11.
Nessa

»Wenn Sie mir die Maße durchgeben, kann ich die Vorhänge von Catrin abholen und mich gleich heute dransetzen«, sagte Gracie Stewart am nächsten Morgen am Telefon.

Nessa zögerte. »Aber ich habe sie ja noch nicht einmal bezahlt.«

»Macht doch nichts. Bezahlen Sie einfach bei Ihrem nächsten Besuch, Catrin hat garantiert nichts dagegen.«

»Sind Sie sicher …?«

»Klar. Messen Sie einfach mal ab. Ich bleibe solange dran.«

Nessa nahm das Telefon mit in die Küche, legte es auf den Tisch und suchte in der Schublade nach dem Maßband.

»Von der Breite passt es«, sagte sie ein paar Minuten später zu Gracie, »nur in der Länge müssten sie um gut sechzig Zentimeter gekürzt werden.«

»Dann hätten Sie noch genug für ein Paar Kissenbezüge übrig, wenn Sie wollen.«

»Ja gerne, wenn es nicht zu viel Arbeit ist.«

»Überhaupt nicht. Bis heute Abend ist alles fertig.«

»Das geht aber fix! Soll ich sie bei Ihnen abholen? Da kann ich dann auf dem Weg auch gleich meine Schulden bei Catrin bezahlen.«

Nachdem Gracie Nessa ihre Adresse gegeben hatte, einigten sie sich noch auf einen Preis. Nessa freute sich. Die neuen Vorhänge würden super aussehen, wobei sie vielleicht die

Küche vorher noch streichen sollte. Schmunzelnd dachte sie an Mairis Küche. Im Vergleich dazu wirkte ihre ja geradezu modern. Doch zu der alten Frau passte es, die konnte sie sich auch nicht in einer funkelnagelneuen Küche vorstellen, sich selbst allerdings schon. Fürs Erste würde sie die Wände streichen und sich vielleicht ein paar neue Schranktüren besorgen, das würde die Küche schon etwas aufpeppen. Eine ganz neue Küche konnte sie sich momentan nicht leisten, aber das wäre eine gute Übergangslösung. Eigentlich schade, denn die alten Schranktüren waren noch vollkommen in Ordnung, bloß waren sie in einem dunklen Tannengrün gehalten und ließen die Küche düster wirken. Weiß wäre ihr viel lieber, da kämen dann auch die neuen Vorhänge gut zur Geltung. Tja …

Draußen lockte das schöne Wetter, streichen konnte sie auch noch morgen. Die Wettervorhersage hatte für Ende der Woche Regen und Sturm angekündigt, ideal, um Pinsel und Farbroller zu schwingen. Den heutigen Tag wollte Nessa lieber für einen Spaziergang nutzen.

Sie nahm den gleichen Weg wie gestern und war schon bald am Strand. An dieses Leben könnte sie sich gewöhnen, dachte sie, während sie an der Wasserlinie an angespültem Treibholz und Seetang vorbeischlenderte. Ein entspanntes Frühstück mit anschließendem Spaziergang, Mittagessen auf der überwucherten Terrasse … diese Büsche konnten so nicht bleiben, dagegen sollte sie unbedingt etwas tun … Wieder musste sie sich in Erinnerung rufen, dass sie keine Eile hatte und es jeden Tag erledigen konnte. Sie hatte keinen Job, keine Verpflichtungen und war niemandem Rechenschaft schuldig. Einerseits war es ein befreiendes Gefühl, andererseits machte es ihr auch Angst.

Schon ihre ersten Tage in Applewell hatten gezeigt, wie wichtig es war, ihrem Tag und auch ihrer Woche eine Struktur zu geben. Kein Wunder, dass Eleri über George gesagt hatte, man könne die Uhr nach ihm stellen, er würde immer zur gleichen Zeit durchs Dorf spazieren. George mochte eben auch Routine. Das ging den meisten Menschen so, oft wurde der Tag von Arbeit, Schule oder den Bedürfnissen der Kinder bestimmt.

Und so war es Nessa ja auch gegangen (also bei ihr hatte sich alles um Arbeit, nicht um Kinder gedreht), doch nun gab es nichts mehr, was ihre Zeit fraß, und so lagen planlose Tage, Wochen und Monate vor ihr. Die Renovierung ihres Hauses würde schließlich auch nicht ewig dauern.

Aus dieser Warte konnte sie verstehen, warum besonders ältere Menschen so in ihren Gewohnheiten gefangen waren und schlecht mit Veränderungen zurechtkamen. Während ihres Berufslebens hatte sie es unzählige Male erlebt, dass ältere Menschen nach einem Sturz ins Krankenhaus eingeliefert wurden und sich dann bitter beklagten, dass sie nun ihre Lieblingssendung im Fernsehen verpassten, oder vor einer dringenden Operation noch auf den Elf-Uhr-Tee bestanden.

George war aber noch nicht ältlich. Eher mittelalt wie sie selbst, aber bestimmt nicht alt. Was er bloß den ganzen Tag so trieb? War er auch schon pensioniert? Arbeitete er von zu Hause aus? War er zu krank zum Arbeiten? Krank wirkte er eigentlich nicht, aber sie wusste aus Erfahrung, dass man es den Menschen nicht immer ansah.

Ihr kam wieder der Krach von gestern Abend in den Sinn, den sie von drüben gehört hatte. Wahrscheinlich machte sie sich unnötige Sorgen, schließlich hatte George ja selbst gesagt, dass ihm nichts fehle, doch irgendwas daran ließ sie nicht los. Was, konnte sie nicht sagen.

Im Grunde ging es sie ja auch nichts an, es ging sie definitiv nichts an, dennoch wollte sie es nicht auf sich beruhen lassen. Nachbarn waren doch füreinander da, und George hatte lange ohne direkte Nachbarn auskommen müssen. Außerdem konnte er ihr ja sagen, sie solle sich um ihren eigenen Kram kümmern. Das würde sie dann natürlich respektieren.

Nessa hatte den Eindruck, dass er schüchtern war und auch nicht gewohnt, dass sich andere um ihn kümmerten. Irgendwie erinnerte er sie an Sylvia. Die Katze war auch so gewesen. Anfangs war sie trotz ihres Stammbaums richtig wild gewesen. Leider würde sie nie erfahren, was Sylvia erlebt hatte (war sie ausgesetzt worden?), doch nachdem sie das Vertrauen der Katze gewonnen hatte, hatte sie sich gut eingelebt und war nicht mehr aus Nessas Leben wegzudenken. Aus der verängstigten, misstrauischen Katze war ein selbstbewusster, liebender Starrkopf geworden.

Ob George auch so war?

Ihr Mitgefühl war sofort geweckt, wenn sie daran dachte, was ihr Mairi über ihn erzählt hatte.

Der Gedanke, George könnte ihr Mitgefühl weder brauchen noch wollen, war ihr zwar auch schon gekommen, aber mit kleinen, freundschaftlichen Gesten würde sie es dennoch versuchen. Mit der Einladung zum Abendessen gestern hatte sie den Anfang gemacht, und so würde sie weitermachen.

Als sie dem Strand den Rücken kehrte, um sich dem kleinen bewaldeten Tal mit dem Bach zuzuwenden, dachte sie mit einem Schmunzeln daran, dass sie Sylvia gefüttert hatte, um ihr Vertrauen zu gewinnen. Natürlich durfte sie ihren Nachbarn nicht mit einem halb verhungerten Kätzchen vergleichen, zumal er wesentlich aufgeräumter wirkte als sie selbst. Als sie George im Laden gesehen hatte, war er sehr elegant angezogen gewesen. Anders als Nessa, die seit ihrer Ankunft in Applewell nichts anderes als Jeans, T-Shirt und

Turnschuhe trug. Auch ihr Haar war nicht frisiert, und geschminkt war sie auch nicht.

So ungepflegt wie sie herumlief, schien sie Hilfe viel nötiger zu haben. Jedenfalls brauchte George niemanden, der ihm seine Hemden bügelte oder ihm die Wäsche machte (nicht, dass sie das im Sinn gehabt hätte), denn sie hatte ein paar Wäschestücke auf der Leine flattern sehen. Dabei fiel ihr ein, dass ihre Waschmaschine dringend angeschlossen werden musste.

Mit dem Gedanken an all die Aufgaben, die noch zu erledigen waren, machte sie sich an den Aufstieg. Diesmal nahm sie einen Waldweg, der sie aus dem Tal hinausführte. Schließlich kam sie am anderen Ende des Dorfes in der Oak Lane heraus.

Super! Wenn sie etwas brauchte, konnte sie so ihren Spaziergang mit Einkäufen verbinden. Und jetzt konnte sie auch gleich bei Catrin die Vorhänge bezahlen und bei *Pins to Elephants* Wandfarbe kaufen. Je schneller sie die Renovierung in Angriff nahm, desto eher war sie fertig und konnte sich entspannt zurücklehnen.

»Was wird es denn diesmal?«, fragte der Mann hinter dem Tresen eine Kundin, die vor Nessa an der Kasse stand.

Nessa hatte sich für eine Farbe in einem hellen Lavendelton entschieden, die gut zu dem kräftigeren Lavendelton der Vorhänge passen würde. Es war schon ewig her, seit sie gestrichen hatte, einen besonders geübten Blick hatte sie dafür nicht.

»Ich habe neulich ein paar Paletten gefunden. Daraus mache ich mir eine Werkbank für den Schuppen. Bevor ich anfange, brauche ich aber noch eine neue Säge.«

Überrascht hob Nessa die Augenbrauen. Die Frau hatte es echt drauf! Sie selbst scheute sich sogar, ein Regal anzubringen, geschweige denn Möbel selbst zu bauen.

Als Nessa an der Reihe war, fragte sie den Mann, ob er jemanden kennen würde, der ihr neue Schranktüren einbauen könnte.

»Da sollten Sie sich mal eine Scheibe von unserer Lottie hier abschneiden«, antwortete der Mann lachend. »Die kauft nie etwas Neues. Würde einfach Farbe auf die Türen klatschen, die sie hat. Fertig.«

»Im Ernst?«

»Klar.« Interessiert musterte er sie. »Haben Sie nicht das alte Haus von Alys Griffith gekauft?«

»Inzwischen weiß wohl das ganze Dorf, wer ich bin.« Sie streckte ihm die Hand hin. »Nessa Millbrook.«

Er schüttelte ihr die Hand. »Tony Hughes. Haben Sie sich schon eingelebt?«

»So langsam«, entgegnete sie und zahlte die Farbe. »Wird noch eine Weile dauern, bis alles fertig ist. Ich habe noch einen Haufen zu streichen, aber zumindest ist schon alles eingeräumt. Aus Kartons könnte ich nicht leben, ich bin ein Ordnungsfreak.«

»Da haben Sie sich aber die falsche Nachbarschaft ausgesucht«, murmelte Tony. Schnell wandte er den Blick ab, die Röte stieg ihm ins Gesicht.

»Wie meinen Sie das?«

»Schon gut. Wie gefällt es Ihnen denn bei uns?«

Natürlich war ihr Tonys abrupter Themenwechsel nicht entgangen, aber sie ließ sich darauf ein, beschrieb ihren Spaziergang von heute Morgen und schwärmte, wie nett alle zu ihr wären.

»Ist Mairi schon von ihrer Tochter zurück?«

»Ja, seit gestern Nachmittag.« Obwohl Nessa nun mit ihm über Mairi plauderte, fragte sie sich, wen er aus ihrer Nachbarschaft gemeint hatte. Mairis Cottage war vielleicht nicht auf dem neuesten Stand, aber ziemlich ordentlich. Eigentlich hatte ihr das Altmodische auch gefallen, besonders der Spülstein. Und mit dem gusseisernen Herd war es im Winter bestimmt richtig kuschlig in der Küche, dazu noch die gemütlichen Sessel. Da saß es sich an einem kalten Winternachmittag bestimmt ganz herrlich mit einem Tee und einem guten Buch.

Später am Nachmittag rieb Nessa die Wände in der Küche ab, um sie am nächsten Tag zu streichen, dabei dachte sie noch immer über Tonys seltsame Bemerkung nach. Doch erst als sie auf die Leiter stieg, um eine besonders hartnäckige Ecke zu putzen, und ihr Blick auf George fiel, der seine Wäsche aus dem Garten holte, ging ihr auf, dass Tony mitnichten Mairi gemeint hatte.

12.
Nessa

Sturm und Regen hatten das schöne Wetter abgelöst, und die Wolken hingen tief am Himmel. In der Zwischenzeit hatte Nessa die Küche schon das zweite Mal gestrichen und die Malerarbeiten für beendet erklärt. Als sie anschließend auch noch die neuen Vorhänge aufgehängt hatte, wirkte alles gleich viel frischer.

Der einzige Wermutstropfen waren die alten Schränke, aber damit würde sie sich arrangieren, bis sie sich neue Türen leisten konnte.

Darüber hatte sie auch gesprochen, als sie bei Gracie die Gardinen und Kissenbezüge abgeholt hatte. Und auch Gracie hatte ihr geraten, die Türen einfach zu überstreichen.

Gracie war eine hübsche Frau Anfang dreißig, die für ihr Leben gerne nähte. Ihre Werkstatt im vorderen Teil ihres Reihenhäuschens quoll über vor Stoffen.

»Hast du wirklich toll gemacht«, hatte Nessa gesagt, als sie ihr die Vorhänge ausgehändigt hatte. Und jetzt, wo sie hingen, sahen sie noch schöner aus. Aus ihrem verwilderten Garten hatte sie gerade noch ein paar Glockenblumen gepflückt und sie in eine Vase auf den Tisch gestellt. Das strahlende Blau der Blütenblätter war ein hübscher Kontrast zum Grün der Stängel und Blätter, zudem griffen sie die Farben der Vorhänge auf.

Die Küche machte sich allmählich, und Nessa war riesig

stolz darauf. Doch nachdem sie drei Tage im Haus verbracht hatte, drängte es sie nun nach draußen.

Festes Schuhwerk und Regenmantel hatte sie, und da sie sich schließlich geschworen hatte, auch bei Wind und Wetter raus an die Steilküste zu gehen, zog sie die wetterfeste Kleidung an und setzte noch eine Strickmütze auf. Fertig.

Ausnahmsweise ließ Sylvia sie ohne zu murren gehen. Nachdem die Katze einen Blick auf den Regen draußen geworfen hatte, befand sie ihr Frauchen wohl für verrückt. Von ihrem angestammten Platz auf dem Fensterbrett des Schlafzimmers aus sah sie Nessa hinterher, die übers Feld schritt, der Grasboden war völlig aufgeweicht und schmatzte bei jedem Schritt.

Bald waren Nessas Stiefel mit Schlamm bedeckt, wenigstens hatte es aufgehört zu regnen. Doch der Wind hatte nicht nachgelassen, zerrte an ihren Klamotten und fegte durch die Büsche und niedrigen Bäume der Hecken.

Eigenartig berauschend war das, und als sie oben auf der Klippe stand, blies ihr der starke Wind direkt ins Gesicht und nahm ihr fast den Atem. Über die Klippe zu schauen, wagte sie bei diesem stürmischen Wetter nicht, ihr reichte ein Blick auf die sich auftürmenden, brechenden Wellen. Das Brausen der See, das Heulen des Windes und die Schreie der vom Wind getriebenen Seevögel verwandelten den einst friedlichen Ort in ein Konzert kakophonischer Klänge.

Nessa juchzte. In der wilden Schönheit der ungezähmten Natur fühlte sie sich so lebendig, dass sie die Arme ausbreitete und sich in den Wind lehnte. Vor Freude tanzte sie beim Abstieg fast über die Steilküste bis zu der Abzweigung, die in die geschützte Bucht führte.

Kaum war sie von der Klippe geklettert, ließ der Wind fast vollständig nach, und sein Heulen war nur noch ein leises

Zischeln. Doch die Wellen brausten unvermindert fort und begleiteten jeden Schritt den steilen Abstieg hinunter.

Nachdem sie nicht mehr befürchten musste, der Wind würde ihr gleich den Kopf abreißen, nahm sie die Mütze ab und ließ sich das Haar durchpusten. Ihr Gesicht war schon feucht von der Seeluft. Lachend leckte sie sich über die salzigen Lippen. Herrlich! Es gab nichts Schöneres als einen erfrischenden Spaziergang am Meer, der einem all die Spinnenweben aus dem Kopf blies, besonders wenn man mutterseelenallein war …

So ein Mist! Unten am Strand war jemand.

Anfangs hatte sie die Person nicht gesehen, weil sie so reglos dastand. Doch als sich die dunkle Gestalt in Bewegung setzte, hob sie sich vom hellen Sand ab.

Es war ein Mann, jedenfalls glaubte Nessa das.

Er hatte ihr den Rücken zugekehrt und lief langsam den Strand entlang, die Hände in den Taschen, die Schultern gebeugt. Dann blieb er stehen und wandte das Gesicht dem Meer zu. Jetzt, wo sie ihn im Profil sah, war sie sicher, dass es ein Mann war. Irgendwie umgab ihn so eine romantische Aura. Lord Byron einsam und allein an einem wilden, abgeschiedenen Strand.

Sollte sie lieber umkehren? Nessa entschloss sich, ihren Weg in die Bucht fortzusetzen. Wenn der Mann dann immer noch da war, konnte sie ja solange auf einem Felsen warten, bis er weg war. Sie hatte gehofft, den Strand für sich zu haben. So gerne sie sich auch mit Menschen umgab, heute wollte sie allein an der unbändigen See sein, um Pläne für ihr weiteres Leben zu schmieden. Natürlich hatte sie alle Zeit der Welt, aber sie brauchte Freiraum, um über ihre Möglichkeiten nachzudenken, und wenn sie zu Hause geblieben wäre, hätte sie sich garantiert mit allen möglichen kleinen Arbeiten abgelenkt, und ihr wäre wieder ein Tag durch die Lappen gegangen. Auch wenn sie nun offiziell Rentnerin war, war sie mit fünfundfünfzig doch noch zu jung, um die Hände in den Schoß zu legen. Irgendwie brauchte sie eine neue Aufgabe, um ihre grauen Zellen auf Trab zu halten und ihren Alltag zu strukturieren.

Nessa war so in Gedanken versunken, dass sie ihre Umgebung kaum noch wahrnahm und immer langsamer wurde, bis sie fast zum Stehen kam. Als sie aufschaute, sah sie den Mann wieder. Einen Augenblick lang hatte sie ihn komplett vergessen und ärgerte sich jetzt ein wenig, weil er nicht den Anschein machte, als würde er bald gehen wollen. Er hatte sie jedenfalls noch nicht bemerkt. Er stand noch immer an derselben Stelle und in derselben Haltung, als würde er darauf warten, dass ihn die Flut davonspülte.

Doch auf einmal streckte er die Arme seitlich aus, wie sie vorhin auf der Klippe. Neugierig beobachtete Nessa ihn.

Dann rannte er plötzlich los, sauste und segelte im Zickzack über den Sand. Nessa schnappte nach Luft. Wie ein Junge, der Flugzeug spielte! Und als er das Ende des Strandes erreicht hatte, machte er kehrt und kam zurückgerannt. Dabei machte er Geräusche wie ein tieffliegender Bomber samt imaginärem Angriff.

Nessa traute ihren Augen kaum.

Der Mann war kein anderer als ihr Nachbar George.

Kein Wunder, dass sie ihn nicht auf den ersten Blick erkannt hatte, er sah vollkommen anders aus. Statt Anzug, Hemd und Krawatte trug er Jeans, Stiefel und Anorak. Überhaupt wirkte er verändert, weniger ernst und pedantisch. Eher ausgelassen und heiter, Worte, die ihr bei ihrem reservierten und verklemmten Nachbarn sonst nie in den Sinn gekommen waren.

Während sie ihn beobachtete, veränderte sich sein Gesichtsausdruck, und er wurde wieder ernster. Schließlich blieb er stehen.

Aus dieser Entfernung konnte Nessa sein Gesicht gut ausmachen. Die Haut rosig von Luft und Bewegung, das Haar zerzaust; abermals wandte er sich dem Meer zu, und wieder sah sie ihn im Profil.

Diesmal erinnerte er sie weniger an Lord Byron, sondern an einen düster vor sich hinbrütenden Rochester oder Heathcliff. Bei dem Gedanken, dass er sogar ein wenig Gefahr verströmte, erschauderte sie. Wenn sie nicht gewusst hätte, dass es George von nebenan war, würde sie ihn für einen komplett anderen Mann halten, einen sehr anziehenden Mann. Einen, der sein gutes Aussehen hinter einer steifen Fassade verbarg und rumrannte wie ein Banker aus einem Dreißigerjahre-Streifen.

O nein! Als würde er spüren, dass er beobachtet wurde, schaute er zur Seite und entdeckte sie. Ihre Blicke trafen sich.

Ein paar Sekunden lang sahen sie sich an.

Nessa hatte das Gefühl, er würde sie mit seinem Blick locken, ihr wurde so schwindelig, dass sie fluchend wegschaute. Als sie den Mut aufbrachte, wieder hinzusehen, starrte er sie noch immer an. Verlegen winkte sie ihm zu.

George winkte nicht zurück.

Stattdessen schlich er mit hängendem Kopf davon, lief durch das kleine Tal, das ins Dorf führte, und war so urplötzlich von der Bildfläche verschwunden, dass sie sich fragte, ob sie sich vielleicht alles bloß eingebildet hatte.

Doch eines hatte sie sich ganz bestimmt nicht eingebildet: dass sie sich zu ihm hingezogen fühlte.

13.
George

Draußen zu sein, fühlte sich seltsam an. Nicht so wie auf einem seiner beiden täglichen Spaziergänge, die komplett vorhersagbar waren. Ihm kam es vor, als würde er unerforschtes Territorium erkunden, wenngleich er in dieser Bucht früher praktisch zu Hause gewesen war.

Natürlich waren auch andere Leute und Kinder vorbeigekommen, doch er hatte sie fast immer rechtzeitig gehört und sich dann auf dem schmalen Pfad verdrückt, der die Klippen hinauf über die Felder nach Hause führte. Alle anderen aus dem Dorf nutzten den anderen Weg, der durchs Tal zum unteren Ende von Applewell führte, weil er dichter am Ortskern lag und zudem nicht so steil und verschlungen verlief. Der Klippenweg war sein ganz eigener Privatweg. Jedenfalls hatte er immer so getan.

Heutzutage wurde er überwiegend von Hundebesitzern genutzt, doch als er ein Kind gewesen war, schienen die Leute nicht mit ihren Hunden Gassi gegangen zu sein. Jedenfalls nicht ständig. Damals liefen die Hunde frei herum, wurden morgens mit den Kindern aus dem Haus geschickt und abends wieder reingelassen, sorgten also selbst für ausreichend Auslauf.

Wie sich seit seiner Kindheit alles verändert hatte, dachte er, während er den steilen Pfad zum Strand hinunterkletterte. Dabei war er ja noch gar nicht so alt. Nicht so alt wie Mrs

Edwards, die schon in den Achtzigern war. Was sie erst an Veränderungen erlebt hatte!

Nachdem er es bis nach unten geschafft hatte, taten ihm die Knie und Knöchel von der ungewohnten Anstrengung weh, dann stieg er etwas unbeholfen über ein paar Felsen, bis er endlich festen Sand erreichte.

O Mann! Er hatte ganz vergessen, wie gerne er hier gewesen war, besonders an Tagen wie heute, wenn man keiner Menschenseele begegnete.

George atmete tief ein. Sofort katapultierte ihn der Geruch nach Meer und Seetang in die Kindheit zurück. Inmitten all der schlechten Tage hatte es auch gute gegeben, so dass er sich nicht hatte unterkriegen lassen. Und als er älter geworden war, hatte es immer mehr gute Tage gegeben. Dann war er nicht länger hergekommen, was paradox war, denn an diesem Ort hatte er die schönsten Momente erlebt. Stundenlang hatte er in kleinen Gumpen geplanscht, hatte versteckte, nur bei Ebbe zugängliche Höhlen erkundet, ohne sich um die Gefahr zu scheren. Er war mit Stöcken, die im Wasser trieben, um die Wette gerannt – nach einem heftigen Regenfall brachte es besonders Spaß – und hatte sich in den Hängen Höhlen gebaut.

Als er langsam über den Strand lief, spürte er, wie der Sand unter den alten Stiefeln nachgab, die er gestern im Charity-Shop gefunden hatte. Es hatte ihm zu schaffen gemacht, dass er welche hatte kaufen müssen, wo er doch mehrere Paare besaß, aber nicht mehr an sie herankam.

Wieder flackerte das Gefühl auf, dass sich die Dinge von ihm entfernten. Besonders stark hatte er es gestern empfunden, nachdem er den Entschluss gefasst hatte, den Fußstapfen seines jüngeren Selbst zu folgen und »seiner« Bucht einen Besuch abzustatten. Dann war es ihm unmöglich gewesen, an geeignete Kleidung heranzukommen. Er hatte die alten Stiefel nicht verlegt, im Gegenteil, er wusste genau, wo sie waren: im Schrank. Doch es standen zu viele Dinge im Weg, und er hatte sich nicht getraut, sie beiseitezuräumen. Es wäre zu viel Aufwand gewesen. Und in dem Moment hatte er wieder das Gefühl, dass seine Welt aus den Fugen geriet, denn was brachte es, Dinge aufzuheben, wenn man sie sich am Ende doch neu kaufen musste?

In der Bucht waren die Wellen nicht mehr so heftig, weil sie sich schon vorher an den Felsen brachen, dennoch rollten sie unerbittlich an Land, eine nach der anderen. Draußen im offenen Meer formierten sie sich, schwollen an und türmten sich auf, weiße Wellenkämme vom Wind getrieben rasten entschlossen auf ihn zu und überschlugen sich schäumend. Einen winzigen Augenblick lang schwebten sie in perfekter Symmetrie, bis die Gravitation überwog und sie an der Küste zerschellten, ihre Kohäsion zerschmettert im listigen Sand.

Weicher blassgoldener Sand. Feinster Puderzucker und dennoch mächtig genug, um Wellen auseinanderzureißen. Sand faszinierte ihn, besonders der, der von der Flut überspült wurde. Trocken war er harmlos, verspielt, tröstlich sogar, wenn er zwischen den Zehen hervorquoll, doch nass war er hart wie Zement.

Auf einmal dachte George an Sandburgen. Vielleicht baute er sich eines Tages mal wieder eine, wie er es als Kind so oft getan hatte.

Heute nicht.

Heute wollte er fliegen.

Und schon breitete er die Arme aus und sauste mit Karacho über den Strand, rannte parallel zum Wasser, neigte sich mal zur einen, mal zur anderen Seite. Dabei wurde eine längst vergessene Erinnerung in ihm wach: Als Kind hatte er mit seinem Vater alte Filme über den Zweiten Weltkrieg gesehen und so gerne Spitfire gespielt. Ohne groß nachzudenken, machte er »Ta-ta-ta« und schoss feindliche Flugzeuge vom Himmel.

Bald schon ging ihm die Puste aus. Keuchend blieb er am Ende des Strandes stehen, wo der kleine Pfad steil die Klippen hinaufführte. Da ging es nach Hause, doch noch wollte er nicht zurück. Das war erst ein kleiner Vorgeschmack auf die Freiheit gewesen. Nun hatte er Blut geleckt und wollte mehr.

Während er verschnaufte, schaute er aufs Meer und staunte über die Farbpalette der Natur, die vielen Grautöne, jeder anders und besonders. Ein monochromes Gemälde, die See, die feuchten Felsen und der verregnete Himmel in Wasserfarben. Könnte er doch malen und den Anblick einfangen – doch nichts könnte dieser Schönheit gerecht werden.

Mit einem Mal verspürte er ein Kribbeln im Nacken, ihm war, als würde er beobachtet. Als er sich umschaute, sah er sie halb oben auf der Klippe stehen: Nessa.

Reglos stand sie da und betrachtete ihn.

Was hatte sie alles gesehen? Und was sah sie jetzt? Sie wirkte hochkonzentriert.

Er erwiderte ihren Blick. Und dann wollte er wegschauen, schaffte es aber nicht, bis sie endlich den Blick senkte und der Kontakt gebrochen war.

Seine gute Laune war dahin.

Höchste Zeit, dass er sich auf den Rückweg machte, doch sie blockierte den Weg, also blieb ihm nichts anderes übrig, als übers Tal zurückzugehen.

Doch er stand noch eine Weile reglos da und sah sie an, bis auch sie wieder schaute.

Vielleicht wäre er noch den ganzen Tag so stehen geblieben, wenn sie ihm nicht zugewunken hätte.

Es war ja bloß eine kleine Geste, nichts von Belang, lediglich ein Hallo, vielleicht ein freundschaftliches Hallo, doch ihn versetzte es in Aufruhr, er machte auf dem Absatz kehrt und stürzte davon.

Sah sich nicht einmal mehr um.

Er wollte ihren Gruß nicht erwidern, und Freundschaft wollte er gleich gar nicht. Freunde hatten Erwartungen und stellten Ansprüche. Und er wollte nicht, dass irgendjemand irgendwas von ihm erwartete, und auch gebraucht wollte er nicht werden. Davon hatte er in diesem Leben schon genug gehabt. Er wollte einfach nur seine Ruhe. Er war glücklich, wenn er allein sein Ding machen konnte.

Ein Shakespeare-Zitat durchkreuzte seine Gedanken: »die Dame, wie mich dünkt, beharrt ein wenig sehr«, doch er ersetzte »Dame« durch »Herr« und fragte sich, ob es stimmte. Beharrte er ein wenig zu sehr?

Natürlich nicht.

Doch wenn er sich da so sicher war, warum hatte er dann das Gefühl, sein Leben geriete aus den Fugen? Die Freiheit, die er für einen kurzen Moment verspürt hatte, weil er statt wie sonst jeden Morgen durchs Dorf zu spazieren über die Felder der Porters gelaufen war, verunsicherte ihn. Und irgendwie verspürte er so gar keine Lust, zum Bungalow zurückzukehren.

Er sagte immer »Bungalow«, nie »Zuhause«.

Die Unterscheidung war bezeichnend. Dabei war es sein Zuhause gewesen, bis er einen Job in Liverpool gefunden hatte, doch dann war es zunehmend das Haus seiner Eltern geworden. Auch als er nach dem Tod seiner Mutter zurückgekehrt war und es dann ja wirklich wieder sein Zuhause geworden war, hatte er dennoch das Gefühl, Gast im Haus seines Vaters zu sein.

Seltsam, dass er es so empfand, wo er doch der Einzige war, der in dem Haus lebte und es auch geerbt hatte. Er stand im Grundbuch. Das Haus gehörte ihm.

Dennoch war es nicht sein Zuhause.

Wo das war, wusste er nicht.

Der Bungalow fühlte sich eher wie ein Grab an, hoffentlich bewahrheitete sich diese Vorstellung eines Tages nicht. Was, wenn ein Bücherstapel im Wohnzimmer umfiel, einen zweiten und dritten mit sich riss und ihn darunter begrub? Er könnte dort sterben, ohne dass es einer merkte.

Eine tiefe Traurigkeit überkam ihn. Wie hatte es nur so weit kommen können? George sah keinen Ausweg. Die Dinge gehörten ihm nun mal. Weggeben konnte er sich nicht vorstellen. Wer sollte sie auch haben wollen? Wegschmeißen konnte er sie auch nicht, denn damit würde er gegen alles verstoßen, was ihm sein Vater je beigebracht hatte. Und sein Vater hatte recht. George sparte alles auf und hatte deshalb auch nie Not. Den Gedanken, dass er den Charity-Shop nach Klamotten für heute hatte durchstöbern müssen, verdrängte er. Das war eine absolute Ausnahme gewesen und würde nie wieder vorkommen. Und später am Nachmittag würde er die Stiefel wieder in den Laden zurückbringen.

Doch im selben Moment wusste er schon, dass er das nicht tun würde. Denn er würde nie und nimmer die Energie aufbringen, um sich bis zu seinem eigenen robusten Schuhwerk vorzukämpfen, das von der Außenwelt abgeschnitten im Schrank weilte. Die Stiefel, die er jetzt trug, würde er behalten, und darüber ärgerte er sich irgendwie.

Während er den Hügel hinaufstapfte, wusste er, wer Schuld daran war, dass er die letzte Woche so aus dem Lot war: seine neue Nachbarin. Nessa mischte sich überall ein, gab keine Ruhe. Backte ihm einen Kuchen, den er nicht wollte, lud ihn zum Abendessen ein, was er nicht wollte, und brachte ihn mit ihrem ewigen Kommen und Gehen dazu, sie um ihre Freiheit zu beneiden.

Statt sich auf dem Nachhauseweg die Zeitung zu besorgen, mühte er sich an einem regnerischen, stürmischen Morgen keuchend einen Hang hoch. So weit hatte diese Frau ihn getrieben!

Lange hielt er nicht mehr durch. Die Frau war die Pest. Gestern hatte sie sogar gesungen, zu irgendeinem Blödsinn auf Radio Zwei geträllert. Glücklich hatte sie geklungen.

Aus diesem Grund hatte er sich kurzerhand zu einem Ausflug entschlossen, den er schon lange nicht mehr unternommen hatte, um an einer windgepeitschten Bucht, mit Gischt im Gesicht, Salz auf den Lippen und einer Leere im Herzen zu stranden.

Und dann hatte er sie plötzlich entdeckt. War sie ihm nachgegangen? Warum verfolgte sie ihn? Spionierte sie ihm nach?

Er wusste, dass das Blödsinn war, aber ihn ließ der Gedanke nicht los, dass Nessa ihm in Zukunft noch mehr Schwierigkeiten bereiten würde. Es würde sich etwas ändern, das spürte er.

Ihn beschäftigte vor allem eines: Wäre es eine Chance für ihn oder wäre damit sein Schicksal besiegelt? Im Moment hatte er das Gefühl, beides war möglich.

14.
Nessa

Diese verdammte Katze! Wenn sie ihr weiter so einen Ärger machte, wären Nessas grau melierte Locken bald vollends grau. Das kleine Luder war schon wieder verschwunden. Nessas Bemühungen, Sylvia die ersten Tage drinnen zu halten, damit sie sich an ihr neues Heim gewöhnen konnte, waren völlig umsonst.

Ihr war schon klar, dass sie übervorsichtig war, denn nachdem Sylvia schon einmal ausgebüxt war, hatte die Katze auch problemlos zurückgefunden. Doch Nessa war lieber auf Nummer sicher gegangen.

Nachdem sie dann endlich angefangen hatte, die Katze aus dem Haus zu lassen, war das Wetter umgeschlagen, und Sylvia war nicht scharf drauf gewesen, sich peitschenden Winden und strömendem Regen auszusetzen. Da saß sie lieber auf dem Fensterbrett und jagte Regentropfen auf der Scheibe, doch heute Morgen war der Himmel wieder blau gewesen und die Sonne schien. Bei diesem heiteren Wetter war die Katze fröhlich durch die offene Küchentür gehuscht und wie ein Schatten im Gebüsch verschwunden.

Sylvia entfernte sich nie besonders weit und kam fast immer angerannt, wenn Nessa mit ihrer Schüssel klapperte und nach ihr rief. Jetzt war es aber schon fast Abend, und Nessa hatte immer wieder vergeblich nach ihr gerufen. Allmählich machte sie sich Sorgen.

Vorhin hatte sie gesehen, wie Sylvia über den Zaun zu George gesprungen war. Ob die Katze vielleicht zu ihm rein war und nicht wieder raus kam?

»Sylvia«, rief sie wieder und klapperte mit den Leckerlis im Napf. Dann lauschte sie angestrengt nach einer Antwort, doch sie hörte bloß in der Ferne einen Traktor, etwas näher Hundegebell und das laute Schimpfen eines Spatzenpaares, das sich durch sie gestört fühlte.

Sollte sie mal bei George klopfen und ihn bitten, im Schuppen nachzusehen? Seit ihrer Begegnung in der Bucht neulich hatte sie ihn kaum gesehen, wobei er gestern Morgen die Straße entlanggehastet war, wohl um sich eine Zeitung zu kaufen. Doch sie hatte ihn nur von hinten gesehen, als sie die Vorhänge im Wohnzimmer wieder glatt gezogen hatte, nachdem sie die Fensterbank abgestaubt hatte, deshalb konnte sie ihm auch nicht zuwinken. Dann hatte sie noch einmal einen Blick auf ihn erhascht, als er im Garten einen Ast aufgesammelt hatte, der wohl im Sturm abgebrochen war.

»Sylvia! Komm, Süße! Fressen!« Nessa schaute hinüber zum Bungalow.

Noch immer nichts.

Ein paar Minuten würde sie noch warten und dann die Katze noch einmal rufen, wenn sie dann nicht kam, müsste sie bei George vorbeigehen.

Nachdem sie noch einmal gerufen und geklappert hatte, gab Nessa auf. Höchste Zeit, George einen Besuch abzustatten.

Sie war versucht, vorher noch einen Blick in den Spiegel zu werfen. Normalerweise tat sie das nicht, was war nur in sie gefahren? Entnervt ließ sie es bleiben. Da musste sie eben darauf bauen, dass ihr Haar nicht aussah wie ein Vogelnest und ihr Pulli nicht noch Reste des Mittags beherbergte.

Nessa marschierte erhobenen Hauptes zu George. Klopfte dreimal kurz und laut mit den Knöcheln.

Dann wartete sie.

Nichts.

Was sie nicht weiter überraschte.

Doch dann hörte sie hinter sich plötzlich Schritte, und als sie sich umdrehte, kam George hinter ihr über die Auffahrt. Er wirkte nicht besonders erfreut, sie vor seiner Tür stehen zu sehen.

Nessa ihrerseits war hocherfreut. Forschend sah sie ihn an, gab sich aber Mühe, ihn nicht allzu offensichtlich zu mustern.

Er sah ganz anders aus als am Strand. Er war viel formeller gekleidet, mit Anzug, Krawatte und blank polierten schwarzen Schuhen.

Beim Näherkommen bemerkte sie allerdings, dass der Anzug auch schon bessere Tage gesehen hatte und das Hemd am Kragen etwas ausgefranst schien.

Das Haar war säuberlich gekämmt, und er war auch frisch rasiert. Wie ein vom Weltschmerz geplagter romantischer Held sah er zwar nicht aus, aber schon ziemlich gut für einen Mann in seinem Alter. Vielleicht nicht gerade ein Daniel Craig, aber wer war das schon?

Sie erschauderte. Lag es nun an seinem bösen Blick oder weil sie ihn interessant fand? Erstaunt über ihre Reaktion auf ihren brummigen Nachbarn widerstand sie dem Impuls, ihm wieder zuzuwinken, und schenkte ihm dafür ein fröhliches Lächeln.

»Hi«, rief sie ebenso fröhlich.

George blickte nach wie vor finster. »Kann ich Ihnen helfen?«

»Ähm, ja. Ich suche meine Katze.«

Nun schaute er noch finsterer drein. »Und die vermuten Sie bei mir vor der Tür?«, fragte er misstrauisch, als wäre die Katze bloß ein dummer Vorwand, um sich den Laden hier mal anzusehen.

»Nein, das nicht. Aber Sylvia ist vielleicht bei Ihnen im Haus.«

»Das glaube ich kaum.«

»Könnten Sie trotzdem mal nachschauen? Katzen sind geschickt, wenn es darum geht, irgendwo reinzukommen.«

Als er sie groß ansah, entdeckte sie, dass er schöne haselnussbraune Augen mit goldfarbenen Flecken hatte. Auch die Falten in den Augenwinkeln glätteten sich ein wenig, weil er die Stirn nicht mehr so stark runzelte, doch ganz verschwanden sie nicht, wie ihre Augenfalten, die auch immer da waren, zusammen mit der kleinen Falte, die senkrecht zwischen ihren Brauen verlief. Bei George waren es gleich zwei Falten, wahrscheinlich weil er so eindrucksvoll die Stirn runzelte.

»Jetzt gleich?«, fragte er ungläubig, als hätte sie ihn gerade gebeten, als Huhn verkleidet einen Walzer zu tanzen.

»Wenn Sie nichts dagegen haben.« So wie er das Kinn vorreckte, war ihr klar, dass er sehr wohl etwas dagegen hatte.

»Wenn Sie so freundlich wären und mich ins Haus lassen würden …?«

»Uups, wie dumm von mir. Tut mir leid.« Nessa machte ihm Platz.

Offenbar nicht genug, denn George funkelte sie immer noch böse an. Deshalb wich sie einen weiteren Schritt zurück.

Mit zusammengepressten Lippen trat er vor und schloss die Haustür auf.

Dann tat er etwas ziemlich Seltsames. Statt die Tür ganz normal zu öffnen und einzutreten, machte er sie bloß einen Spaltbreit auf und schlüpfte hinein, so dass sie nicht einmal einen Blick ins Haus werfen konnte. Nessa war darauf eingestellt, kurz hineinsehen zu können, wobei sie jetzt nichts Besonderes erwartet hatte – was sollte man schon von einem Bungalow am Ende einer kleinen walisischen Dorfstraße erwarten? –, doch Georges merkwürdiges Verhalten heizte ihre Phantasie an. Hatte er etwas zu verbergen? War innen alles vergoldet und quoll über vor ungesehenen Schätzen? Oder lief da eine *Fifty-Shades-of-Grey*-Nummer? Kein Wunder, dass Eleri und Tony angedeutet hatten, dass George ein wenig seltsam war.

Die Haustür wurde mit einem leisen Klirren geschlossen. Was sollte sie jetzt tun? Suchte George nun nach Sylvia und würde gleich an die Tür kommen, oder ging er seinem Tagwerk nach und hatte vergessen, dass sie bei ihm vor der Tür wartete?

Nessa trat von einem Fuß auf den anderen, reckte den Hals, ob sie etwas durch das Türglas sehen konnte, während sie gleichzeitig auch nicht zu neugierig erscheinen wollte. Eine Minute würde sie warten, dann würde sie klopfen.

Eine Minute verstrich und noch eine, dann klopfte sie erneut.

Es dauerte eine Weile, bis George zur Tür kam.

Und wieder benahm er sich äußerst merkwürdig. Er öffnete die Tür nur ein klitzekleines bisschen, so dass sie bloß ein Auge und ein halbes Gesicht sehen konnte. Damit versperrte er ihr den Blick ins Innere.

»Haben Sie sie gefunden?«, fragte sie.

»Nein.«

»Haben Sie denn auch gesucht?«

»Ja.«

»Gut, danke. Dann … ähm … gehe ich jetzt mal.«

Keine Reaktion.

»Falls sie Ihnen noch unterkommt, können Sie mir dann Bescheid geben?«, fügte sie hinzu.

Er nickte bloß kurz. Nessa hatte sich schon zum Gehen umgewandt, als ihr noch etwas einfiel.

»Darf ich Sie mal was fragen?« Doch bevor er überhaupt antworten konnte, überfiel sie ihn schon mit ihrer Frage: »Schreiben Sie zufällig Gedichte?«

Wieder riss er die Augen auf. »Nein.«

Nessa zuckte mit den Achseln. »Sie haben mich einfach erinnert an … Schon gut.« Ihr entschlüpfte ein verlegenes Lachen, und dann stürmte sie über die Auffahrt davon, bevor sie noch irgendetwas Dämliches von sich geben konnte. Was hatte sie sich bloß dabei gedacht? Natürlich schrieb er keine Gedichte! Und er las sicher auch keine, darauf würde sie wetten. Wie albern, in ihm gleich einen geschundenen Dichter zu vermuten, bloß weil der Ärmste mal am Strand spazieren ging.

Nessa schob es aufs Wetter. Es war so wild und romantisch gewesen, da war die Phantasie mit ihr durchgegangen. Und jetzt wieder, weil er ihr einen Blick in den Bungalow verweigert hatte. Wahrscheinlich war es ein stinknormaler Bungalow im Siebzigerjahre-Stil, in dem es nach Kohl roch. In dem Fall war es nicht weiter verwunderlich, dass George niemanden reinließ.

Als sie die Straße erreichte, drehte sie sich noch einmal um.

Die Haustür war zu, doch sie war überzeugt, dass er sie durch das Milchglas beobachtete, vielleicht auch nur, um sicherzustellen, dass sie nicht zurückkam und weitere schräge Fragen stellte.

Weil sie sich jetzt nach einem freundlichen Gesicht sehnte, ging sie hinüber zu Mairi. Sylvia konnte sich genauso gut bei Mairi Zutritt verschafft haben. Je später es wurde, desto unruhiger wurde Nessa. Sylvia war eher eine Haus- als eine Straßenkatze, die sich im Dunkeln nicht gerne draußen herumtrieb; ein weiches Sofa und eine warme Heizung waren mehr nach ihrem Geschmack, außerdem schlief sie nachts gerne bei Frauchen im Bett. Und sie war zwar schlank, aber total verfressen, deshalb sah es ihr gar nicht ähnlich, dass sie auf das Klappern mit Leckerlis nicht reagierte.

Nessa klingelte bei Mairi und betete, dass ihrer kleinen Katze nichts zugestoßen war. Das könnte sie nicht ertragen.

Von drinnen waren schlurfende Schritte zu hören, dann wurde die Tür geöffnet. Kaum war der Türspalt breit genug, schoss eine creme- und rußfarbene Gestalt heraus und Mairi stolperte fast. Die alte Dame suchte Halt an der Wand.

»Alles in Ordnung, Mairi?« Nessa griff die alte Frau beim Ellenbogen, um sie zu stützen.

»Mir geht's gut. Nur etwas erschrocken. War das deine Katze?!«

»Ja, tut mir so leid. Ich habe sie gesucht und dachte mir schon, dass sie irgendwo eingesperrt ist.«

Inzwischen saß Sylvia im Vorgarten, ein Bein trotzig in die Höhe gestreckt, und putzte sich in aller Seelenruhe.

Nessa schimpfte mit ihr. »Ich habe mir solche Sorgen gemacht. Was hattest du denn in Mairis Haus zu suchen? Sie wäre fast über dich gestolpert.«

Sylvia nahm noch immer keine Notiz von ihr.

»Komm doch rein«, sagte Mairi. »Ich wollte mir gerade einen Tee machen.«

»Ich will nicht stören, aber gerne. Ich bring nur kurz Sylvia nach Hause, bin gleich wieder da.« Nessa schnappte sich die Katze und marschierte los. Unwillkürlich warf sie unterwegs einen Blick zum Bungalow. Auch wenn George vielleicht nicht gerade am Fenster stand, hielt sie die Katze hoch als

Zeichen, dass sie sie gefunden hatte. Möglicherweise würde sie nachher bei ihm vorbeigehen, um ihm zu sagen, dass ihre verirrte Katze wieder aufgetaucht war.

Dann verfrachtete sie Sylvia nach drinnen, schloss die Haustür und kehrte zurück zu Mairi, um ihre Nerven mit einem Tee zu beruhigen.

»Sie muss ins Haus geschlüpft sein, als ich die Wäsche reingeholt habe«, meinte Mairi, nachdem sich Nessa zu ihr in die Küche gesellt hatte. Die alte Frau goss kochendes Wasser in eine Teekanne. »Oder als ich kurz beim Mülleimer war.«

»Wenn's wieder passiert, scheuch sie einfach weg. Auf keinen Fall füttern, sonst wirst du sie nie los«, entgegnete Nessa. »Tut mir leid, dass sie genervt hat.«

»Hat sie nicht, ich mag Katzen.«

»Ich glaube, mein Nachbar hat Katzen nicht so gerne«, meinte Nessa. »Und mich auch nicht. Dabei habe ich gehofft, wir könnten Freunde werden. Oder so was in der Art.«

»George meidet Gesellschaft. War schon immer so. Sicher war es für ihn als Kind nicht leicht. Seine Eltern waren schon ziemlich alt bei seiner Geburt und haben ihn sehr verhätschelt. Zu sehr, wie ich finde. Dazu kam noch, dass er sehr wissbegierig war und gerne gelernt hat. Kinder können grausam sein. Bitte.« Sie reichte Nessa eine Tasse Tee mit Unterteller.

»Danke.« Nessa nahm einen Schluck. »Als das Wetter neulich so scheußlich war, habe ich ihn unten in der Bucht gesehen. Er rannte den Strand entlang wie ein kleiner Junge.«

Mairi verschluckte sich fast an ihrem Tee. »Was hat er gemacht?«, fragte sie, nachdem sie sich wieder eingekriegt hatte. »Da musst du dich täuschen. George geht immer nur ins Dorf.

Nessa schmunzelte. Mairi glaubte ihr kein Wort. »Es war George, obwohl ich ihn im ersten Moment auch nicht erkannt habe.«

»Kein Wunder bei dem Verhalten. Bist du ganz sicher, dass er es war?«

»Absolut. Obwohl er anders aussah. Sonst habe ich ihn immer bloß im Anzug gesehen, als würde er ins Büro gehen, doch an dem Tag trug er Jeans. Aber das allein war es auch nicht. Er sah … irgendwie … jünger aus? Unbekümmerter?« Ihre Gedanken über den Dichter mit Weltschmerz behielt sie lieber für sich.

Mairi schüttelte ungläubig den Kopf. »Er wurde alt geboren. Hat schon immer ausgesehen, als trüge er die Last der Welt auf seinen Schultern.«

»Tony von *Pins to Elephants* hat neulich was Komisches zu mir gesagt. Als er mich gefragt hat, ob ich mich schon eingelebt hätte, meinte ich, dass ich noch ein wenig streichen müsste, aber schon alles ausgepackt hätte, weil ich doch so ein Ordnungsfreak bin. Daraufhin murmelte er, da würde ich aber neben dem Falschen leben. Was meint er denn damit?«

Mairi zuckte die Achseln. »Es geht das Gerücht um, dass George ein Messie ist. Versteh mich nicht falsch, ich weiß ja auch, dass sein Garten immer picobello aussieht, aber Alys, deine Vorgängerin, sagte immer, dass George nie eine Mülltonne rausstellt, bloß den kleinen Bio-Eimer.«

Nessa runzelte die Stirn. »Nur weil man keine Tonnen rausstellt, muss man ja nicht gleich ein Messie sein.« Sie schlug sich mit der Hand gegen die Stirn. »Mist, jetzt habe ich den Müll heute vergessen.«

»Hast du nicht, der wird erst morgen abgeholt.«

»Gott sei Dank, ich habe nämlich stapelweise leere Kartons. Meinst du, die nehmen die mit?« Nessa hatte schon das Paketband abgezogen und sie zusammengefaltet. Jetzt lagerten sie im Schuppen, aber da würden sie über kurz oder lang verrotten, außerdem nahmen sie zu viel Platz weg. Außerdem hatte sie noch tonnenweise altes Zeitungspapier, in dem sie Geschirr und andere zerbrechliche Sachen eingeschlagen hatte. Das wollte sie auch loswerden.

»Bestimmt. Ich habe nicht oft Kartons, aber wenn, dann stelle ich sie einfach neben die Papiertonne. Bislang habe ich immer Glück gehabt.«

»Recycling ist eine gute Sache«, sagte Nessa. »Mit den Männern von der Müllabfuhr will ich es mir nicht verscherzen.«

»Braves Mädchen«, sagte Mairi lächelnd. Nessa lächelte zurück.

Ein Mädchen war sie zwar nicht mehr, aber dreißig Jahre jünger als Mairi, also in ihren Augen vielleicht schon.

Als sie kurz darauf nach Hause ging, lachte sie immer noch in sich hinein. Ihr Plan war es, die ganzen Kartons für die Müllabfuhr morgen an die Straße zu stellen. Doch davor fütterte sie erst einmal Sylvia, die ihr laut maunzend um die Beine schlich.

»Du hättest ja vorhin schon was haben können, wenn du nicht so ungezogen gewesen wärst.« Nessa öffnete eine Dose Katzenfutter und schaufelte es mit einer Gabel in den Napf.

Sylvia jaulte immer lauter, bis Nessa den Napf endlich auf den Boden stellte und die Katze sich übers Fressen hermachte, als hätte sie wochenlang nichts bekommen, obwohl sich Nessa noch sehr gut erinnern konnte, sie heute früh gefüttert zu haben.

Sie wartete, bis Sylvia aufgefressen hatte, hob den Napf auf und stellte ihn neben das Abtropfregal auf die Spüle. Auch wenn sie nicht wirklich mit einem Dankeschön rechnete, amüsierte sich Nessa köstlich über ihre flauschige Freundin, die jetzt zum Sofa stolzierte und sich putzte.

»Gern geschehen«, sagte Nessa mokant und widmete sich dann ihren Aufgaben.

Als sie ihre Tonnen an die Straße gestellt hatte, sah sie, dass Mairis noch nicht da standen, deshalb ging sie bei ihr vorbei und bot ihr an, die Tonnen nach vorne zu schieben.

»Danke, das ist wirklich nett«, sagte die alte Dame dankbar.

»Macht mir gar nichts aus. Ich kann das gerne jede Woche machen. Soll ich?«

»Das wäre schön. Viel Müll habe ich ja nicht, aber mit den Tonnen ist das manchmal eine ganz schöne Plackerei, wenn die Hüfte nicht mitspielt.«

Nessa gab ihr ein Küsschen auf die Wange. Die Arme, war sicher nicht leicht, wenn die Familie so weit weg wohnte. Sie half Mairi gerne.

Auf dem Rückweg warf sie einen Blick vor Georges Auffahrt. Da stand wirklich bloß eine abschließbare grüne Biotonne. Komisch.

Dennoch mussten Tony, Mairi und all die anderen aus dem Dorf es in den falschen Hals bekommen haben: George sah gar nicht aus wie ein Messie. Nicht, dass Messies einen bestimmten Look gehabt hätten. Und im Fernsehen hatte sie ein paar Folgen von *Britain's Biggest Hoarders* geschaut, da hatte man es den Häusern auch von außen nicht angesehen. Meistens erweckten die Häuser einen sauberen und ordentlichen Eindruck, genau wie die Leute selbst.

Nessa wollte gerade ins Haus gehen, um es sich drinnen gemütlich zu machen, da bewegte sich Georges Gardine. Sie winkte.

Natürlich reagierte er nicht.

Damit hatte sie auch nicht gerechnet.

Wenn kein Winken und auch keine Einladung zum Abendessen halfen, sollte sie es noch einmal mit einem Kuchen probieren?

Wenn er mal den anderen nicht in den Müll geworfen hatte …

An dem alten Sprichwort »Liebe geht durch den Magen« musste doch etwas dran sein. George brauchte sie ja nicht gleich zu lieben, aber Freundschaft wäre schön. Nachbarn sollten miteinander auskommen und sich gegenseitig helfen. Und Nessa war entschlossen, George zu helfen, ob er wollte oder nicht!

15.
George

Als Nessa bei seiner Rückkehr vor der Tür gestanden hatte, hätte ihn fast der Schlag getroffen. Anfangs waren die Nerven mit ihm durchgegangen: Herzstolpern und Magenziehen. Dann hatte er sich wieder in den Griff gekriegt.

Und nachdem sie wieder abgezogen war, war er ins Wohnzimmer gesaust – hoffend, dass sie nichts Unziemliches gesehen hatte – und hatte beobachtet, wie sie zu Mairi gegangen war. Kurz darauf war die Katze aus dem Haus geschossen, als wäre ihr ein Höllenhund auf den Fersen. Dann hatte es sich die Katze in Mairis Vorgarten gemütlich gemacht, ein Bein in die Höhe gestreckt und sich in aller Seelenruhe geputzt.

Für einen kurzen Moment hatte es George einen Stich versetzt, dass sich die Katze lieber bei Mairi versteckte als bei ihm. Dabei konnte er es dem Tier nicht verdenken. Bei Mairi gab es sicher einen gemütlichen Sessel und Leckereien im Kühlschrank.

Nicht zufrieden mit dem Futter und dem Tamtam zu Hause, hatte sich die Mieze aufgemacht, es anderswo zu suchen.

Katzen waren so wechselhaft und unbeständig wie Menschen.

Dann korrigierte er den Gedanken, denn Menschen waren nicht wechselhaft, sondern extrem vorhersagbar. Die Erfahrung hatte er schon in jungen Jahren gemacht, als ihn diese schrecklichen Jungs in der Schule tagein, tagaus mit denselben Worten und Taten getriezt hatten.

Urplötzlich war Nessa wieder in Erscheinung getreten, hatte sich auf die Katze gestürzt und sie nach Hause geschleppt, dabei hatte sie zu ihm herübergesehen.

Gerade hatte er seinen Spähposten hinter der Tür aufgeben wollen, weil der das Drama für beendet glaubte, da war Nessa wieder aufgetaucht, diesmal ohne Katze, und war dann zu Mairi gegangen.

George hatte sich gar nicht mehr beruhigen können, und deshalb hatte er die Gelegenheit ergriffen und seinen Biomüll für die Müllabfuhr morgen hinausgestellt. Normalerweise kamen sie immer um sechs Uhr in der Früh. Er stellte den Müll immer beizeiten an die Straße, denn wenn er es jetzt nicht tat, vergaß er es womöglich und wachte dann um drei Uhr nachts schweißgebadet auf.

Nessa war nun schon seit fünfunddreißig Minuten drüben bei Mairi.

Als sie schließlich zurückkam, schaute sie wie üblich zu ihm herüber und stellte dann ihre Mülltonnen raus.

Da hatte er gedacht, dass sie mit allem fertig sei und er endlich entspannen könne, doch dann tauchte sie schon wieder auf, diesmal trug sie eine Ladung aufgefalteter Kartons, die sie neben ihre Tonnen stellte.

George betrachtete sie begehrlich.

Er liebte Kartons, sie waren ja so praktisch. Es war doch zu schade, sie einfach an die Straße zu stellen. Auch wenn die Gemeinde behauptete, aller Müll würde recycelt, hatte George doch so seine Bedenken, denn aus den Medien wusste er, dass es noch nicht genügend Wertstoffhöfe gab, um auch nur mit der Hälfte dessen fertig zu werden, was die Leute wegschmissen. Bestimmt würden diese Kartons auf einer Mülldeponie landen.

Das war doch mit den meisten Dingen so.

Nun erwartete er, dass Nessa wieder in ihrem Haus verschwand, tat sie aber nicht, sondern taperte wieder zu Mairi (warum zog sie nicht gleich bei ihr ein?) und zerrte auch die Tonnen der alten Dame zur Straße.

Er musste zugeben, dass das echt nett war.

Wäre er mal darauf gekommen.

Dabei hatte er Mairi ja oft genug mit den Tonnen über die Auffahrt zockeln gesehen.

Da hätte er sich keinen Zacken aus der Krone gebrochen, ihr alle vierzehn Tage bei den Tonnen zu helfen, öfter kam die Müllabfuhr nicht. Doch er wollte in keine auch noch so flüchtige Beziehung mit den Nachbarn reingezogen werden. Das hatte ihn abgehalten.

Nun gab Nessa Millbrook ihm das Gefühl, ein schlechter Nachbar zu sein.

Was stand sie da überhaupt noch auf der Straße herum und starrte seine grüne Biotonne an? Ihre sah doch genauso aus. Die Tonnen wurden von der Gemeinde gestellt. Als die Biotonne in Applewell eingeführt worden war, hatte jeder Haushalt eine bekommen.

Was war denn an seiner so besonders? Was glotzte sie so?

Als sie ihm winkte, hätte er fast geknurrt.

Woher wusste sie bloß, dass er sie wieder beobachtete?

In dem Moment fühlte er sich schlecht. Aus ihm war ein richtiger Voyeur geworden, der ständig hinter der Gardine hing. So gefiel er sich nicht. Nessa Millbrook brachte die schlechtesten Seiten an ihm hervor. Was hatte diese Frau bloß an sich?

Warum ließ er sie nicht einfach links liegen?

Hatte er doch auch mit allen anderen bislang getan.

Irgendwie ging sie ihm unter die Haut. Wie wurde er sie bloß wieder los? Sie faszinierte ihn, hatte eine seltsame Macht über ihn und besetzte zunehmend seine Gedankenwelt. Und auch körperlich reagierte er auf sie.

Und in seinem Zustand half es auch nicht, dass er jetzt schon wusste, dass er im Dunkeln rausschleichen und sich Nessas Kartons unter den Nagel reißen würde.

Was war bloß aus seinem Leben geworden?

Es war wie in diesem Film, von dem immer alle so schwärmten, *Und täglich grüßt das Murmeltier*, dachte George später am Abend: neuer Tag, dieselbe Dose vor der Tür. Diesmal lag noch ein Teller drauf. Glaubte diese Nessa Millbrook etwa, er habe keinen eigenen Teller? Und warum war der Teller in Alufolie eingeschlagen? Unter der glänzenden Oberfläche wölbte sich etwas.

Wie beim letzten Mal öffnete George die Haustür einen winzigen Spalt, streckte den Arm raus, angelte nach der Dose und zog sie hinein. Jeder, der ihn dabei beobachtete, musste sonst etwas denken. Das kümmerte ihn aber nicht. Höchstens seine Nachbarin Nessa sah ihm gerade zu, doch was sie von ihm hielt, war ihm ebenfalls piepegal.

Er trug die Dose in die Küche, stellte sie vor die kleine freie Fläche vor der Mikrowelle und nahm den Teller darauf hoch. Als er die Folie löste (ganz behutsam, denn die würde zu seinen Vorräten wandern), fiel ihm die Kinnlade runter. Keine Ahnung, was er erwartet hatte, aber sicher nicht drei schöne, große, goldgelbe Pasteten. Er berührte eine. Sie war noch warm, und sein Finger hinterließ eine kleine Mulde.

Heute hatte er sich schon tiefgefrorenen Shepherd's Pie

warm gemacht und gegessen, aber es war ja keine Schande, einmal in die Pastete zu beißen. Nur zum Kosten.

Er hielt sich die Pastete unter die Nase und roch vorsichtig.

Roch okay. Mehr als okay, es roch wunderbar. Womit war sie wohl gefüllt? Könnte Cornish Pasty sein, aber er war kein Pasteten-Kenner, deshalb ging an Probieren kein Weg vorbei.

Vorsichtig knabberte er ein wenig am Rand herum, aber da bekam er nur ein paar Teigkrümel ab. Die waren auch schon lecker, doch er wollte ja wissen, womit die Teigtasche gefüllt war.

Als er diesmal einen größeren Bissen nahm, schmeichelte erlesenes Gemüse seinen Gaumen. Möhren, Zwiebeln, Steckrüben und Kartoffeln, dazu Gewürze und etwas Knoblauch nahm er beim Herunterschlingen wahr, zum Kauen nahm er sich nicht die Zeit.

Er hätte so gerne noch eine zweite gegessen, aber das wäre ja die reine Gier, dachte er, während er sich die Finger leckte, um ja keinen Krumen zu verschwenden.

Sehnsüchtig betrachtete er die beiden übrigen Köstlichkeiten, schob sie auf einen eigenen Teller, deckte die Alufolie wieder drüber und stellte ihn zum Abkühlen in die Mikrowelle. Später würde er die Pasteten dann in den Kühlschrank packen. Dann wandte er sich der Dose zu. Als er den Deckel öffnete, zitterten ihm die Hände vor Vorfreude. Wenn der Kuchen auch nur im Entferntesten so gut war wie der letzte …

Ein herrliches Schoko-Orangen-Aroma schlug ihm entgegen. Ihm lief das Wasser im Mund zusammen, er schloss die Augen und atmete tief ein. Wie beim letzten Mal konnte er sich nicht beherrschen, schnitt sich ein großes Stück ab und biss hinein.

Schokolade und Orange waren seine absoluten Favoriten.

Der Biskuit war luftig und saftig, die Buttercreme zerging auf der Zunge. Eine buttrige Köstlichkeit.

Oh. Mein. Gott.

Er seufzte vor Entzücken und versuchte jeden Bissen zu genießen und nicht alles auf einmal hinunterzuschlingen.

Wie er Selbstgebackenes vermisste! Seine Mutter hatte früher ständig gebacken. Und wenn er als Erwachsener seine Eltern in Applewell besuchte, hatte sie immer extra für ihn etwas gebacken, einen Kuchen, Scones oder Muffins. Kaufen war nicht das Gleiche. Und ein frisch gekochtes, herzhaftes Essen hatte ihn auch immer erwartet.

George war ein ganz passabler Koch. Wenn er allein nicht verhungern wollte, musste er entweder immer essen gehen (nicht sein Ding, allein im Restaurant zu sitzen), hauptsächlich von Imbiss- und Tiefkühlgerichten leben (so wie er es im Moment tat, außer dass er sich nie was vom Imbiss holte) oder kochen zu lernen. Er hatte sich fürs Kochen entschieden, und als er wieder bei seinen Eltern eingezogen war, war er recht versiert gewesen.

Doch die Sache mit dem Kochen wurde bereits vor dem Tod seines Vaters problematisch. Anfangs kochte George noch, allein schon seinem Vater zuliebe, doch die Küche war schon damals so vollgepackt, dass es schwierig und auch gefährlich war. Und als sein Vater dann so krank war, dass er bloß noch ein Paar Bissen essen konnte, gab George das Kochen ganz auf. Stattdessen lernte er, sich mit Fertiggerichten, Müsli und Toast über Wasser zu halten. Es war leichter so.

Als er endlich satt war, holte George eine eigene Dose hervor, was nicht weiter schwer war, denn in einem der Schlafzimmer war eine Seite komplett voll mit Dosen, und legte den Rest des Kuchens hinein. Dann wusch er Nessas Dose aus und trocknete sie sorgfältig ab.

Er betrachtete sie eine ganze Weile.

Entschlossen ging er ins Schlafzimmer und suchte eine alte Pralinendose von Cadbury Roses heraus. Als er sie öffnete, um zu schauen, wie sie von innen aussah, verströmte sie noch ein leichtes Schokoladenaroma. Dann stellte er die Roses-Dose auf Nessas Dose. Danach wusch er ihren Teller ab, trocknete ihn penibel, setzte sich an seinen Schreibtisch und schrieb ihr eine Notiz.

Danke für den Kuchen.
Behalten Sie die Dose.
Offenbar können Sie sie gut gebrauchen.

Ihm machte es nichts aus, eine seiner Dosen wegzugeben, sie bekam ja ein gutes Zuhause. Außerdem schien Nessa nur diese eine zu haben, und wenn Nessa ihn weiterhin mit Kuchen versorgen würde, bekäme er sie ja ohnehin wieder. Noch würde er sie allerdings nicht rüberbringen, sondern abwarten, bis es dunkel war und er weniger Gefahr lief, ihr zu begegnen. Nessa hatte die Angewohnheit, wie ein Springteufel aus dem Haus zu schießen. Da fiel ihm ein, dass er auch irgendwo einen Springteufel hatte … Sollte er ihn ihr vielleicht schenken? Vielleicht würde sie das ja lustig finden. Wenn er wüsste, dass sie die Anspielung verstand und das Spielzeug wertschätzen würde, hätte er nichts dagegen. Doch natürlich war er sich dessen nicht sicher, deshalb ließ er das alte Spielzeug lieber an Ort und Stelle. Eines Tages würde er schon eine Verwendung dafür finden. Eines Tages würde er für all die Dinge eine Verwendung finden.

Eines Tages …

16.
Nessa

Am nächsten Morgen fand Nessa wie erwartet den Teller, die Dose und eine Notiz vor der Tür. Überrascht war sie allerdings von der zweiten Dose.

Über die Notiz musste sie unwillkürlich schmunzeln. Da brauchte sie sich nicht extra eine neue Dose zu kaufen. Es war eine richtige Blechdose, so wie sie Schokoladenfabrikanten zu Weihnachten verwendet hatten, bevor Plastik in Mode gekommen war. George musste sie schon eine ganze Weile haben.

Als sie die Notiz ein zweites Mal las, lachte sie leise in sich hinein. Ob George insgeheim hoffte, dass sie ihm die Dose wieder füllen würde?

Nessa nickte dem Bungalow kurz zu. Vielleicht beobachtete George sie ja, das tat er wohl oft. Erstaunlicherweise störte sie das nicht, denn für sie war es ein Zeichen, dass er einsam war, in seinem Haus gefangen wie ein Vogel im Käfig. In dem Fall würde Nessa Abhilfe schaffen.

Kuchen & Co. waren ein erster Schritt gewesen. Nun würde sie ein paar Tage abwarten, sie wollte ihn nicht verschrecken, dann würde sie einen neuerlichen Anlauf starten, mit George in Kontakt zu treten.

Damit wendete sie sich mit ihrer Aufmerksamkeit wieder ihrer Küche zu. Tony von *Pins to Elephants* hatte ihr vorgeschlagen, die Schranktüren einfach zu überstreichen. Vielleicht sollte sie das versuchen, bevor sie für teures Geld neue kaufte.

So schwer konnte das ja wohl nicht sein!

Nessa schraubte die erste Tür ab und trug sie nach draußen. Ausbauen war ganz leicht gewesen, aber würde sie die Tür auch wieder reinbekommen? Irgendwie schien das Scharnier doch ziemlich kompliziert. Jetzt war es ohnehin zu spät, da konnte sie sich auch gleich mal ausprobieren. Und falls sie neue Türen kaufte, mussten die ebenfalls irgendwie eingebaut werden.

Draußen war es ein wenig stürmisch, die Sträucher im Garten bogen sich im Wind. Ob sie das Projekt lieber auf einen anderen Tag verschieben sollte?

Ach, Quatsch! Je schneller sie es in Angriff nahm, desto eher wusste sie, woran sie war, deshalb schnappte sie sich eines der alten Laken, mit dem sie beim Malern in der Küche alles abgedeckt hatte, breitete es auf dem Rasen aus und drückte die langen Halme ein wenig platt, bevor sie die Schranktür darauf platzierte.

Dann überlegte sie eine Weile, wie sie es am besten anstellen sollte.

Sie sollte die alte Holztür vor dem Streichen noch einmal ordentlich schrubben, denn bei Tageslicht zeigten sich gnadenlos alle Spuren und Abdrücke.

Nessa breitete ein weiteres Laken auf dem Boden aus, holte sich eine Schüssel mit heißem Seifenwasser und einen Topfschwamm und machte sich ans Werk.

Nachdem sie beide Seiten zu ihrer Zufriedenheit bearbeitet hatte, wusch sie die Seifenlauge ab, stellte die Tür zum Trocknen in die Sonne und ging spazieren.

Heute entschied sie sich gegen die Bucht und lief ins Dorf. Sie brauchte Milch und Brot und noch ein paar Kleinigkeiten. Am Sonntag wollte sie Brathähnchen machen, dafür musste sie auch noch ein paar Zutaten besorgen.

Beim Thema Essen kam ihr wieder das Café in den Sinn, in dem sie Chili gegessen und von seiner Besitzerin Eleri die ersten Informationen über ihre Nachbarn erhalten hatte. Aus George wurde sie nach wie vor nicht schlau. Er war und blieb ein Mysterium. Mit Mairi war sie inzwischen befreundet, doch mit George war sie nicht weitergekommen.

Kam er da nicht gerade schnellen Schrittes auf sie zugelaufen? Nessa schirmte die Augen mit der Hand ab und blinzelte.

Tatsächlich. Lächelnd trat sie auf ihn zu.

»George! So ein Zufall!«, rief sie.

»Echter Zufall«, entgegnete er trocken und wollte an ihr vorbeigehen.

Nessa hielt ihn am Ärmel fest.

George blieb stehen und starrte auf ihre Hand.

Nessa beließ die Hand, wo sie war. »Wie fanden Sie die Pasteten?«

»Köstlich. Vielen Dank.«

»Haben Sie nicht Lust, am Sonntag zu mir zu kommen? Ich will Brathähnchen machen, das kann ich allein gar nicht aufessen.« Eigentlich hatte sie ihn gar nicht einladen wollen, eigentlich hatte sie ihm ein paar Tage Zeit geben wollen, aber wo sie sich schon einmal gegenüberstanden, war es besser, als durch den Briefschlitz zu rufen oder eine Nachricht zu schreiben, denn beides konnte man ignorieren. Doch wenn sie direkt vor ihm stand, konnte er sie schlecht ignorieren.

Natürlich könnte er es trotzdem, würde er aber nicht. George mochte eigenbrötlerisch sein, aber unhöflich war er bestimmt nicht.

Er hatte den Blick nicht von ihrer Hand genommen, die knapp über dem Ellenbogen auf seinem Arm ruhte, doch als sie die Einladung aussprach, riss er den Kopf hoch und schaute sie direkt an.

Als sie sich ansahen, durchlief sie ein Schauder. Außerstande, den Blick zu lösen, schaute sie ihm tief in die Augen. Darin lag etwas, das sie nicht benennen konnte, doch in ihr ein Kribbeln verursachte.

Er machte den Mund auf. Seine Lippen waren hellrosa, seine unteren Zähne klein und weiß, er wollte etwas sagen, sie wusste es einfach …

»Dann sollten Sie vielleicht einfach weniger kochen«, sagte er.

Nessa schnappte nach Luft und ließ seinen Arm los.

In seinem Auge zuckte es. Er verneigte sich fast majestätisch. »Schönen Tag noch«, damit ging er davon. Dann blieb er plötzlich noch einmal stehen und sagte, ohne sich umzudrehen: »Fragen Sie doch Mairi. Die könnte es gut vertragen, wenn jemand für sie kocht.«

»Und Sie?«, fragte sie, bevor er noch einen weiteren Schritt machen konnte.

Er stutzte einen Augenblick, dann ging er einfach weiter.

Während sie ihm hinterhersah, hoffte sie, er würde sich noch einmal umdrehen, tat er aber nicht. Was war da gerade passiert? Sie war felsenfest davon überzeugt, dass er ihre Sonntagseinladung eigentlich gerne angenommen hätte.

Es gab viele Wege, eine Kartoffel zu kochen, und Nessa wusste auch schon ganz genau, was sie als Nächstes zu tun hatte.

17.
George

Eigentlich hätte er längst mit der Arbeit beginnen sollen, zwar saß er schon am Schreibtisch und hatte das richtige Dokument geöffnet, doch er schaute mehr aus dem Fenster, um ja nicht Nessas Rückkehr zu verpassen, als auf die Geschäftsbücher von Acton and Stavely Ltd.

Diese Frau war absolut geschäftsschädigend, so gut sie seinen Geschmacksknospen auch tat.

Beim Gedanken an Nessas letzte Pastete, die sich noch im Kühlschrank befand, knurrte ihm der Magen, obwohl es noch lange nicht Mittag war.

Mittag! Brathähnchen hatte sie gesagt.

George kniff die Augen zu und versuchte, das Bild zu verscheuchen.

Eine leckere Füllung, zarte Röstkartoffeln, sahnige Soße … o Gott, diese Frau trieb ihn wirklich in den Wahnsinn. Wenn ihr Braten auch nur annähernd so gut war wie ihre Kuchen und ihre Pasteten, dann könnte er sich auf einen wahrlichen Leckerbissen einstellen.

Doch er hatte abgelehnt.

Und dann hatte er ihr noch nicht einmal für die Einladung gedankt, was wirklich unverzeihlich war. Aber sie hatte ihn auch überrumpelt und noch dazu ihre Hand auf seinen Arm gelegt, wo ihn doch schon so ungeheuer lange niemand mehr berührt hatte. Das hatte ihn vollends aus der Fassung gebracht.

Dazu noch ihre Augen, die ihn so intensiv angeschaut hatten, dass er nicht hatte wegsehen können. Von der Farbe erinnerte sie ihn an die See neulich, grau mit weißen und blauen Sprenkeln.

Er musste einen Weg finden, ihr zu danken, ohne ihr eine Nachricht vor der Haustür zu hinterlassen. Sich Nachrichten hin- und herzuschreiben, kam ihm kindisch vor, wie Schüler, die sich heimlich unter der Bank Zettel zusteckten. (Tat man das noch oder schickten sie sich heutzutage einfach Nachrichten auf dem Handy?)

Ihm würde schon etwas einfallen. Vielleicht könnte er die Mülltonnen bei der nächsten Abholung für sie an die Straße stellen, dann müsste sie sich nicht damit abplagen. Womöglich doch keine so gute Idee, da käme er bloß in Versuchung, in die Tonnen zu schauen und das eine oder andere Stück zu retten.

George konnte sich überhaupt nicht konzentrieren und warf alle paar Sekunden einen Blick nach draußen. Dann versuchte er es mit einem Spiel: Er würde fünf Minuten arbeiten, bevor er sich einen Blick aus dem Fenster gönnte, doch statt zu arbeiten, starrte er fünf Minuten lang auf die Uhr in der Ecke des Computerbildschirms.

Entnervt warf er die Arme in die Luft, ging in die Küche, um sich sein Vormittagsgetränk zu brauen, und verpasste so Nessas Rückkehr. Erst nachdem sich sein lauter Wasserkocher ausgestellt hatte, hörte er sie hinten im Garten mit der Katze reden.

»Sylvia, nein«, hörte er sie sagen. Was hatte die Katze wohl angestellt, das seine Nachbarin so verstimmte? Viel konnte es ja nicht sein, denn Frauchen war gerade erst zurückgekommen. George brannte vor Neugier und wollte unbedingt wissen, was da vor sich ging.

Dazu müsste er aber in seinen eigenen Garten und über den Zaun schauen. Das wollte er auf keinen Fall tun.

Da erklang ein rhythmisches Rasseln gefolgt von Sprühgeräuschen. Noch immer machte er keine Anstalten, in den Garten zu gehen, obwohl sich die interessanten Geräusche wiederholten.

Doch als Nessa schließlich laut sagte: »Ich geb's auf«, konnte er sich nicht länger beherrschen und sauste zur Haustür, öffnete sie einen Spalt und spähte hinaus.

Als niemand zu sehen war, machte er die Tür so weit auf, dass er hinausschlüpfen konnte, dann rannte er in geduckter Haltung ums Haus, falls Nessa aus der Haustür kommen und herübersehen sollte. Das tat sie gerne.

Dann öffnete er die kleine Pforte und tappte leise auf Zehenspitzen in den Garten. Doch das Rasseln und Sprayen hatte aufgehört, vielleicht war Nessa gar nicht mehr im Garten. Ihm kribbelte die Haut. Wenn sie im Haus war, könnte sie ihn von einem ihrer hinteren Fenster sehen. Warum ihm das nun wieder Kopfzerbrechen bereitete, wusste er selbst nicht. Es war ja wohl sein gutes Recht, sich in seinem eigenen Garten aufzuhalten, und wenn er mal einen Blick in ihren warf, was war schon dabei?

George richtete sich zu voller Größe auf und lief über den Weg, der mitten durch seinen akkurat gepflegten Rasen verlief, und sah sich beiläufig nach rechts um.

Allerdings saß die Katze auf dem Zaun und starrte ihn an.

Er starrte zurück.

Die Katze blinzelte nicht einmal.

George sah als Erster weg, doch er nutzte die Gelegenheit und ging mit ausgestreckter Hand auf die Katze zu und machte mit der Zunge Schnalzgeräusche, wie er es bei anderen Tierbesitzern schon gesehen hatte.

Die Katze schien nicht sonderlich beeindruckt, aber auf jeden Fall erweckte er so den Anschein, sich mit der Katze anfreunden und nicht einen Blick in Nessas Garten erhaschen zu wollen, was ja sein eigentliches Anliegen war.

Nessa war nicht da.

Dafür aber ein Bettlaken auf dem viel zu hohen Gras und mittendrauf eine halb angestrichene Schranktür. Daneben lag eine Sprühdose ohne Kappe.

George legte den Kopf schief und musterte die Schranktür.

Er spürte, wie die Katze seine Hand beschnupperte, ihre Schnurrhaare kitzelten ihn, doch seine Aufmerksamkeit war der schlecht aufgetragenen Farbe gewidmet. Für ihn sah es aus, als hätte Nessa sie stellenweise zu dick aufgesprüht, dort war die Farbe entweder verlaufen oder klumpig angetrocknet, der Rest deckte nicht. Ungleichmäßig war eine glatte Untertreibung.

George sah erneut hin.

Weil Nessa den Metallknauf nicht abgeschraubt hatte, war dieser jetzt komplett vollgespritzt. Zudem war er rostig, was das Ergebnis nicht gerade verbesserte.

Jedenfalls hatte sie die Tür komplett verpfuscht.

Die Katze schien ganz seiner Meinung zu sein, denn nun wandte auch sie sich dem Schandfleck zu.

»Sieht schlimm aus, was?«, sagte er zur Katze.

Die Katze zwinkerte mit einem Auge, drehte ihm den Rücken zu und sprang in ihren Garten. Vorsichtig schlich sie zur Tür, schnupperte einmal, reckte den Schwanz in die Höhe und zeigte George ihren Hintern, dann schritt sie von dannen.

»Bin ganz deiner Meinung«, sagte er.

In dem Moment wurden ihm zwei Dinge gleichzeitig klar: Zum einen, dass er sich mit einer Katze unterhielt, was er bis dato noch nie getan hatte, und zum anderen, dass er gut sichtbar war, sollte Nessa aus dem Fenster sehen.

Vor Schreck trat er so hastig zurück, dass er sich fast lang auf den Rasen gelegt hätte, dann eilte er zurück ins Haus.

In ihm reifte ein Plan.

18.
George

Für ihn war der Einbruch der Dunkelheit schon immer etwas Schönes gewesen. Als Kind hatte er um diese Zeit gemütlich zu Hause eingekuschelt gelegen, meistens mit einem Buch. Später in Liverpool war die Nacht dann nicht mehr so eine Zuflucht gewesen, denn in der Stadt tobte immer das Leben. Dennoch war sie ihm willkommen.

Heute Abend genoss er sie geradezu, denn ohne den Mantel der Dunkelheit wäre er von Nessas und wahrscheinlich auch von Mairis Haus gut sichtbar. Die anderen Nachbarn aus den Reihenhäusern zählten nicht, die zeigten kein Interesse an ihm, was ihm nur recht war.

Über den Gartenzaun zu Nessa zu klettern, war nicht einfach, aber um einiges besser, als sich durch die Hecke zu zwängen. Er erinnerte sich noch daran, dass sein Vater dagegen gewesen war, als Alys drei stattliche Männer angeheuert hatte, um die Hecke durch einen massiven Bretterzaun zu ersetzen. Doch er hatte nichts dagegen machen können, denn Alys war für die Grundstücksgrenze zuständig gewesen und sie hatte es nicht mehr geschafft, die Hecke regelmäßig zu schneiden. Sofern sein Vater die Hecke nicht alle paar Wochen schneiden wollte, mussten sich die Nightingales mit dem neuen Zaun abfinden.

Das war noch, bevor George wieder zu Hause wohnte, doch selbst zu dem Zeitpunkt wäre sein Vater nicht mehr in der Verfassung gewesen, eine Hecke zu schneiden. Alys hatte sonst immer jemanden gehabt, der sie vorne gestutzt hatte, doch seit ihrem Tod hatte George es übernommen. Die Hecke war demnächst mal wieder fällig.

Vielleicht würde er sich morgen mal daranmachen, wenn Nessa nicht da war. Bloß seine Seite und oben, sonst hieß es nachher noch, er würde sich nicht kümmern, wobei er ihre Seite auch mitmachen würde, wenn er genügend Zeit hätte. Und damit meinte er, wenn Nessa lange genug wegbliebe. Wenn sie wieder einen ihrer Klippenspaziergänge machte, würde er es schaffen.

Er zog sich hoch, suchte mit den Stiefeln Halt auf den Latten und landete mit einem Ächzen im Nachbarsgarten.

Jetzt brauchte er sich bloß schnell die Schranktür zu schnappen und zurück zu sich, ohne erwischt zu werden. Was einfacher klang, als es war, wenn man fast sechzig war, nicht gewohnt, über Zäune zu klettern, und ein verdammtes Holzteil in der Hand hielt.

Am Ende warf er die Schranktür über den Zaun, damit er sich bloß um sich selbst kümmern musste. Am Lack konnte er ja schlecht was ruinieren. Da war jeder Kratzer eine Verschönerung.

Und an dieser Meinung änderte sich auch nichts, als er die Tür bei sich eingehend inspizierte. Man müsste sie gründlich abschleifen, einmal grundieren und dann bestimmt zweimal lackieren.

Im Bungalow war dafür nicht genügend Platz, Schuppen und Garage schieden auch aus. Der Wind hatte sich zwar etwas gelegt, aber es ging immer noch eine Brise. Frische Farbe vertrug kein herumfliegendes Laub und auch keinen Staub, deshalb musste er draußen einen geschützten Ort finden.

George stand auf der kleinen Terrasse vor seiner Küche, knipste das Licht an und sah sich um, tippte sich mit dem Finger gegen das Kinn, während er sich die Möglichkeiten durch den Kopf gehen ließ, und entschied, dass die Ecke zwischen Schuppen und Garage wohl am besten geeignet wäre, zumal Nessas Zaun noch einen dritten Schutzwall bot.

Was war George froh über diesen Zaun! Zum einen schützte er vor dem Wind vom Meer, und zum anderen verbarg er Georges Milchflaschensammlung vor Nessa.

Es war die beste Ecke, um an der Schranktür zu arbeiten, doch erst einmal musste er die verdammten Milchflaschen loswerden. Wo sollte er bloß hin damit?

Kurz kam ihm die irrsinnige Idee, die Flaschen einfach in seine komplett leere und jungfräuliche Plastiktonne zu verfrachten, doch den Gedanken verwarf er rasch wieder. Er musste die Flaschen irgendwo zwischenlagern, sonst könnte er Nessa die Schranktür genauso gut wieder über den Zaun werfen.

Nessa … Recycling …? Ach ja! Ihre Kartons, ihre wundervollen großen Kartons, die schon an der Straße für die Müllabfuhr parat standen. Jetzt könnten sie sich als nützlich erweisen, ein neues Leben erhalten als Aufbewahrungsbehälter für Milchflaschen. Genial!

Natürlich müsste er sie nach dem Streichen wieder entleeren, denn beim nächsten walisischen Regenschauer würden sie sich in null Komma nichts in ihre Bestandteile auflösen, doch fürs Erste war es die ideale Lösung. Also faltete George sie schnell zusammen, verstaute möglichst viele Milchflaschen in jeden Karton, stapelte die Kartons dann fein säuberlich unter dem Küchenfenster und widmete sich endlich seiner eigentlichen Aufgabe.

Während der Arbeit (er hatte gar nicht mehr gewusst, wie

viel Spaß Abschmirgeln machte) wanderten seine Gedanken zu seiner Nachbarin. So ganz wurde er den Verdacht nicht los, dass sie ihre Nase in seine Angelegenheiten steckte. Aber so neugierig sie auch sein mochte, es war dennoch nett von ihr, ihn zum Essen einzuladen und mit Kuchen und Pasteten zu versorgen.

Na, das sah doch schon mal ganz anders aus! George trat einen Schritt zurück, um sein Werk zu begutachten. So konnte er das Holz grundieren. Und weil Grundierungen in der Regel schnell trockneten, könnte er morgen in aller Frühe gleich die erste Lackschicht auftragen. Falls er einen Lack fand.

Im Schuppen standen so viele Farbtöpfe, alle halb leer, aber die meisten befanden sich ganz hinten, da hatte er keine Chance ranzukommen.

Auf jeden Fall würde er einen Versuch starten, bloß dafür brauchte er Licht. Er besaß eine gute Taschenlampe, die lag aber in der Küche auf dem Regal neben der Hintertür, bis dahin war er schon seit zwei Jahren nicht mehr durchgedrungen, mindestens, deshalb schnappte er sich eine Schachtel Streichhölzer aus der einzigen Schublade, an die er noch rankam, und eilte nach draußen.

Es dauerte eine Weile, aber nach etlichem Geschiebe und Verrücken fand er, wonach er suchte: eine fast volle Dose weißer Grundierung und eine Dose Holzlack, noch zu einem Drittel voll. Er hatte keinen Schimmer, wie alt die Farbe war, denn er konnte sich nicht erinnern, dass sein Vater sie je benutzt hatte, doch als George den Deckel aufhebelte, sah die Farbe noch okay aus, nichts, was ein wenig umrühren nicht beheben würde.

Und während er die Grundierung auftrug und Pläne für eine morgendliche Frühschicht schmiedete, hatte George das

Gefühl, das Lebensmotto seines Vaters – »Wirf nichts weg« – leistete ihm gute Dienste.

Nun konnte er bloß hoffen, dass Nessa mintgrüne Schranktüren gefielen.

19.
Nessa

Nessa ärgerte sich über sich selbst. Was war schon dabei, ein bisschen Farbe auf Holz zu klecksen? Doch nicht einmal das hatte sie fertiggebracht. Hätte sie es bloß gar nicht erst versucht, nun sah die Schranktür noch hässlicher aus als zuvor, und einbauen musste sie das dämliche Ding auch wieder.

Hoffentlich hatte es heute Nacht nicht auch noch geregnet. Selbst wenn sie kein Heimwerker-Ass war, dass nasses Holz aufquellen und sich verziehen konnte, wusste sogar sie. Sie könnte sich totärgern, dass sie die Tür nicht reingeholt hatte.

Nessa wollte erst einmal in Ruhe frühstücken, bevor sie sich über den Zustand der armen Schranktür informierte, doch als sie in die Küche ging, fiel ihr Blick automatisch auf das klaffende Loch im Küchenschrank, wo sich nun jedem, der daran vorbeikam, der Inhalt des Schrankes feilbot. Was natürlich albern war, denn wer außer ihr (und vielleicht noch Mairi) würde es sehen? Dennoch ging es ihr gegen den Strich. Sie hasste Unordnung. Und obwohl Teller und Schüssel ordentlich gestapelt waren, störte es sie, dass man das Geschirr sah.

Nessa trat an die Spüle, füllte den Wasserkessel und gähnte. Plötzlich hielt sie inne, atmete ganz langsam aus und ließ den Blick durch den Garten schweifen.

Die Schranktür war weg.

Nachdem sie den Kessel aufgesetzt hatte, ging sie in den Garten. Vielleicht hatte sie die Tür ja doch woanders hingelegt. Dann warf sie einen Blick auf ihre Gartenpforte.

Sie war verschlossen und erweckte auch nicht den Eindruck, als hätte sich jemand daran zu schaffen gemacht, also konnte sie Einbrecher schon mal ausschließen. Wer sollte auch in ihren Garten einbrechen, um eine total verpfuschte Schranktür zu klauen?

Nessa überlegte angestrengt.

Hatte sie etwa vergessen, dass sie die Tür doch mit reingenommen hatte?

Obwohl sie sich vollkommen bescheuert vorkam, denn sie wusste, dass sie die Tür draußen im Gras hatte liegen lassen, lief sie durchs ganze Haus. Nichts. In der Küche trank sie erst einmal eine Tasse Tee und überlegte, was mit der Tür geschehen sein konnte.

Irgendeine Erklärung musste es ja geben, aber ihr wollte einfach keine einfallen, und während sie sich für den Morgenspaziergang fertig machte, drehten sich ihre Gedanken im Kreis.

Sollte sie eine regenfeste Jacke mitnehmen? Nessa öffnete die Haustür, die ging nämlich nach Westen, wo auch die meisten Winde herkamen, deshalb hatte sie sich angewöhnt, aus der Haustür in den Himmel zu schauen, ob sich da was über der Irischen See zusammenbraute. Doch etwas anderes erregte ihre Aufmerksamkeit.

An die Hauswand gelehnt stand doch tatsächlich eine Schranktür!

In Form und Größe war sie identisch mit der, die sie gestern besprüht hatte, doch damit hörten die Gemeinsamkeiten auch schon auf.

Ihre war halb dunkles Kiefernholz, halb weiß bekleckst.

Diese war mintgrün, ohne Spritzer oder verlaufene Farbe.

Nessa sah sich auf der Straße um, als erwartete sie, dass sich derjenige, der ihr die Schranktür hinterlassen hatte, noch in der Nähe herumtrieb. Fehlanzeige.

Inzwischen ahnte sie, wer dahintersteckte. Wenn sie sich zum Bungalow umdrehte, sah sie George bestimmt direkt ins Gesicht. Nicht dass sie ihn hinter den dicken Lagen Tüllgardinen erkennen konnte, aber sie war sich sicher, dass er da lauerte.

Mit dem Zeigefinger testete Nessa, ob die Farbe schon trocken war, bevor sie die Tür mit ins Haus nahm.

Ausgerechnet grün!

Was war nur in ihn gefahren? War ja nett gemeint, aber ihm hätte doch klar sein müssen, dass sie weiß wollte. Wer wollte schon seine Küche in Grün!

Ein freundliches Grün, das musste sie zugeben, aber grün blieb grün.

Nessa hatte sich für Weiß entschieden.

Wie sollte sie die Farbe nur wieder abkriegen (oder sollte sie in den sauren Apfel beißen und gleich online neue Türen bestellen)? Mit einem Seufzer stellte sie die Tür vor den Küchenschrank.

Dann schüttelte sie den Kopf, schloss die Augen und holte einmal tief Luft. So ungern sie es auch machte, aber sie musste sich mit George auseinandersetzen. Er war nicht bloß unerlaubt in ihren Garten gestiegen, er hatte sie auch nicht um Erlaubnis gebeten, die Tür zu streichen. Wenn er gefragt hätte, hätte sie, unter der Bedingung, dass er weiße Farbe nahm, bereitwillig zugestimmt.

Als Nessa die Augen wieder öffnete, blickte sie als Erstes auf die grüne Schranktür.

Mhmm …

Eigentlich sah es ganz hübsch aus, griff auch das Grün in den Vorhängen und Kissen auf. Passte gut zu den weißen und lavendelfarbenen Wänden, selbst mit nur einer gestrichenen Tür wirkte die Küche gleich viel heller.

Doch sie wollte Weiß, nicht Grün. Und er hatte sie nicht gefragt.

Nessa sah auf die Uhr.

In etwa sieben Minuten sollte George auf dem Bürgersteig an ihrem Haus vorbeilaufen. Da würde sie ihn zur Rede stellen, das war besser, als ihn an die Tür zu bekommen. Deshalb hockte sie sich auf die Lehne ihres Sessels, der unter dem Wohnzimmerfenster stand, und wartete.

Zehn Minuten später wartete sie noch immer.

Erneut sah sie auf die Uhr, verglich ihre Armbanduhr mit der auf dem Kamin. Beide zeigten die gleiche Zeit an.

Nach weiteren zehn Minuten dämmerte ihr, dass George entweder schon weg war oder heute überhaupt nicht spazieren ging. Sicher Letzteres, und sie konnte sich auch denken, warum: Er wollte ihr auf keinen Fall über den Weg laufen.

Sollte sie bei ihm klopfen? Nützte das was?

Wahrscheinlich nicht, aber irgendwo musste sie jetzt Dampf ablassen, deshalb stiefelte sie zu Mairi. Dabei warf sie dem Bungalow finstere Blicke zu.

»Hallo, Liebes. Ich wollte gerade einen Tee trinken, magst du auch einen?«, fragte Mairi sofort.

»Gerne, wobei ich gut was Stärkeres vertragen könnte.«

»Was ist denn los?« Mairi führte sie in die Küche und bedeutete ihr, sich zu setzen.

»George.« Nessa nahm Platz.

»Hat er dir was getan?«

»Er hat die Tür von meinem Küchenschrank gestrichen.«

Mairi sah sie verständnislos an. »Das ist doch nett.«

»Ja, schon, aber er hat's getan, ohne mich zu fragen.«

»Du wolltest sie also gar nicht gestrichen haben?« Mairi klang besorgt. »Ach du liebes bisschen!«

»Doch, schon … ich hatte mich schon selbst dran versucht, hab's aber ziemlich verpatzt.«

»Ich kann dir nicht ganz folgen. Hat George es denn noch schlimmer gemacht?« Sie schenkte Nessa einen Tee ein.

»Danke«, sagte sie. »Nein, überhaupt nicht. Er hat es hervorragend gemacht.«

»Was ist denn das Problem?«

Natürlich entging Nessa nicht, dass Mairi nun gar nichts mehr verstand, deshalb sagte sie: »Ich hatte sie weiß gestrichen. George jetzt grün.«

»Wie bezaubernd. Sieht bestimmt hübsch aus. Grün mochte ich schon immer. Ist irgendwie so beruhigend.«

»Ja, deshalb sind im Krankenhaus auch so viele Wände grün gestrichen.«

»Ist es etwa so ein Krankenhaus-Grün? Kein Wunder, dass du dich nicht freust. Das ist nun wirklich keine schöne Farbe.«

»Ehrlich gestanden ist es mintgrün, ohne den geringsten Hauch von Krankenhaus-Grün.«

»Darf ich's mir mal anschauen?«

»Wenn du willst.«

Die beiden tranken ihren Tee aus, dann führte Nessa ihre Nachbarin zu sich und ließ sie die Schranktür in Ruhe betrachten.

»Also mir gefällt's«, sagte Mairi nach einer Weile. »Es ist so schön frisch. Stell dir doch mal die gesamte Einbauküche so vor.«

Nessa überlegte. »Passt es denn auch zu den Arbeitsflächen, was meinst du?«

»Halt die Tür doch einfach mal ran.«

Nessa hielt sie an die Platte. »Hmm, ich weiß nicht so recht.«

»Das ist doch Holz, oder?«, fragte Mairi.

»Glaub schon.« Nessa beugte sich über die Platte. »Doch, ist es.«

»Notfalls könnte man die auch noch abschleifen und behandeln, wobei mir das gar nicht nötig scheint.«

»Im Ernst?«

Mairi nickte. »Ja. Ich weiß noch, als Alys die Küche hat einbauen lassen. Ist bestimmt schon über dreißig Jahre her, aber die Schränke sind alle von Hand gemacht, nicht so ein Bausatz.« Sie fuhr mit der Hand über die Arbeitsplatte. »Wirklich gute Qualität. Braucht bloß eine neue Schicht Farbe.« Dann sah sie Nessa vielsagend an.

Nessa seufzte. »So wie's George gemacht hat?«

»Bingo!«

»Aber …«

»Aber was? Du hast doch selbst gesagt, dass dir die Farbe gefällt. Stört dich, dass er vorher nicht gefragt hat?«

»Kann sein.« Nessa zuckte die Achseln.

»Er hätte fragen sollen«, stimmte Mairi zu, »aber die Absicht dahinter war gut. Und im Grunde kannst du dich geehrt fühlen, denn ich kann mich nicht erinnern, wann George das letzte Mal mehr als ein Guten Morgen mit jemandem gewechselt hätte.«

Hatte sie vielleicht überreagiert? Es war schon nett von ihm, und die Farbe gefiel ihr auch immer besser. Irgendwie kam damit ein wenig Garten in die Küche, und die Heimtextilien mit den Lavendelblüten und grünen Blättern taten ihr Übriges.

»Dann habe ich ja schon Fortschritte mit ihm gemacht.« In ihrem Ärger war sie dafür blind gewesen und umso dankbarer, dass Mairi sie darauf hinwies.

»Lass ihm Zeit. Und ein wenig Raum. Er hat so lange so zurückgezogen gelebt, da reicht ein Kuchen nicht, um ihn hinterm Ofen vorzulocken.«

Nessa hatte schon ein wenig mehr getan, als ihm einen Kuchen zu backen. Sofort hatte sie ein schlechtes Gewissen, weil sie Mairi nicht auch ein paar Pasteten vorbeigebracht hatte. Eigentlich würde sie sie auch gerne für Sonntag zum Essen einladen, aber sie hoffte, George mit dem Duft des Brathähnchens noch umstimmen zu können, und Mairis Anwesenheit könnte ihn dann abschrecken. Sie könnte Mairi ja anschließend noch einen Teller vorbeibringen.

»Auf jeden Fall brauche ich neue Griffe.« Nessa betrachtete den Knauf, den sie so mit Farbe beschmiert hatte und den George (der Gute) wieder gereinigt hatte. Es war ein grässlicher runder Metallgriff, der schon bessere Zeiten gesehen hatte. Ihr würden antike Knäufe aus Glas gefallen oder aus Keramik, wie sie sie einmal in einer Zeitschrift gesehen hatte. Da hatten sie eine Anrichte geziert.

»Ja, da hast du recht. Du könntest es bei *Pins to Elephants* versuchen. Nicht weit von Applewell ist morgen auch ein Flohmarkt. Da gibt es Stände mit Kunsthandwerk. Wer weiß, was du da findest. Ich war schon ewig nicht mehr da, meine Beine machen es nicht mehr so weit.«

»Soll ich dich mitnehmen? Oder hast du am Wochenende schon was anderes vor?«

»Nein, gar nichts. Meine Tochter macht gerade in Italien Urlaub, da werde ich sie eine Weile nicht sehen.«

»Ich habe auch nichts vor, da können wir uns ja gegenseitig etwas Gesellschaft leisten. Wann soll ich dich denn abholen?« Alleine wäre Nessa natürlich zum Flohmarkt gelaufen, aber ihr machte es auch nichts aus, mit dem Wagen zu fahren, um Mairi mitzunehmen.

»Gegen neun? Dann sind wir da, bevor es voll wird.« Mairi machte Anstalten zu gehen, doch Nessa wollte sie noch etwas fragen.

»Hast du zufällig einen Rasenmäher, den ich mal leihen kann? In Bristol hatte ich keinen Garten, und wenn ich mich der Wildnis nicht annehme, weiß ich nicht, was da bald kreucht und fleucht.«

»Natürlich, Liebes, aber ich habe nicht so einen neumodischen Elektromäher, der über den Rasen gleitet. Meiner ist ein Handmäher, den man schieben muss, und ich habe ihn schon seit Jahren nicht mehr benutzt, also sind die Klingen wahrscheinlich schon ganz rostig.«

»Damit komme ich schon klar, soll ich bei dir auch gleich mähen?«

»Wirklich? Das ist aber nett von dir.«

Nessa gab ihr ein Küsschen auf die Wange. »Mach ich doch gerne.«

Und das tat sie auch. Anderen zu helfen lag ihr im Blut, und wenn es jemanden gab, der Hilfe brauchte, dann Mairi.

Und George, doch bei ihm war es mit der Hilfe nicht so leicht. Bei ihm konnte sie nicht einfach den Rasen mähen oder ihn zum Flohmarkt kutschieren.

20.
George

George hatte fest damit gerechnet, dass Nessa, gleich nachdem sie die Schranktür entdeckt hatte, angeflitzt kommen würde, und wappnete sich, dass sie erst klopfen und dann, wenn er nicht öffnete, durch den Briefschlitz brüllen würde. Deshalb war er ziemlich enttäuscht, dass sie sofort hinüber zu Mairi ging, nachdem sie das Werk ins Haus geholt hatte. Glaubte sie etwa, die alte Dame hätte die Tür angepinselt?

Dann tauchte Nessa in Begleitung von Mairi wieder auf, und beide verschwanden bei Nessa, nach einer Weile kam Mairi wieder heraus und ging nach Hause.

Das ständige Kommen und Gehen erinnerte ihn an eine Drehtür. George schaute gebannt zu. Früher hatte es hier nicht viel zu sehen gegeben, außer ein paar Hundebesitzern und dem einen oder anderen landwirtschaftlichen Fahrzeug war sonst niemand vorbeigekommen. Doch seit Nessa hier wohnte, ging es zu wie im Bienenstock.

Er brauchte doppelt so lange wie sonst, um eine Bilanz zu erstellen, und nachdem Mairi wieder zu sich gegangen war, ging er ernsthaft mit sich ins Gericht. Natürlich war es seiner Konzentration nicht gerade zuträglich, dass er gestern Abend schon wieder von seiner Routine abgewichen war und die halbe Nacht an einer Schranktür gewerkelt hatte, die nicht einmal ihm gehörte. Heute Morgen war er grotesk früh aufgestanden, um die Tür zu vollenden, und hatte auf seinen Morgenspaziergang verzichtet.

Dass er den Spaziergang verpasst und auch keine Zeitung gekauft hatte, machte ihm zu schaffen, doch noch mehr zu schaffen machte ihm, dass Nessa seine Bemühungen nicht würdigte.

Kein Wunder, dass er lieber für sich blieb.

Tief enttäuscht schaltete er den Computer ein und machte sich an die Arbeit, für die er bezahlt wurde. Doch bevor er so richtig in Schwung kam, nahm er draußen auf der Straße eine Bewegung wahr. Und schon bog Nessa in seine Auffahrt.

Nervös sprang er auf, verlor das Gleichgewicht und knallte gegen die Wand.

Gott sei Dank hatte er nicht wieder einen Stapel Bücher umgerissen (das Desaster mochte er sich gar nicht erst ausmalen, beim letzten Mal hatte es ewig gedauert, bis alles wieder gestanden hatte), dann eilte er so schnell es ging, ohne mit anderen, ähnlich gefährdeten Objekten zusammenzustoßen, zur Haustür. Im selben Moment hämmerte Nessa dagegen.

George quiekte vor Schreck, schlug sich aber schnell mit der Hand auf den Mund, besorgt, sie könne es gehört haben.

Der Briefschlitz klapperte. »George? Sind Sie da?«

Er schüttelte den Kopf. Besonders freundlich klang sie nicht.

»Ich wollte mich bloß bedanken, dass Sie meine Schranktür gestrichen haben. Das war wirklich nett von Ihnen.«

George atmete erleichtert auf. Sauer war sie schon mal nicht. Zum Glück.

»Ich will gerade meinen und Mairis Rasen mähen«, rief sie. »Soll ich Ihren vielleicht gleich mitmachen?«

Nein, auf keinen Fall. Er war sehr wohl in der Lage, seinen Rasen selbst zu mähen, wobei er seit Nessas Einzug nicht mehr Hand angelegt hatte (aus Angst, sie könne die Gelegenheit für einen Plausch nutzen wollen), und der Rasen vorne wie hinten einen Schnitt bitter nötig hatte. Apropos Schnitt, er musste auch mal wieder dringend zum Frisör. Er fuhr sich mit den Fingern durch die lästigen Locken, die noch ziemlich dicht waren, obwohl er schon leichte Geheimratsecken hatte. Was redete Nessa eigentlich noch weiter, wenn er doch gar nicht zu Hause war?

Bloß, dass er zu Hause war und sie es wohl wusste.

Dennoch blieb er stumm und hoffte, sie würde bald verduften.

»Die Essenseinladung für Sonntag steht noch«, rief sie. »Brathühnchen mit Hühnerklein? Nur wir beide?« Sie verstummte. »Ich … ähm … meine, sonst kommt niemand, also ich könnte natürlich noch Mairi einladen, wenn Ihnen das lieber ist. Also wenn Sie nicht so gerne mit mir alleine sein wollen, meine ich.« Und kurz darauf hörte er noch ein gemurmeltes »Mist«.

Ihre Schritte entfernten sich, und er kicherte.

Abrupt hielt er inne, verwundert über die unbekannten Laute, die aus seiner Kehle drangen. Das eine oder andere höfliche Lachen zu gegebenem Anlass, das kannte er von sich, aber wann hatte er das letzte Mal spontan gelacht oder gar gekichert?

Doch er fand sie witzig, auch wenn sie es vielleicht gar nicht beabsichtigt hatte.

Ob sie wohl rot geworden war? Und wie wäre es wohl, wenn sie zusammen Mittag essen würden, nur sie und er?

Er wünschte fast, er könnte es in Erfahrung bringen.

Es dauerte eine Weile, bis er wieder in der Wohnzimmerecke am Schreibtisch saß, und noch länger, bis er aufhörte, sich vorzustellen, wie Nessa beschämt und mit hochroten

Wangen vor seiner Tür stand. Doch nachdem er sich endlich wieder in Datenbanken und Tabellenkalkulationen eingefuchst hatte, dauerte es nicht lange, bis ihn die Vorgänge in Nessa Millbrooks Garten wieder herausrissen.

Es klang wie eine Kettensäge mit Atemnot, gefolgt von einem Aufschrei und Flüchen.

George horchte. Der Lärm ging von Neuem los.

Er konnte nicht anders, stand auf und tappte in die Küche. Vom Fenster aus sah er Nessa einen uralten Rasenmäher schieben. Es kostete sie eine enorme Kraftanstrengung, und ihre Wangen waren so rot wie in seiner Vorstellung vorhin.

Nessa schob den Mäher durch das Gras, das viel zu lang war, eigentlich hätte es mit einer Motorsense vorher gekürzt werden müssen. Am liebsten hätte er ihr das Ding aus der Hand gerissen und es selbst gemacht. Am liebsten hätte er sich auch diesen alten Rasenmäher vorgeknöpft, dessen Klingen sicher schon vollkommen stumpf waren. Die müsste man zu einer Firma schicken, die darauf spezialisiert war, doch wahrscheinlich gab sich heutzutage niemand mehr mit solch alten Teilen ab.

Allerdings hatte er einen Schleifstein in der Garage. Als er Kind gewesen war, hatte sein Vater damit immer die Schaufeln und Scheren wieder scharf gemacht. Dazu brauchte man bloß ein bisschen Wasser und Kraft. Man müsste die Klingen nicht einmal ausbauen, allerdings wäre es einfacher …

Als George durch erneutes Fluchen seiner Nachbarin aus seinem Tagtraum gerissen wurde, musste er grinsen. Wer hätte gedacht, dass sie so fluchen konnte? Sie wirkte so manierlich bürgerlich, dennoch bedachte sie den widerspenstigen Mäher mit allen erdenklichen Schimpfwörtern. Nicht so schlimme Wörter wie die, die ihm als Kind an den Kopf geworfen worden waren, aber dennoch hätte er nicht gedacht, dass ihr solche Wörter über die Lippen kommen würden.

Sie hatte schöne Lippen, voll und weich, und sie lächelte gern und viel. Wie es wohl wäre, diese Lippen zu küssen?

Erschrocken löste er sich vom Fenster.

O Gott, was war bloß über ihn gekommen?

Das sah ihm gar nicht ähnlich. Solche Gedanken hatte er lange nicht mehr gehabt. Vielleicht früher, als er jünger gewesen war, und noch die Energie gehabt hatte, sich mit Mädchen zu verabreden.

In der Uni hatte er Gleichgesinnte getroffen, junge Leute, die ihn als Streber akzeptiert hatten. Mit einigen Männern hatte er Freundschaft geschlossen, mit einigen Frauen hatte er eine Beziehung gehabt, doch die hatten nie lange gehalten, und irgendwann war er zu der Erkenntnis gelangt, dass er ohne diesen Dating-Stress besser fuhr.

So war das Leben leichter und weniger schmerzhaft.

Und nun saß er seit über zehn Jahren eingekerkert in seinem Elternhaus fest und hatte nicht das geringste Interesse an irgendwelchen Beziehungen. Den Quatsch hatte er längst hinter sich. Und wer hätte schon Interesse an einem alten Kauz wie ihm?

Nessa Millbrook ganz sicher nicht.

Kein Wunder, dass sie sich schämte, ihn zu einem vermeintlichen Date eingeladen zu haben.

Doch während er zusah, wie sie sich mit dem stumpfen Rasenmäher durch das viel zu hohe Gras mühte, versetzte es ihm einen Stich, denn selbst wenn Nessa Interesse zeigen würde, könnte er nicht darauf eingehen.

21.
Nessa

»Bin ich mit Nessa Millbrook verbunden?«, erklang eine Frauenstimme, als Nessa eine Stunde später ans Telefon ging. Nessa war verschwitzt, müde und schlecht gelaunt. Dieser dämliche Rasenmäher brachte sie noch ins Grab. Wahrscheinlich wäre es besser, bei *Pins to Elephants* vorbeizugehen und sich einen neuen Rasenmäher zu besorgen, die hatten ja sonst auch alles, warum also nicht Rasenmäher?

»Ja, am Apparat.«

»Hier spricht Gracie Stewart. Ich habe die Vorhänge gekürzt. Wahrscheinlich wunderst du dich, dass ich anrufe, und ich möchte auch nicht stören, aber ich stehe hier gerade im Zeitungsladen und Sid, der Besitzer, wundert sich, warum dein Nachbar George heute gar nicht seine Zeitung geholt hat, und da fragt er sich, ob mit George alles in Ordnung ist.« Gracie verstummte.

»Ach so.«

»Und wegen der Vorhänge hatte ich ja noch deine Nummer, da habe ich angeboten, bei dir durchzuklingeln, denn Sid hofft, dass du kurz mal nach George schauen könntest. Sid macht sich Sorgen, weil er seit Jahren jeden Morgen bei ihm die Zeitung kauft.«

»Verstehe. Ich glaube, es geht ihm gut«, antwortete Nessa, wobei ihr nun doch leichte Zweifel kamen. »Aber ich gehe mal rasch rüber, dann rufe ich zurück. Dauert einen Moment.«

Nessa wusch sich rasch die Hände, spritzte sich Wasser ins Gesicht und stürmte aus dem Haus. Hoffentlich war ihrem nervigen Einsiedlernachbarn nichts passiert.

»George! Sind Sie da? George! Machen Sie auf! George! *George!*«, brüllte sie nun wohl lauter als nötig.

Und plötzlich war er da, riss die Tür auf und sah sie besorgt an. »Was ist denn los?« Er machte einen Schritt auf sie zu, als wollte er ihr zu Hilfe eilen.

Nessa schenkte ihm ein breites Lächeln. »Ihnen fehlt nichts!«, rief sie erleichtert aus. Im Grunde hatte sie es ja vermutet, aber nun war sie doch froh, sich selbst davon zu überzeugen. Gracies Anruf hatte sie unnötig in Angst und Schrecken versetzt.

»Warum sollte es?«

»Gracie Stewart und Sid vom Zeitungsladen waren besorgt, Ihnen könnte etwas zugestoßen sein.«

George kniff die Augen zusammen und blinzelte sie an. »Wie Sie sehen können, geht es mir gut.« Er schüttelte den Kopf, als wäre er vollkommen genervt.

Vielleicht war es wirklich ein bisschen übertrieben von Gracie, gleich Alarm zu schlagen. Was war schon dabei, wenn der Mann einen Tag mal keine Zeitung kaufte?

»Warum waren Gracie und Sid …?« Abrupt verstummte George, als Nessa nach Luft schnappte.

In seiner Hast hatte er die Haustür wohl weiter aufgemacht als geplant, jedenfalls hatte es eine Weile gedauert, bis ihm klar wurde, was sie da sah. Im ersten Augenblick war sie einfach nur erleichtert, George gesund und munter vorzufinden, so dass sie den Zustand des Flurs hinter ihm nicht so recht wahrgenommen hatte, irgendwann allerdings war das, was ihre Augen gesehen hatten, auch beim Hirn angekommen: Zeitungen, Zeitungsstapel neben Zeitungsstapel, mit einem schmalen Durchgang für eine Person. Ihr Blick wanderte zurück zu George, der sie entsetzt ansah.

Ach du meine Güte, der arme Mann, deshalb …

George taumelte rückwärts und schlug die Tür zu, Nessa konnte sich noch gerade in Sicherheit bringen, sonst hätte es ihre Nase erwischt.

Da stand sie nun und wusste nicht, wie sie sich verhalten sollte. Aber irgendetwas musste sie tun. Sie konnte nicht einfach gehen und so tun, als hätte sie den Zustand von Georges Flur nicht bemerkt.

Nessa atmete einmal tief durch und klopfte erneut. Diesmal hämmerte sie nicht gegen die Tür, sondern pochte zaghaft. »George? Machen Sie auf.«

Sie presste das Ohr an das Türglas, hörte aber nichts.

Dann ging sie in die Hocke und hob die Klappe des Briefschlitzes an. »George«, rief sie und kam sich echt dämlich vor. »Wollen wir nicht drüber reden?«

Immer noch nichts.

»Kein Grund, sich zu schämen. Ich kann Ihnen helfen, wenn Sie wollen.« Wenn der Rest des Hauses auch so aussah, brauchte George alle Hilfe, die er kriegen konnte. Mehr als das. Drinnen hatte es wie eine Höhle gewirkt, mit nur einem Fleckchen Licht irgendwo am anderen Ende. Kein Wunder, dass George so ein Geheimniskrämer war.

Nessa hatte gute Lust, sich über die deckenhohen Stapel aus Zeitungen herzumachen, und sofort hatte sie ein Bild von sich vor Augen, Müllsäcke schwingend mit gelben Gummihandschuhen. Das wäre eine ziemliche Plackerei und würde etliche Touren zum Wertstoffhof bedeuten, aber das ließe sich in den Griff kriegen. Und je schneller man die Sache in Angriff nahm, desto besser. So konnte George unmöglich glücklich sein.

»George!« In ihre Stimme hatte sich eine leichte Gereiztheit geschlichen, daher versuchte sie es erneut, diesmal sanfter. »George, ich kann Ihnen helfen. Bitte lassen Sie sich helfen.« Nessa lauschte.

Er würde ja doch nicht antworten.

Schließlich blieb ihr nichts anders übrig, als zu gehen.

»Gracie? Nessa hier.« Nessa hielt sich das Telefon ans Ohr, während sie durch ihren eigenen blitzblanken Flur lief. »Ich habe gerade mit George gesprochen. Ihm geht's gut. Morgen kommt er bestimmt wieder seine Zeitung kaufen.«

»Da bin ich aber erleichtert. Und Sid auch. Hat er gesagt, warum er heute Morgen nicht gekommen ist?«

»Nein, und ich habe auch nicht nachgefragt.« Dazu hatte sie keine Gelegenheit mehr gehabt. So schnell wie George die Tür zugeschlagen hatte, da war ihr die Spucke weggeblieben.

O mein Gott, wie es da ausgesehen hatte! Wie er es überhaupt durch den Flur schaffte, war ihr schleierhaft. Sie würde gerne glauben, dass es bloß der Flur war, der bis unters Dach vollgestopft war, aber sie hatte den schlimmen Verdacht, dass das ganze Haus so aussah.

Kein Wunder, dass er nie aufmachte.

Es tat ihr schrecklich leid, dass sie ihn so in Aufruhr versetzt und dass er alle Vorsichtsmaßnahmen über den Haufen geworfen hatte. Beide waren sie erschrocken. Ihr Herz raste noch immer, und sie war wacklig auf den Beinen. Seine Reaktion hatte ihr zugesetzt, aber natürlich brauchte er erst einmal Zeit, um die Sache zu verdauen. Am liebsten wäre Nessa gleich wieder hinübergerannt und hätte ihm versichert, dass sie für ihn da war, doch er wollte sicher lieber erst einmal in Ruhe gelassen werden. Irgendwann würde er sich schon berappeln, spätestens wenn ihm klar würde, dass sie doch nur helfen wollte.

Auch wenn sie sich vornahm, sich zurückzuhalten, wollte sie nichts lieber, als ihn in den Arm zu nehmen und seine verletzte Seele zu trösten.

Doch als sie sich ausmalte, wie sie ihm à la Florence Nightingale über die gerunzelte Stirn strich, entglitt ihr die Phantasie, und eins, zwei, drei küsste sie seine Stirn, seine Lippen fanden ihre …

Nessa musste mal ein ernstes Wörtchen mit sich reden.

22.
George

George hatte nicht gerade gut geschlafen. Im Grunde hatte er überhaupt nicht geschlafen, bloß unablässig auf die Uhr gestarrt – von dem Moment an, in dem er ins Bett gekrochen war, bis er eingesehen hatte, dass es keinen Zweck hatte und er genauso gut aufstehen konnte.

Für den fehlenden Schlaf gab er allein Nessa Millbrook die Schuld. Kaltes Grauen packte ihn. O Gott, sie hatte einen Blick ins Haus geworfen! Hatte gesehen, wie es bei ihm aussah! Seit Jahren hatte das niemand getan. Niemand.

Als sie gestern so wild gegen seine Tür gehämmert hatte, hatte er ja denken müssen, dass etwas passiert sei, sonst wäre er nie so nachlässig gewesen …

Wem machte er eigentlich was vor? Es war schon länger aus dem Ruder gelaufen. Eigentlich hatte es mit dem Tag ihres Einzugs begonnen. Seit Mrs Hayworth ihm schadenfroh verkündet hatte, dass er eine Nachbarin habe, hatte er keine ruhige Minute mehr gehabt.

Seither war es bloß bergab gegangen.

Doch was ihn (fast) die ganze Nacht wach gehalten hatte, war die Angst, Nessa könnte jemandem (vielen jemanden?) erzählen, was sie gesehen hatte, als sie an ihm vorbei in den Flur gesehen hatte und sich auf ihrem Gesicht Entsetzen, Abscheu und Mitleid gespiegelt hatten.

Diesen Blick würde er sein Lebtag nicht vergessen.

Deshalb hielt er sich von allen fern. Menschen fällten Urteile. Menschen waren grausam, und kaum öffnete man sich, machte man sich verwundbar.

Und jetzt würde sein Privatkram überall im Dorf herumposaunt. Jeder, der wollte, würde es zu hören kriegen, und in einem so kleinen Ort wie Applewell wollte jeder immer alles über jeden wissen.

Wem würde sie es wohl zuerst sagen? Dieser Gracie, die angerufen hatte? Sid? Oder sehr wahrscheinlich Mairi, die ja zu ihrer Busenfreundin zu avancieren schien.

Wie sollte er bloß je wieder hoch erhobenen Hauptes durchs Dorf gehen?

George lehnte sich an die Küchenwand und verbarg den Kopf in den Händen.

Die Jungs damals hatten recht gehabt. Alle hatten recht. Verlierer hatten sie ihn genannt, und das war er auch. Krank, und auch das war er.

Heutzutage nannte ihn natürlich niemand mehr so, aber bloß weil er nicht mehr nach Lampeter ging. In die Stadt hatte er seit seinem letzten Schultag keinen Fuß mehr gesetzt, auch wenn die Kinder damals natürlich von überallher gekommen waren. Nur ein einziger Junge aus Applewell hatte sich an den Beschimpfungen und Rempeleien beteiligt, doch inzwischen war er ein Mann geworden, hatte eine Frau, Kinder und Enkelkinder, und George sah ihn zum Glück nie. So ganz stimmte das nicht, kurz nachdem George zurückgekommen war, um seinen Vater zu pflegen, waren sie sich einmal begegnet. Gareth Lewis hieß der Mann, er hatte George zugenickt und gesagt: »Tut mir leid mit deiner Mum.« Und das war's. Davon abgesehen, hatte Gareth ihm keine Beachtung geschenkt, als würde er sich nicht einmal mehr richtig an ihn erinnern. Für George war das bitter:

All der Kummer, den Gareth ihm als Junge zugefügt hatte, hatte bei seinem Peiniger offenbar keine Spuren hinterlassen. So als wüsste Gareth Lewis nicht mehr, was er ihm angetan hatte.

Doch George hatte es nicht vergessen.

Auch wenn sich seither viel getan hatte, hatte er es nicht vergessen.

Würde er auch nie. Er war sich nicht einmal sicher, ob er Gareth vergeben hatte. Versucht hatte er es.

Und wenn Nessa sein Geheimnis im Dorf verbreiten würde, wäre sie auch nicht besser als Gareth Lewis und die anderen Jungs, die ihn schikaniert hatten, und dann würde er ihr auch nicht vergeben.

Nun war es aber Zeit für sein Frühstück, doch als er nach der Müslipackung griff, hatte er überhaupt keinen Appetit, nur einen Tee würgte er herunter. In seinem Magen rumorte es. Auch der Tee half nicht gegen das flaue Gefühl, das ihn überkam, wenn er daran dachte, ins Dorf zu gehen, um sich eine Zeitung zu holen.

Könnte er auch ohne Zeitung auskommen?

Klar, gestern war er ja auch ohne ausgekommen, da brauchte er heute auch keine.

Doch bei der Vorstellung, keine Zeitung zu kaufen, krampfte sich sein Magen abermals zusammen. Da wäre seine Routine ja schon wieder gestört. Die Unterbrechung gestern hatte ihm schon genug zu schaffen gemacht. Heute brauchte er seinen gewohnten Tagesablauf mehr denn je.

Bevor er jedoch zu seiner Routine zurückkehrte (wie er reagieren würde, wenn er heute Morgen bei Sid mit mitleidigen Blicken und Kommentaren hinter vorgehaltener Hand konfrontiert wäre, wollte er sich lieber nicht ausmalen), stand noch eine Sache an.

Nachdem der Entschluss einmal gefallen war, zog er sich mit der üblichen Sorgfalt an, denn er wollte den Leuten nicht noch mehr Anlass geben, ihn zu bemitleiden. Als er sich aus der Haustür zwängte, gab er doppelt acht, niemandem einen Blick ins Innere zu gewähren, doch die Oak Lane war menschenleer. Zielstrebig lief er zu Nessas Haus.

Sein Herz hämmerte bis zum Hals, und sein Mund war trocken, doch es musste sein. Er musste ihr die Meinung sagen, bevor er mit seinem Leben fortfahren konnte. Nun hatte er sich zur Genüge gesorgt und gegrämt, hatte sich sein Leben von ihr durcheinanderbringen lassen. Es war Zeit, sich Luft zu machen.

Bestimmt hatte sie ihn kommen sehen. Bestimmt schon nach ihm Ausschau gehalten, denn Nessa öffnete, bevor er überhaupt da war, und erwartete ihn lächelnd mit weit aufgerissener Haustür, die ihm einen Blick in den dahinterliegenden Flur bot, dessen Leere und klaren Linien ihn verhöhnten.

»George«, stieß sie hervor, »ich wollte gerade zu Ihnen.«

»Das glaube ich gerne«, sagte er. »Wollten wohl noch mal einen Blick in den Bungalow werfen, um noch ein paar Fakten zu sammeln, bevor sie mein Privatleben im Dorf breittreten?«

Ihr verging das Lächeln und sie stammelte: »Ich … ähm …«

»Verstehe, Sie haben es also schon allen erzählt.«

»Nein! Ich –«

»Lassen Sie mich mal was klarstellen, Mrs Millbrook. Seit Sie nebenan eingezogen sind, habe ich keine ruhige Minute mehr. Mit ihrer Neugier und Einmischerei sind Sie eine richtige Plage. Ich wäre Ihnen wirklich dankbar, wenn Sie sich in Zukunft um Ihren eigenen Kram kümmern und mich nicht weiter behelligen würden.«

»Ich habe doch kein Wort zu jemandem gesagt, wegen …« Mit dem Kopf deutete sie zu seinem Bungalow.

Unfassbar, jetzt brachte sie es nicht einmal über die Lippen, so angeekelt war sie. Kopfschüttelnd wandte er sich zum Gehen.

»Tut mir leid«, flüsterte sie. »Mir war nicht klar, dass Sie sich behelligt gefühlt haben. Ich hab's doch nur nett gemeint.«

Weil sie so reumütig und traurig klang, wäre er fast eingeknickt und hätte »Schon in Ordnung« gesagt.

Doch nichts war in Ordnung. Gar nichts. Und alles bloß ihretwegen.

Ohne sich umzudrehen, sagte er: »Ich will Ihre Freundschaft nicht. Ihre nicht und auch sonst niemandes. Ich bin zufrieden, so, wie es ist, stecken Sie also Ihre Nase nicht länger in Dinge, die Sie nichts angehen.«

So, jetzt hatte er es ihr aber gegeben, dachte er, während er ins Dorf lief und alle Blicke mied. Ein Nicken war heute Morgen das höchste der Gefühle. Dieser Nessa Millbrook hatte er mal gehörig den Kopf gewaschen, ihr die Meinung gegeigt. Er knurrte. Die würde ihn in Zukunft nicht mehr belästigen.

Bloß warum fühlte er sich dann kein Stück besser?

23.
Nessa

Wie vor den Kopf gestoßen wankte Nessa zurück in ihr hübsches, ordentliches Heim, ihr Innenleben ein einziges Chaos. Dabei hatte sie doch bloß Freundschaft gesucht und eine gute Nachbarin sein wollen, und so vergalt er es ihr! Von den Patienten war sie Undank gewohnt gewesen (meist weil sie verwirrt oder ängstlich gewesen oder gegen ihren Willen ins Krankenhaus eingeliefert worden waren), doch das war die Arbeit gewesen. Dieses Mal war es anders, denn es traf sie persönlich.

Fassungslos war eine Untertreibung ihres Zustands.

Was bildete sich dieser George bloß ein? Und so ganz nebenbei hatte sie nicht die geringste Absicht, irgendjemandem zu erzählen, wie es bei ihm zu Hause aussah. Natürlich hatte er Probleme, aber das ging ja die anderen nichts an. Über Diskretion und Schweigepflicht wusste sie bestens Bescheid, vielen Dank. Daran brauchte er sie nun wahrlich nicht zu erinnern.

Als sie sich fertig machte, um Mairi abzuholen, warf sie ihre Sachen umher und knallte mit den Türen, bis sie sich langsam abgeregt hatte. Vielleicht überreagierte sie (garantiert), aber sie hatte mit dieser Auseinandersetzung so gar nicht gerechnet, George hatte sie komplett überrumpelt. Dass er fürchtete, sie könnte Hinz und Kunz vom Zustand seines Hauses erzählen, verstand sie gut, aber er hätte sie ja einfach bitten können, es für sich zu behalten, statt so aus der Haut zu fahren.

Die Angst war eine Sache, dafür könnte sie ihm vergeben, doch nicht all die anderen Dinge, die er ihr an den Kopf geworfen hatte. Von wegen neugierig, sie war gar nicht neugierig. Und wenn selbst gebackene Geschenke und Esseneinladungen als Einmischung verstanden wurden, war sie eben schuldig.

»Findest du, dass ich mich ständig einmische?«, fragte sie Mairi, nachdem die beiden in Nessas Wagen saßen und keine Gefahr bestand, dass George sie hören konnte. Wenn sie daran dachte, wie oft er wohl hinter den Gardinen gelauert und sie beobachtet hatte, wurde sie wütend. Sicher waren die Gardinen so dicht, um all das Gerümpel zu verbergen, das vermutlich jedes Zimmer verstopfte. Und dass ausgerechnet er ihr Einmischung vorwarf! Da sollte er sich mal an die eigene Nase fassen. Was hatte er denn mit ihrer Schranktür veranstaltet? Wenn das keine Einmischerei war, was dann?

»Wie kommst du darauf?« Mairi kämpfte mit dem Sicherheitsgurt.

Nessa griff zu ihr hinüber und half ihr. »Hat einer mal gesagt«, entgegnete sie ausweichend. Wie gerne hätte sie sich ihrer neuen Freundin anvertraut, aber was immer George von ihr dachte, sie hatte nicht vor, sein Geheimnis preiszugeben.

»Ich finde nicht, dass du dich einmischst«, Mairi lächelte sie dankbar an, »aber ohne die genauen Umstände zu kennen, kann ich mir da kein Urteil erlauben.«

»Stimmt. Ich würde dir gerne alles erzählen, geht aber leider nicht.«

Mairi tätschelte ihr das Knie. »Zu mir bist du immer unheimlich nett gewesen, aber manche Leute wissen Nettigkeit vielleicht nicht zu schätzen.«

Nessa sah sie scharf an. Hatte Mairi ihren Streit mit George etwa mitgekriegt? Fragen ging leider nicht, sonst hätte sie damit zu viel preisgegeben.

Deshalb wechselte sie das Thema und fragte: »Hast du heute was Bestimmtes im Auge?«

Mairi blinzelte kurz. »Nein, nichts Bestimmtes. In meinem Alter braucht man nicht mehr so viel. Ich schaue mir einfach gerne an, was die anderen so verkaufen. Irgendwann will ich meinen Dachboden mal aufräumen. Damit kann ich bestimmt gleich mehrere Flohmärkte bestreiten.«

»Wenn du dabei Hilfe brauchst …«, meinte Nessa. »Im Ausmisten von Dachböden habe ich Erfahrung. Was sich bei mir in Bristol alles angesammelt hatte, dabei bin ich normalerweise recht energisch, wenn es ums Aussortieren geht. Was ich sechs Monate lang nicht gebraucht habe, brauche ich wahrscheinlich überhaupt nicht mehr, also weg damit. Ausgenommen Weihnachtsdeko und Saisonartikel wie Handschuhe und Sonnenbrille.«

Daraufhin erntete sie einen ernsten Blick von ihrer Freundin. »Von manchen Dingen trennt man sich schwer.«

»Weiß ich doch, so skrupellos bin ich nun auch wieder nicht. Ich habe noch die gepressten Blumen vom Brautstrauß meiner Mutter aufbewahrt und auch andere Erinnerungsstücke.«

»Lebt deine Mutter noch?«

Nessa lächelte traurig. »Nein, meine Eltern sind vor ein paar Jahren kurz hintereinander gestorben. Erst mein Vater und wenige Monate später meine Mutter. Ich glaube, sie ist an gebrochenem Herzen gestorben, auch wenn der Arzt meinte, es sei ein Aneurysma gewesen. Ihr plötzlicher Tod war ein Grund, warum ich mich für den frühzeitigen Ruhestand entschieden habe. Krankenschwester zu sein, ist kein Zuckerschlecken, vor allem nicht in der Notaufnahme. Da hatte ich dann das Gefühl, ich möchte noch ein bisschen was vom Leben haben, bevor ich zu alt dafür bin.«

»Danke«, sagte Mairi trocken.

»Oh, so habe ich das doch gar nicht gemeint … du bist doch gar nicht …«

»Schon gut, ich weiß ja, wie du's meinst, und du hast ja recht. Aber die Arbeit lag dir am Herzen, stimmt's?«

»Ja, mir ist der Abschied auch nicht leichtgefallen. Aber die Arbeit hat auch viel Kraft gekostet, und jetzt war es mal an der Zeit, kürzer zu treten.«

»Und wie bekommt dir das so?«

War die Frage wirklich so harmlos, wie sie klang, oder schwang da ein Unterton mit?

»Ganz gut«, antwortete sie leichthin mit Blick auf die Straße. »Sag Bescheid, wenn ich irgendwo abbiegen soll.« Natürlich wechselte sie schon wieder das Thema, was auch Mairi garantiert nicht verborgen blieb, aber dieses Problem wollte sie jetzt nicht auch noch wälzen.

»An der nächsten Kreuzung links, dann die erste rechts, du kannst es gar nicht verfehlen. Der Flohmarkt ist auf dem ersten Acker, und auf dem Acker dahinter kann man parken.«

»Zum Glück ist es nicht schlammig«, meinte Nessa, als sie wenige Minuten später über den Acker holperten. »Sonst würden wir uns vermutlich festfahren.« Es war ein riesiges Feld mit hohen Grasbüscheln und tiefen Furchen von anderen Fahrzeugen.

Nessa parkte neben einem weißen Transporter und reichte Mairi beim Aussteigen die Hand.

»Der Bauer, dem der Acker gehört, hat einen Trecker, der zieht die Leute notfalls raus«, sagte Mairi. »Und wo wir gerade über Bauern sprechen, da sind John und Angharad Porter. Huhu!«

Nessa lächelte, als sie dem Paar entgegentraten, und murmelte: »Gehört denen der Hof in unserer Straße?«

Mairi nickte. »Ich habe Nessa gerade erzählt, dass euch der Hof bei uns in der Straße gehört. Dazu ein paar Kühe und Schafe. John, Angharad, das ist meine neue Nachbarin Nessa Millbrook.«

Während Nessa John und Angharad die Hand schüttelte, strahlte Mairi. »Habt ihr was zum Verkaufen mitgebracht?« Und für Nessa fügte sie hinzu: »Eier von freilaufenden Hühnern, Biomilch und Biobutter. Und diesen köstlichen Joghurt.«

»Sie müssen unbedingt mal kommen und ihn probieren«, sagte Angharad, woraufhin Nessa eifrig nickte.

»Nein, heute verkaufen wir nichts«, entgegnete John. »Wir sind auf der Suche nach altmodischen Milchkannen für den Hofladen.«

»Hofladen?« Mairi bekam leuchtende Augen.

»Wir bauen einen der alten Schuppen in einen Laden um. Der Bau ist gerade genehmigt worden, und Angharad ist in Renovierlaune. Es soll so einen antiken Schick haben, was immer das sein soll.«

Angharad stieß ihn in die Seite. »Das weißt du doch genau. War doch deine Idee!«

Zu viert spazierten sie auf ein breites Gatter zu, hinter dem ein weiterer Acker lag, dieser war dicht bestückt mit Reihen von Autos und Kleintransportern. Vor den meisten waren kleinen Stände mit Tischen aufgebaut.

Nessa machte große Augen. Natürlich hatte sie von diesen Flohmärkten gehört, auf denen die Leute aus dem Kofferraum ihrer Autos verkauften, aber besucht hatte sie noch nie einen.

»Viel Glück«, rief sie den Porters nach. John und Angharad waren auf der Jagd nach Milchkannen, und Mairi würde sicher nicht mit ihnen Schritt halten können.

»Hast du Lust auf eine kleine Stärkung? Tee und Hotdog?«, fragte Mairi. »Das ist eigentlich immer auch ein Grund, herzukommen.«

»Gerne.« Nessa musste nicht erst lange überredet werden, denn nach dem Streit mit George heute Morgen hatte sie das Frühstück vollkommen vergessen, doch jetzt knurrte ihr der Magen.

Nessa stellte sich an, während Mairi einen Tisch organisierte.

»Hmm, ich habe schon seit Ewigkeiten keinen Hotdog mehr gehabt«, sagte Nessa zwischen Bissen mit leckerem Würstchen und süßer Zwiebeln.

»Ich auch nicht. Was bin ich froh, dass du nebenan eingezogen bist! Als ich gehört habe, dass Alys altes Cottage verkauft wird, habe ich gebetet, dass es nicht an jemanden geht, der es bloß hin und wieder mal bei schönem Wetter am Wochenende nutzt.«

Ob ihr anderer Nachbar das auch so sah? Im Grunde wusste sie ja, dass dem nicht so war, denn das hatte er ihr heute Morgen klipp und klar mitgeteilt. Immerhin stand es fifty-fifty …

»Hast du Lust, morgen zum Mittag zu kommen? Es gibt Brathähnchen mit allem Drum und Dran.« Eigentlich hätte sie Mairi ohnehin einladen sollen, doch irgendwie hatte sie befürchtet, dass es George abschrecken könnte. Da das ja nun hinfällig war, würde Mairi ein wenig Gesellschaft guttun. Und ihr selbst auch, wenn sie ehrlich war, denn der Gedanke, allein an ihrem kleinen Tisch zu sitzen, stimmte sie traurig.

»Wie schön, ich komme gerne. Danke. So einen Sonntagsbraten bekomme ich nur, wenn ich meine Tochter besuche. Für mich allein lohnt sich das nicht.«

»Fehlt sie dir?«

»Alison? Ja, und wie. Aber ihr Leben ist in Swansea und meines hier. So ist das nun einmal.«

»Hast du schon mal mit dem Gedanken gespielt, alles zu verkaufen und näher zu ihr zu ziehen?«, fragte Nessa.

»Gedacht habe ich schon mal dran, aber Applewell ist mein Zuhause, hier sind all meine Erinnerungen an Jim. Außerdem mag ich Städte nicht besonders. Wobei Swansea eigentlich recht hübsch ist.«

»Fühlst du dich manchmal einsam?« Eine bescheuerte Frage, denn so ging es wohl den meisten älteren Witwen und Witwern, aber Nessa versuchte abzuschätzen, wie groß Mairis Bedürfnis nach Kontakt war. Sie wollte sich nicht einmischen, wenn ihre neue Freundin bereits ein aktives Sozialleben hatte.

»Und du?«, gab Mairi die Frage zurück.

»Ähm, manchmal. Komischerweise ist mir das in Bristol nie aufgefallen. Da habe ich viel gearbeitet, und wenn ich dann mal frei hatte, habe ich geschlafen und den Haushalt gemacht. Irgendwie war das Leben schneller.«

»Vermisst du's?«

Nessa überlegte. »Manchmal«, räumte sie ein. »Nachdem jetzt der ganze Umzugstrubel vorbei ist, brauche ich wohl eine neue Aufgabe.« Plötzlich sah sie George vor sich, wie er ihr vorwarf, sich überall einzumischen. Stimmte es? Steckte sie tatsächlich ständig ihre Nase in anderer Leute Angelegenheiten, damit sie etwas zu tun hatte?

Eigentlich nicht. Jedenfalls hoffte sie das. Dabei hatte sie sich bloß mit George anfreunden wollen.

Nun schob sich ein neues Bild vor ihr inneres Auge: George am Meer – eine dunkle, romantische Gestalt –, sein Blick, als er sie dann entdeckt hatte, den sie nicht zu deuten vermocht hatte.

War ihr Wunsch, ihm zu helfen, wirklich ihr einziger Antrieb?

»Auf geht's, Mairi«, Nessa sprang auf. »Die Schrankgriffe kaufen sich nicht von allein.«

Und damit verbannte sie alle Gedanken an George aus ihrem Kopf.

Doch leider glaubte sie keinen Moment daran, dass er in seiner Verbannung bleiben würde.

24.
George

Was hätte ich denn sonst machen sollen?«, murmelte George vor sich hin. Gerade hatte er sich entschlossen, statt ins Dorf zur Bucht zu laufen. Dann würde er heute eben mal keine Zeitung kaufen, na wenn schon? Außer Sid würde es sowieso keiner merken. Und wenn das Überleben seines Geschäfts vom Verkauf einer einzigen Tageszeitung abhing, die nicht einmal gelesen werden würde, dann Prost Mahlzeit.

In dem Moment stutzte er. Gerade wollte er das Schwinggatter aufstoßen, aber der Gedanke hielt ihn zurück.

Er las die Zeitung nicht einmal.

Warum kaufte er sie dann jeden Tag?

»Dad, Dad …«, stöhnte er. Früher hatte er die Zeitung jeden Morgen für seinen Vater geholt, hatte sich zu ihm ans Bett gesetzt und sie ihm vorgelesen. Ihm fehlte dieses Ritual so sehr, dass es ihm den Atem raubte. Plötzlich stand ihm die Nacht wieder vor Augen, in der sein Vater gestorben war.

Draußen war es bitterkalt gewesen, der Mond eine silbrige Sichel am klaren Himmel. Als er vor dem Haus auf den Arzt wartete, blies er weiße Atemwolken in die Luft, während sein Vater starr und steif in dem geliehenen Krankenhausbett lag.

Er konnte sich noch gut an die mitleidigen Blicke der Männer erinnern, die dann die Leiche seines Vaters abholen kamen und mit der Bahre kaum durch das vollgestellte Haus passten.

Da wandte er sich ab, das konnte er nicht ertragen. Doch sein Vater, der Mann, der ihm gezeigt hatte, wie man zwischen den Steinen Krebse fing oder eine Glasscheibe ersetzte und dass alle Dinge einen Wert hatten und eines Tages einmal nützlich sein konnten – dieser Mann war schon lange fort. Seit Jahren war von diesem Mann nur noch eine Hülle übrig gewesen. Und die war nun auch noch fort.

Und was hatte George getan, als er zum ersten Mal allein gewesen war?

Nachdem vorübergehend Ruhe eingekehrt war (das ganze Theater mit Todesfall melden, Bestattung und Begräbnisfeier organisieren, stand ihm ja noch bevor), war er bei Tagesanbruch ins Dorf gegangen und hatte seinem Vater die letzte Zeitung gekauft.

Nur dass es nicht die letzte gewesen war.

Es waren weitere dazugekommen. So viele, dass sie bereits den gesamten Flur einnahmen, zusammen mit denen, die er seinem Vater vorgelesen hatte und nicht wegschmeißen durfte, weil ein paar Seiten aus dem *Daily Trumpet* ja mal nützlich sein könnten.

Nur waren sie es bislang nie gewesen.

Natürlich könnten sie es irgendwann einmal sein. Doch bislang nicht. Und George hatte keinen blassen Schimmer, was er mit all den Zeitungen anfangen sollte.

Was er überhaupt mit all dem Zeug anfangen sollte. Oder mit sich selbst.

Nur eines wusste er: So konnte es nicht weitergehen.

George blinzelte wie wild, um die unerwünschten Gedanken aus dem Kopf zu bekommen, dann endlich stieß er das Gatter auf und stürmte über den Feldweg dem Ort entgegen, der ihm schon immer Trost gespendet hatte.

Warum er so lange gebraucht hatte, um dahin zurückzukehren, verstand er selbst nicht. Schließlich verbanden ihn bloß gute Erinnerungen damit. Doch dann war ausgerechnet sie dagewesen. Hatte ihn beobachtet. Ihm zugewinkt. Hatte nett sein wollen.

War es wirklich so schlimm, dass sie den Kontakt suchte, als Nachbarin, als Freundin? Natürlich! Denn sie hatte es entdeckt, sein … Wie sollte er es nennen? Geheimnis wollte er es eigentlich nicht so gerne nennen, obwohl es genau das war. Ein beschämendes Geheimnis.

George schämte sich. Fürchterlich. Ihm war klar, dass sein Hang zum Horten nicht gesund war. Und dass er Auswirkungen auf sein Leben hatte.

Doch nun hatte er schon so lange so gelebt (oder sich über Wasser gehalten), dass ihm eine mögliche Veränderung Angst machte. Denn in dem Fall würde er vielleicht untergehen.

George umrundete die Landzunge. Nun lag die geheime Bucht direkt unter ihm, und voller Vorfreude machte er sich an den Abstieg.

Doch als die Bucht in Sicht kam, blieb er abrupt stehen. Am Strand waren Leute, ein Pärchen und zwei Familien. George fühlte sich betrogen. Der einzige Ort, an dem er (außer in seinem Bungalow) mal ungestört sein konnte; bei seinem ersten Wiedersehen hatte Nessa ihn gestört. Nun all diese Leute.

Irgendwie entbehrte es nicht einer gewissen Symbolik: Erst hatte Nessa entdeckt, dass er ein Messie war, und schon bald würde das ganze Dorf wissen, was für ein Leben er gewählt hatte.

Aber hatte er es wirklich gewählt? Eigentlich nicht. Es hatte ihn gewählt. Niemand, der bei Verstand war, würde so leben wollen. Dennoch tat er es.

George beobachtete die Leute unter ihm am Strand. Das Pärchen war mittleren Alters und hielt Händchen, er schlurfte mit Turnschuhen durch den Sand, während sie barfuß ging, beide strahlten. Unweit davon befand sich die Familie mit den drei Kindern. Die Mutter saß auf einer Decke, die Kinder trugen Badeanzüge und schwangen Eimer und Schaufel mit weit mehr Begeisterung als ihr gestresster Vater. George erkannte die Familie, es waren die Hargreaves, Lottie und Henry, mit ihren Sprösslingen. Die andere Familie bestand aus einem Vater mit seinen zwei Kindern. Ob die Mutter die drei wohl losgeschickt hatte, um mal ein wenig Ruhe zu haben? Genau das hatte seine Mutter nämlich gerne getan, ihn und seinen Vater morgens aus dem Haus geschickt, um sich der Hausarbeit zu widmen.

Für George waren es die schönsten Momente. Nur er und sein Vater. »Wertvolle Zeit miteinander verbringen«, hieß es damals. George nannte es Liebe.

Wie er seinen Vater vermisste! Selbst jetzt noch, nach so langer Zeit und auch nach allem, was er in den letzten Jahren für den alten Mann hatte tun müssen. George bedauerte nichts. Würde es, ohne mit der Wimper zu zucken, wieder tun.

Schweren Herzens schaute er zu den Kindern am Strand. So ein hoffnungsfrohes Kind, das noch das ganze Leben vor sich hatte, war er auch einmal gewesen.

Und wie stand er jetzt da?

Sein Leben war schon halb vorüber, und was hatte er vorzuweisen? Ein Haus, in dem er sich nicht richtig heimisch fühlte, und einen Job, der ihm nichts bedeutete. Keine Frau, keine Kinder, keine Freunde. Bloß Krempel. Bergeweise Krempel.

Auf einmal konnte er nur noch mit Mühe die Tränen zurückhalten (er weinte nie, denn das half ja nichts). Entschlossen machte er kehrt und kletterte die Klippen wieder hinauf. Nun gab es bloß noch einen Ort für ihn, der Zuflucht und Gefängnis zugleich war: der Bungalow.

Nessas Wagen fuhr vor. George erkannte ihn am Motorengeräusch, außerdem hielt hier sonst niemand anders.

Ob er wollte oder nicht, zog es ihn zum Fenster. Inzwischen bereute er seine heftige Reaktion. Vielleicht hätte er einfach nett fragen sollen, ob sie das, was sie gesehen hatte, nicht für sich behalten könnte. Doch er hatte gleich mit Kanonen auf Spatzen geschossen. Nun hatte er ein schlechtes Gewissen. Nicht so sehr, weil er bereute, was er gesagt hatte (denn das hatte sie wirklich verdient, sie mischte sich ständig ein), doch er hätte es ihr ein wenig schonender beibringen können. Ihm machte es zu schaffen, dass Nessa ihn für grob und ungehobelt halten musste, denn so war er doch gar nicht. Er blieb nur gerne für sich, mehr nicht. Und was war schon dabei?

Er sah, wie sie aus dem Auto stieg und anschließend Mairi heraushalf. Wo mochten die beiden wohl gewesen sein?

»Schade, dass du keine Knäufe gefunden hast«, hörte er Mairi sagen. »*Pins to Elephants* könnte welche haben, sonst bleibt noch das Internet. Meine Tochter sagt, da bekommt man alles.«

»Wahrscheinlich«, entgegnete Nessa. George musste fast das Ohr gegen die Scheibe drücken. Zum Glück stand das Wohnzimmerfenster auf Kipp, sonst hätte er sie nicht verstanden.

»Hast du was?«, fragte Mairi. »Irgendwie kommst du mir heute so bedrückt vor.«

George hielt den Atem an. Offenbar hatte Nessa ihr noch nichts von ihrem kleinen Zwischenfall erzählt.

»Alles gut.« Nessa nahm eine große Tasche vom Rücksitz und warf sie sich über die Schulter. »Komm, wir machen uns noch einen schönen Tee.«

»Gute Idee. Willst du die übrigen Schranktüren auch noch bearbeiten?«

»Glaub schon. Muss ich ja wohl, wenn ich keine neuen kaufen will. Wird bloß schwierig, weil ich ja nicht weiß, welche Farbe George genommen hat und auch nicht welchen Farbton …« Nessas Stimme verklang, als die beiden auf Mairis Haus zuschritten.

George runzelte die Stirn, dachte eine Weile nach und runzelte wieder die Stirn.

Wie auf glühenden Kohlen schlich er zur Garage, denn Nessa konnte jederzeit wieder auftauchen. Das Holztor wagte er nicht aufzumachen – da konnte ihm alles Mögliche entgegenpurzeln –, doch es gelang ihm, eine Seitentür zu öffnen und sich auf die Suche zu begeben.

Er brauchte über eine Stunde, doch als er aus den Tiefen der Garage wieder auftauchte, hielt er mehrere Keramikknäufe in den Händen. Keiner glich dem anderen (woher sie stammten, wusste der Geier, doch so lange er denken konnte, hatten sie in einem Karton in der Garage gelegen) und wahrscheinlich würde Nessa sie gar nicht wollen, denn von ihm würde sie sicher nichts mehr annehmen …

Er nahm sie dennoch mit ins Wohnzimmer und legte sie neben den Computer.

Im Moment reichte es ihm, dass er sie aufgestöbert hatte. Ob er ihr sie schenken würde, wusste er noch nicht.

25.
Nessa

Bislang machte der Sonntag seinem Namen noch keine Ehre, am Himmel war nicht das kleinste Fitzelchen Sonne zu sehen, doch die grauen Wolken passten auch viel besser zu Nessas Laune. Wütend funkelte sie die Schranktür an, die an dem Küchenschrank lehnte.

Es war noch früh, dabei konnte sie es gar nicht leiden, mit dem ersten Hahnenschrei aufzustehen, wenn sie gar nichts vorhatte. Früher hatte sie in allen Lebenslagen schlafen können und war immer sofort eingeschlafen, doch seit sie im Ruhestand war und regelmäßige Schlafenszeiten hatte, schlief sie ironischerweise schlechter.

Nessa schob es auf die Stille, an die sie sich einfach noch nicht gewöhnt hatte. Wenn es mal Geräusche gab, dann kein gewöhnlicher Verkehrslärm, Flugzeuge oder laute Streitereien. Nein, dann bellten Füchse, muhten Kühe oder es rumste draußen. Irgendwelche Igel oder diese nervigen Füchse.

Sylvia war ihr auch keine Stütze. Entweder miaute sie, weil sie rauswollte. Oder sie miaute, weil sie wieder reinwollte. Da half nur eine Katzenklappe, Nessa setzte es auf ihre mentale To-do-Liste. Tagsüber war es mit der Katze nicht so ein Problem, weil sie einfach ein Fenster offen lassen konnte, aber nachts ging das nicht. Wenn es dunkel wurde, hatte sie ihre Fenster und Türen gerne fest verschlossen.

Ihr Blick wanderte wieder zum Küchenschrank.

Irgendwas musste sie sich einfallen lassen, so konnte es jedenfalls nicht bleiben, mit einer Tür, die in einer anderen Farbe gestrichen und noch nicht einmal befestigt war. Solche Unordnung konnte sie nicht ertragen!

Das brachte sie wieder zurück zu George und seiner Unordnung.

Zum wiederholten Male überlegte sie, ob sie es doch vielleicht in den falschen Hals bekommen hatte, und nur im Flur solches Chaos herrschte. Doch nach kurzem Überlegen verwarf sie den Gedanken wieder. George war einfach ein Messie, und der Rest des Hauses sah höchstwahrscheinlich genauso aus.

Das würde auch erklären, warum er kaum die Tür öffnete, und wenn, sich dann seltsam benahm. Oder dass er sich überhaupt so abschottete und mit niemandem Kontakt wollte.

Oder war er einfach ein Griesgram, der lieber für sich blieb?

Nessa versuchte, den Gedanken an ihren Nachbarn abzuschütteln und sich lieber wieder ihrem Küchenproblem zu widmen. Ohne Farbe konnte sie es ohnehin nicht lösen. Sonst war das gesamte Haus tipptopp, sogar die Wäsche war gemacht, und bald würde sie das Hühnchen in den Ofen schieben. Weil sie nichts Besseres zu tun hatte, machte sie sich schon mal daran, das Gemüse zu schnippeln, doch als sie die Möhren aus dem Kühlschrank nahm, zögerte sie.

Wollte sie wirklich hier kochen und essen, wo George doch direkt nebenan wohnte? Er würde den Braten sicher riechen. Würde hören, wie sie und Mairi sich beim Essen unterhielten.

Würde George glauben, sie hätte ihm etwas vorgemacht, weil sie ja behauptet hatte, Mairi wäre nicht eingeladen und sie wären nur zu zweit? Oder würde er begreifen, dass sie

Mairi bloß eingeladen hatte, weil er ihr einen Korb gegeben hatte? Womöglich würde er glauben, sie wolle ihm eins auswischen.

Warum nahm sie sich das mit George bloß so zu Herzen? Schließlich ging es ihn gar nichts an, wen sie warum einlud. Er hatte seine Chance gehabt und vertan. Wenn sie Lust hatte, für eine alte einsame Dame zu kochen, dann tat sie das auch.

Nur war George nicht genauso einsam? Einsamer vielleicht noch?

Doch weil sie es ihm nicht unter die Nase reiben wollte, packte sie die Möhren zurück in den Kühlschrank und dachte sich fürs Mittagessen etwas anderes aus.

26.
George

Nessa war draußen und führte Mairi zu ihrem Wagen. Wo die nur schon wieder hinwollten? Es war jetzt der zweite Tag in Folge, an dem die beiden zusammen unterwegs waren. Warum ihm das gegen den Strich ging, wusste er selbst nicht. Schließlich wollte er ja nicht mitfahren. Um Gottes willen, etwas Schlimmeres konnte er sich nicht vorstellen.

»Bist du sicher?«, quengelte Mairi.

»Ganz sicher. Ich dachte, du freust dich vielleicht, mal auswärts zu essen. Das Hühnchen hält sich noch.«

»Und wie ich mich freue! Ich habe schon ewig nicht mehr im Pub zu Mittag gegessen. Was habe ich nur für ein Glück, dass du nebenan eingezogen bist.«

George spitzte die Ohren, um zu hören, was Nessa antworten würde, denn sie hatte ihm den Rücken zugewandt, um Mairi beim Einsteigen zu helfen.

»Ich freue mich auch. Mal eine schöne Abwechslung.« Als sie um den Wagen zur Fahrerseite lief und einen kurzen Blick zum Bungalow warf, wich George zurück.

Er redete sich ein, dass er ja bloß aus dem Fenster schaute, weil es durch Nessas dauerndes Kommen und Gehen immer was zu sehen gab. Er redete sich auch ein, dass er bloß zurückgewichen war, weil sie ihn ständig anglotzte. Oder nicht direkt ihn (durch die Gardinen konnte sie ihn ja nicht sehen), aber in seine Richtung. Ihre unverminderte Neugier verunsicherte ihn, deshalb glotzte er zurück. Nach dem Motto: Wie du mir, so ich dir. Wenn sie aufhören würde, zu ihm rüberzuschauen, müsste er auch nicht länger schauen, ob sie schaute.

Nessa fuhr aus der Auffahrt und tuckerte los.

Mittag im Pub? Hatte sie ihn nicht zum Brathähnchen eingeladen? Trotz allem, was er gestern zu ihr gesagt hatte, hatte er gehofft, sie würde ihn erneut einladen. Er hätte wieder abgelehnt, ganz klar, aber vielleicht hätte sie ihm aus Mitleid wieder einen Teller vor die Tür gestellt.

Wie albern solche Hoffnungen waren, wusste er selbst. Nach dem, was er ihr an den Kopf geknallt hatte. Noch immer fühlte er sich deswegen schlecht. Aber einmal ausgesprochen, konnte man Worte nicht zurücknehmen. Doch vielleicht gab es ja einen Weg, seinen Fehler wiedergutzumachen.

Eigentlich wollte er heute nicht ins Dorf. Heute wäre es dann der dritte Tag, an dem er nicht gegangen wäre, der dritte Tag, an dem er keine Zeitung gekauft hatte. Sid platzte sicher schon vor Neugierde. Doch Brot und Milch wurden knapp, und mit Konserven sah es auch schlecht aus, da er sich von den Vorräten ernährt hatte. Ein Einkauf war dringend fällig.

Bloß, dass er nicht wollte. Bei der Vorstellung, dass sich alle im Dorf das Maul über ihn zerrissen, wurde ihm schlecht vor Angst. Wie sollte er den Leuten bloß unter die Augen treten?

Außerdem war er komplett aus dem Tritt. Normalerweise ging er nie mittags spazieren. Für einen Morgenspaziergang war es zu spät und für einen Abendspaziergang zu früh. Er war die halbe Nacht wach gewesen und schon in aller Herrgottsfrühe aufgestanden (Nessa auch, er hatte Licht bei ihr im Wohnzimmer gesehen), deshalb fühlte es sich für ihn schon wie später Nachmittag an.

Unter diesen Umständen ließ sich nun doch ein Besuch

im Einkaufsladen rechtfertigen. George zog sich den Anorak an, obwohl es sicher zu warm dafür war, und schnappte sich die Stofftasche.

Früher hatte er dafür seltsame Blicke geerntet, wenn er mit seiner eigenen Einkaufstasche irgendwo aufgekreuzt war, während Mehrwegtaschen heutzutage als sinnvoll und nachhaltig galten. Ganz so bekloppt war er also doch nicht, und sein alter Vater auch nicht. Die meisten Leute waren viel zu verschwenderisch und warfen Dinge nach einmaligem Gebrauch weg. Nicht so sein Vater. Und er auch nicht.

Sofort fühlte er sich ein wenig getröstet. Dann marschierte er hocherhobenen Hauptes ins Dorf, die Augen starr geradeaus gerichtet, sah nicht nach links und nicht nach rechts.

Außer einer Frau mit Kinderwagen und einem Mann, der vor Sids Zeitungskiosk stand, begegnete er unterwegs niemandem. Im Einkaufsladen war ein bisschen mehr los, denen, die er kannte, nickte er kurz zu, die anderen waren höchstwahrscheinlich Touristen. Die Touristen ließ er links liegen, doch den Dorfbewohnern warf er heimliche Blicke zu, ob sie ihn merkwürdig ansahen.

Doch niemand nahm von ihm Notiz.

Vielleicht hatte Nessa sein Geheimnis ja tatsächlich für sich behalten.

Nachdem er sich mit Lebensmitteln eingedeckt hatte, ging er zu *Pins to Elephants*. Geflissentlich übersah er Tonys komische Darbietung, der so tat, als müsste er bei seinem Anblick zweimal hingucken, während er das Regal mit Futter für Wildvögel auffüllte.

»Wie geht's dir, George?«

»Gut, gut.« George machte sich zum hinteren Teil des Ladens auf, wo es Lacke und Farben gab, und hoffte, dass es noch einen ähnlichen Farbton zu kaufen gab.

Er spürte, dass Tony ihm folgte.

»Sonst sieht man dich hier nie um diese Uhrzeit«, sagte Tony zu seinem Leidwesen. »Suchst du was Bestimmtes?«

In der Heimwerkerabteilung blieb George stehen. »Farbe.«

»Renovierst du?«

»Hmm.«

»Dann lass ich dich mal allein. Ruf einfach, wenn du mich brauchst.«

George war froh, dass Tony den Wink verstanden hatte. Er hatte keine Lust, zu plaudern. Hatte er eigentlich nie, wieso der Besitzer von *Pins to Elephants* darauf kam, dass es heute anders sein sollte, verstand er nicht.

Nach etwa fünf Minuten angestrengten Suchens musste George sich eingestehen, dass er Hilfe brauchte. Und es dauerte weitere fünf Minuten, bis er darum bat.

Tony studierte den Zettel, auf dem George den Namen des Herstellers, die Art der Farbe und den Ton aufgeschrieben hatte, und schüttelte den Kopf. »Im Regal habe ich davon nichts mehr. Die Marke wird nicht mehr hergestellt.«

Enttäuscht wollte er wieder nach dem Zettel greifen. »Danke trotzdem«, sagte er höflich.

Tony riss ihm den Zettel weg und wedelte damit triumphierend in der Luft herum. »Ich habe aber nicht gesagt, dass ich sie nicht habe«, sagte er kichernd. »Im Lager habe ich vielleicht noch eine oder zwei Dosen. Ein paar Reste eben, aber die reichen nicht für ein ganzes Regal, und dann brauche ich immer den Platz für die neue Ware.« Er runzelte die Stirn. »Ich sollte einfach mal einen Ausverkauf machen. Manchmal weiß ich gar nicht mehr, was ich alles im Lager habe. Da lagert noch Ware aus den Achtzigern. Würde mich nicht wundern, wenn deine Farbe auch noch aus der Zeit stammt.«

George würde es auch nicht wundern.

»Warte kurz, ich gehe mal nachschauen, was ich noch habe. Behältst du so lange den Laden im Blick?« Damit verschwand Tony hinter der Tür mit der Aufschrift *Personal*.

Was sollte George jetzt machen? Sollte er das Regal mit dem Vogelfutter weiter auffüllen? Im Moment war er der einzige Kunde, aber was, wenn jemand kam? Erwartete Tony, dass er seine Hilfe anbot oder dem Kunden auf Schritt und Tritt folgte, falls dieser Ambitionen hatte, etwas mitgehen zu lassen?

George grübelte noch über das Problem, als Tony ein paar Minuten später wieder auftauchte und zwei Dosen schwenkte.

»Volltreffer!«, krähte Tony und knallte die Dosen auf den Tresen. »Ist es das, was du suchst?«

George eilte herbei und betrachtete sie. Volltreffer war das richtige Wort. »Danke, was schulde ich dir?«

»Gib mir 'nen Zehner, dann sind wir quitt.«

Die kosteten auf jeden Fall mehr, das wusste George von den anderen Farbdosen auf dem Regal. »Das ist viel zu billig«, meinte er.

»Nee, passt schon. Außerdem muss ich das Lager ohnehin mal ausmisten und einen Sonderverkauf machen. Ein Fünfer pro Dose, das ist der Sonderpreis. Damit tust du mir einen Gefallen.«

»Das ist ja wohl eher umgekehrt«, meinte George, zückte sein Portemonnaie und reichte Tony einen Zehn-Pfund-Schein.

»Viel Spaß beim Streichen«, sagte Tony. »Hoffentlich ist die Farbe noch gut. Ewig hält sie nicht, also wenn was damit ist, bring sie zurück, dann kriegst du dein Geld wieder. Komm doch einfach in ein paar Tagen noch mal, bis dahin habe ich auch das Lager durchgesehen, vielleicht kannst du ja noch was brauchen.«

»Mach ich.« George nahm die Farbdosen und platzierte sie ganz zuunterst in seinem Beutel, damit sie nicht die Lebensmittel zerdrückten. Sicher würde er nicht so schnell wieder bei Tony vorbeischauen, denn er hatte selbst mehr Zeug, als ihm lieb war.

Zufrieden trat George aus dem Laden und schaute hinüber zum *Busy Bumble*. Da fiel ihm direkt eine bekannte Gestalt ins Auge, die am Fenster saß.

Es war Nessa und neben ihr Mairi.

Sie schienen sich gut zu amüsieren. Mairi grinste übers ganze Gesicht und Nessa hatte den Kopf in den Nacken geworfen. Als er sie so lachen sah, wünschte er sich plötzlich, er würde mit ihnen am Tisch sitzen und lachen. Mit ihr.

In dem Moment war seine gute Laune wie weggeblasen, und er schleppte sich trübsinnig nach Hause. Er würde ihr einfach die Farbe vor die Tür stellen. Was sollte er sonst tun?

27.
Nessa

Mairi war ein Schatz und hatte Humor, aber irgendwie war Nessa nicht ganz bei der Sache. Wahrscheinlich übertrieb sie es deshalb ein wenig mit ihrer guten Laune, denn Mairi sollte auf keinen Fall denken, dass ihr das Essen mit ihr keine Freude machte. Das Rindfleisch war köstlich, aber Nessa hatte keinen richtigen Appetit. Immer wieder kehrten ihre Gedanken zu George zurück. Irgendwie hatte sie den Eindruck, er hätte ihre Essenseinladung gerne angenommen und es vielleicht auch getan, wenn sie erneut gefragt hätte. Doch nachdem sie seinen Flur gesehen hatte, war er ja so verstört gewesen, dass nun alles vorbei war.

Er spukte ihr so sehr im Kopf herum, dass sie sich doch tatsächlich einbildete, ihn in *Pins to Elephants* verschwinden zu sehen. Was ja nun wirklich vollkommener Quatsch war – um diese Zeit war George nie im Dorf unterwegs. Dann widmete sie sich wieder Mairi, die eine Anekdote über die Stierweide der Porters und einen FKK-Anhänger zum Besten gab, der glaubte, sich auf der Weide ein wenig nackig sonnen zu können.

»Hast du was, Liebes?« Mairi unterbrach ihre Tagträumereien.

»Nein, alles gut.«

»Kann ich irgendwas für dich tun?«

Nessa zögerte und schob die glasierten Pastinaken auf

ihrem Teller herum. »Es geht um George. Ich fühle mich schlecht, weil ich ihn eigentlich heute zum Essen eingeladen hatte.« Stimmte zwar, aber es war nicht der Grund ihrer Verstimmung.

»Und er hat abgelehnt?«

Sie nickte. »Ich hätte trotzdem kochen und ihm einen Teller vorbeibringen sollen.«

»Warum?«

»Wie bitte?«

»Warum hättest du das tun sollen?«

»Na ja … weil … er …« Weil sie das Gefühl hatte, dass ihm ihre Freundschaft guttäte. Und weil sie auch vermutete, dass er sich selbst nichts kochte – ihr waren viele alleinstehende Menschen untergekommen, die sich nicht die Mühe machten, für sich selbst zu kochen. Natürlich war das reine Spekulation, vielleicht war George auch ein Spitzenkoch, der sich regelmäßig mit kulinarischen Highlights verwöhnte.

»Er hat dich abgewiesen«, sagte Mairi bestimmt. »Das war seine Entscheidung. Du schuldest ihm nichts. Außerdem hätte er es vielleicht ohnehin nicht zu schätzen gewusst.« Mairi sah sie durchdringend an, bestimmt war ihr klar, wer ihr Einmischung vorgeworfen hatte. Mairi war clever.

»Ich weiß, aber …« Wie sollte Nessa ihr das Dilemma erläutern, ohne preiszugeben, was sie gesehen hatte? Zwar hatte Mairi selbst schon den Verdacht geäußert, George könnte ein Messie sein, doch den wollte Nessa nun nicht bestätigen. Schließlich hatte sie George ihr Wort gegeben, es für sich zu behalten. Es war sein Geheimnis. Ob er sich jemandem anvertrauen wollte oder nicht, blieb ihm überlassen.

Und vielleicht hatte sie sich ja wirklich zu sehr aufgedrängt, ihre Nase in seine Angelegenheiten gesteckt, ihm ihre Freundschaft aufgezwungen.

Aber am Strand hatte er doch so einsam und verloren ausgesehen, da hatte er ihr so leidgetan. Außerdem hatte er unwahrscheinlich romantisch gewirkt, aber alle weiteren Gedanken in die Richtung verbot sie sich.

Er war ihr ein komplettes Rätsel, dieser George Nightingale. Oberflächlich betrachtet wirkte er eher spießig, reserviert und zugeknöpft, mit dem Ruf, etwas wunderlich zu sein. Doch sie hatte auch eine andere Seite an ihm entdeckt, und die fand sie sehr anziehend. In George steckte mehr, als man auf Anhieb erkennen konnte. Irgendwie erinnerte er sie an Clark Kent – unter den Fünfzigerjahre-Klamotten und dem verwuschelten Haar steckte Superman.

Okay, das war vielleicht ein bisschen übertrieben. George Nightingale war nicht Superman. Trotzdem war er ziemlich attraktiv, wenn man mal sein schroffes Gehabe ignorierte. Wie viele Leute (Frauen) hatten das wohl schon getan? Und bei wie vielen hatte er Nähe zugelassen?

In ihr stieg ein Kribbeln auf, als sie sich vorstellte, ihm nahezukommen, ihm durchs grau melierte Haar zu fahren, ihm über die Stirn zu streicheln …

»Er ist wie eine streunende Katze«, sagte Mairi, und Nessa fiel vor Schreck fast vom Stuhl.

Ihr stieg die Röte ins Gesicht. Da war die Phantasie mal wieder mit ihr durchgegangen. Das ging ja gar nicht!

»Wer denn?«, fragte sie, um ein wenig Zeit zu schinden.

Mairi kniff die Augen zusammen. »Wir sprechen doch gerade über George. Wen soll ich denn sonst meinen?«

»Tut mir leid, ich war gerade weit weg in Gedanken.«

Wieder bedachte die alte Dame sie mit einem wissenden Blick. »So weit sicher auch nicht. Wie gesagt«, fuhr sie fort, ohne Nessa die Möglichkeit zu geben, ihre kryptische Aussage zu hinterfragen. »Er ist wie ein Streuner. Da muss man

Geduld haben und behutsam vorgehen. Handelt man vorschnell, verschreckt man ihn.«

»Woher weißt du das?«, fragte Nessa neugierig. Sie legte Messer und Gabel fein säuberlich auf den Teller und lehnte sich zurück.

»Weil ich es auch versucht habe. Viele von uns haben es versucht.« Mairi deutete um sich, wahrscheinlich meinte sie nicht bloß die Leute im Pub, sondern das Dorf allgemein. »Du bist schon weiter gekommen als alle anderen.«

»Wirklich?«

Mairi nickte sanft. »Bist du, also tröste dich damit. Aber eins möchte ich dir noch mit auf den Weg geben: Du kannst es nicht erzwingen. Er muss dich schon von selbst in sein Leben lassen wollen. Und vielleicht ist er auch nie dazu bereit. Entschuldige mich kurz, ich muss mal auf die Toilette.«

Mühsam kam Mairi hoch und humpelte durch den Pub zu den Toiletten am anderen Ende. Nessa ließ sich ihre Worte durch den Kopf gehen. Hatte sie nicht selbst schon den gleichen Gedanken gehabt? Dass sich auch andere schon vergeblich um George bemüht hatten, war ihr neu. Immerhin hatte sie schon kleine Fortschritte erzielt, aber sie musste Mairi recht geben: Erzwingen ließ sich nichts. George musste ihre Hilfe oder Freundschaft schon selbst wollen.

»Bereit für einen Nachtisch?«, fragte Mairi und setzte sich.

»Warum nicht? Und einen Kaffee zur Krönung?«

Mairi grinste. »Ich nehme einen mit einem Schuss Kognak. Oh, und bevor du was sagst, ich habe die Rechnung schon bezahlt.«

»Mairi!«

»Keine Widerrede. Ich hab's gerne getan. So selten wie ich mal Gelegenheit habe, Geld auszugeben. Das ist meine Art, dir zu danken.«

Nessa schüttelte den Kopf. »Es war meine Idee, also sollte ich auch bezahlen.«

»Quatsch! Und noch was: Ich habe auch für George ein Essen bestellt. Sie packen es gerade ein. Du kannst es ihm nachher vorbeibringen.«

Vor Überraschung machte Nessa große Augen.

»Bloß weil er sich bei dir über Einmischung beschwert hat, musst du ja nicht gleich das Handtuch werfen«, verkündete Mairi. »Überstürz es nur nicht.«

»Warum bringst du es ihm nicht vorbei?« Ihre Gedanken überschlugen sich, natürlich hatte Mairi genau gewusst, wer ihr die Vorwürfe gemacht hatte. »Schließlich hast du es ja bezahlt.«

»Ist aber nicht meine Schranktür, die er gestrichen hat«, gab Mairi zurück. »Und ich glaube auch nicht, dass er mich sehen will, sondern dich.«

»Das wage ich zu bezweifeln.«

»Menschen sind wie Tiere: Wenn sie Angst haben, teilen sie aus.«

»Glaubst du, George hat Angst?«

»Natürlich! Wir haben alle unsere Ängste. Du musst ihm bloß zeigen, dass er vor dir keine Angst zu haben braucht.«

Und wenn sie vor ihm Angst hatte?, dachte Nessa. Noch nie war ihr ein Mann so unter die Haut gegangen. Nicht einmal ihr Exmann.

Während sie die Beeren mit Baiser runterwürgte, auf die sie urplötzlich gar keinen Appetit mehr hatte, wurde ihr bewusst, dass sie Gefahr lief, sich ganz schrecklich zu verlieben.

28.
George

Da waren sie wieder: Mairi und ihre neue Freundin. Ob sie ihr Essen wohl genossen hatten? Er hatte sein Rinderbratenfertiggericht noch nicht angerührt. Aus unerfindlichen Gründen war ihm der Hunger vergangen.

Wieder öffnete Nessa die Beifahrertür für Mairi und half ihr aus dem Wagen. Schön, dass die alte Dame jemanden hatte, der ihr beistand und mit dem sie tratschen konnte (solange es ihn nicht betraf). Doch insgeheim passte es George nicht, dass dieser Mensch ausgerechnet Nessa war.

Irgendwie fühlte er sich ausgeschlossen, wie das fünfte Rad am Wagen, obwohl er es ja gewesen war, der sämtliche Einladungen und Kontaktangebote der beiden ausgeschlagen hatte. Und nicht nur der beiden, sondern aller im Dorf. Als er nach Applewell zurückgekehrt war, hatte es Hilfsangebote gehagelt, die er alle energisch zurückgewiesen hatte. Und sein Vater hatte niemanden auch nur in der Nähe des Hauses geduldet, obwohl er schon lange nicht mehr allein zurechtgekommen war. Im Nachhinein begriff George, dass auch er sich für den Zustand des Bungalows geschämt haben musste, wobei es damals bei Weitem noch nicht so schlimm ausgesehen hatte. Zurückgezogen hatte sein Vater gelebt. Wie George. Aber war es vielleicht mehr Scham denn freier Wille gewesen?

Das konnte er sich gut vorstellen. Er fühlte sich ja selbst

gefangen in einem Käfig, den er sich selbst errichtet hatte und aus dem er sich nicht aus eigener Kraft befreien konnte.

Ihm schwebten mehrere Lösungsansätze vor. Sollte er zum Arzt gehen? Einen Therapeuten aufsuchen? Einen Psychiater? Einfach auf Nimmerwiedersehen abhauen?

Die letzte Möglichkeit schien ihm am verlockendsten, doch die Vorstellung, was die Leute dann über ihn sagen würden, konnte er nicht ertragen. Am liebsten würde er den Bungalow zum Verkauf anbieten und irgendwo in einer großen Stadt Unterschlupf suchen, wo ihn niemand kannte und es niemanden kümmerte, was mit ihm war.

Bei dem Gedanken stutzte er plötzlich. Hieß es, dass es jemanden kümmerte? Ernsthaft kümmerte?

Da musste er wieder daran denken, wie oft sich die Ladenbesitzer und Bewohner von Applewell nach seinem Vater erkundigt und ihre Unterstützung angeboten hatten. Und die Reaktionen, als seine Mutter verstorben war und dann sein Vater. All die Karten und Blumen. Auf der Straße hatten ihn die Leute angehalten und ihr Beileid ausgesprochen.

George wusste auch noch, dass er allen eine höfliche Abfuhr erteilt hatte.

Nach Applewell zurückzukehren, war ihm nicht leichtgefallen. Als Teenager hatte er hier schlimme Zeiten durchgemacht. Die Hänseleien, die Knüffe und Püffe, das gestohlene Essensgeld, die blauen Flecke, all das hatte Spuren hinterlassen. Tiefe Spuren. Aber was war ihm damals anderes übrig geblieben, als zurückzukehren? Sein Vater hatte ihn gebraucht.

Es war schwer gewesen, den Job im Finanzamt aufzugeben, und auch seine Wohnung in der Stadt.

Doch am allerschwersten war es gewesen, nach Applewell zurückzukehren.

Wenn er ehrlich war, lag es nicht so sehr an dem Dorf oder den Menschen selbst, denn die Kinder, die ihn so schikaniert hatten, waren von außerhalb gekommen (die meisten zumindest), und sie hatten ihm ja vor allem in der Schule das Leben schwer gemacht. Im Grunde war das Hauptproblem, dass Applewell ihn daran erinnerte, wie er sich als Kind gefühlt hatte, und das war schrecklich.

Doch er war längst kein Kind mehr. Er musste es hinter sich lassen.

Bloß wusste er leider nicht wie.

O nein, Nessa war im Anmarsch. Sie kam über seine Auffahrt mit einem Korb, so einem, wie die Mädchen in der Schule früher gehabt und in dem sie die Zutaten für den Hauswirtschaftsunterricht getragen hatten. So einen Korb hatte er schon seit Jahren nicht mehr gesehen, aber oben bei seinen Eltern im Schlafzimmer stand noch so einer auf dem Schrank. Jedenfalls hatte er ihn das letzte Mal da gesehen.

Als Nessa den Korb vor die Tür stellte und klopfte, kam Leben in ihn.

Diesmal würde er öffnen. Er würde ihr höchstpersönlich für den Inhalt des Korbes danken. Und dann konnte er ihr auch gleich die Farbe geben. Vielleicht könnte das ja zu einer Wiedergutmachung beitragen. George sauste, so schnell es ihm möglich war, ohne irgendwas umzureißen, vom Wohnzimmer in den Flur und riss freudestrahlend die Tür auf.

Nessa war fort.

Er hörte noch, wie ihre Haustür ins Schloss fiel. Er hatte mal wieder zu lange gebraucht. Ihm stand einfach zu viel im Weg, als hätte sich der Bungalow verschworen, ihn zurückzuhalten, ihn weiter in seinen Mauern gefangen zu halten.

Ihm war zum Heulen, als er nach dem Korb griff.

Langsam begab er sich in die Küche, stellte ihn auf der einzigen leeren Fläche vor der Mikrowelle ab und lüpfte das Geschirrhandtuch.

In dem Korb waren ein Teller und eine Schüssel in Alufolie eingeschlagen, zwei Gläser, ein großes und ein kleines. Dazu ein Zettel.

George betrachtete den Zettel eine Weile, bevor er ihn herausnahm und las.

Mairi hat dir ein Sonntagsessen spendiert.
Bitte bring das Geschirr und den Korb
zurück ins *Busy Bumble,* wenn du das nächste
Mal im Dorf bist.

Es war Nessas Handschrift, aber Mairi hatte die Idee gehabt, ihm ein Mittagessen auszugeben.

George brauchte lange, bis er die Sachen endlich aus dem Korb nahm, und noch länger, bis er sich entschieden hatte, dass er nichts davon runterbekäme. Das Essen sah köstlich aus (ironischerweise war es auch Rinderbraten, wie das Tiefkühlgericht, das er sich heute eigentlich hatte machen wollen), und in dem großen Glas war noch leckere braune Soße. In dem kleineren Glas befand sich Sahne zum Verfeinern.

Wie nett und spendabel von Mairi!

Und er schämte sich ganz fürchterlich, dass er insgeheim gehofft hatte, Nessa hätte ihm das Mittagessen ausgegeben.

Was war er bloß für ein Mensch?

Weil er weder den Braten noch seine Undankbarkeit länger ertragen konnte, kippte George sämtliches Essen draußen in die Biotonne, wusch das Geschirr fein säuberlich ab, stellte es zurück in den Korb und faltete das Geschirrtuch darüber.

Dabei standen ihm die Tränen in den Augen, und ihm war schwer ums Herz.

Nun konnte er auch noch Lebensmittelverschwendung auf die Liste der Dinge setzen, die er an sich verabscheute.

29. George

Nicht schlafen zu können, war kein Spaß. Normalerweise schlief George gut, doch wenn sich der selige Schlummer mal nicht einstellen wollte, wurde er von quälenden Gedanken geplagt.

So auch heute Nacht. Unliebsame Erinnerungen liefen in einer Art Dauerschleife, als würde sich Alptraum an Alptraum reihen. Warum kamen einem mitten in der Nacht eigentlich nie schöne Ideen? Alles, was er sich je hatte zuschulden kommen lassen, tatsächlich oder auch nur in Gedanken, fiel nun über ihn her und marterte ihn. Offenbar war er kein Einzelfall (das hatte er im Internet nach einer besonders schlimmen Nacht herausgefunden), aber dass es anderen Leuten nicht besser ging, war ihm kein Trost.

Heute Nacht unterschied sich nicht von anderen schlaflosen Nächten, bloß dass er Geräusche hörte.

Kratzen und Rascheln.

Geräusche wie von Ratten.

Davor hatte er am meisten Angst, nicht vor den Tieren selbst, aber was ihm blühte, um sie loszuwerden. Ein Kammerjäger von der Gemeinde müsste zu ihm kommen. Und den würde er dann reinlassen müssen, damit er den Befall evaluierte.

Widerwillig stand George auf und ging nachsehen. Vielleicht konnte er sie irgendwie verscheuchen. Zwar hatte er gelesen, dass Ratten Menschen gegenüber oft keine Scheu zeigten, aber wenn er genügend Krach machte, verzogen sie sich vielleicht wieder dahin, wo sie hergekommen waren. Ihm war schon klar, dass Ratten enge Räume mit Nistmaterial bevorzugten, und das Esszimmer (von da waren die Geräusche nämlich gekommen) verfügte über Nistmaterial in Hülle und Fülle.

Wie waren die Viecher überhaupt da reingekommen? Darum würde er sich auch kümmern müssen, nachdem er die ungebetenen Gäste erst einmal losgeworden war, denn die kämen mit Sicherheit zurück. Ratten waren gerissen, die konnten selbst durch schmale Risse im Gemäuer, Lüftungsschlitze oder, wie er gelesen hatte, sogar durch Leitungs- und Rohrschächte kommen. George achtete darauf, keine Lebensmittel herumliegen zu lassen, alles, was er wegwarf, kam in die verschließbare Biomülltonne draußen, doch anscheinend hatten sie an irgendwas im Esszimmer Gefallen gefunden.

Innerlich wappnete er sich für die Begegnung und kämpfte sich durch den Flur zum Esszimmer vor. Es lag neben der Küche, und er hielt die Tür immer verschlossen. Ehrlich gesagt wusste er nicht einmal, ob er die Tür aufbekäme. Vor ein paar Jahren hatte es in dem Zimmer mal ordentlich gepoltert, seither hatte er sich nicht mehr getraut, nachzusehen. Das Zimmer war ohnehin bis zur Decke gefüllt, so dass nicht einmal mehr eine Büroklammer hineinpasste. Von dem Zeitpunkt an hatte er begonnen, Sachen in der Küche zu stapeln, die inzwischen auch schon drohte, unbegehbar zu werden.

Ängstlich presste er das Ohr an die Tür und lauschte.

Erst hörte er überhaupt nichts und dachte schon, die Geräusche wären wohl doch von draußen oder aus einem anderen Zimmer gekommen.

Doch da war es wieder! Ein Kratzen – und ein seltsames Maunzen.

O Gott, miauten Ratten jetzt schon? Vor Jahren hatte er mal eine Horrorgeschichte von James Herbert gelesen, in der es um Ratten gegangen war. Die hatten auch miaut, da war George ganz sicher.

Ihm stockte das Blut in den Adern und er erschauderte.

Als es hinter der Tür plötzlich laut rumste, hätte er vor Schreck fast den Stapel gefalteter Kartons neben sich umgerissen. Fluchend fasste er sich an die Brust, sein Herz wummerte und er schluckte hektisch. Was auch immer sich da verbarg, war auf jeden Fall größer als eine Ratte.

Aber das war unmöglich. Wie sollte ein großes Tier wie ein Fuchs dort hineingelangt sein? Es konnte sich nur um einen Nager handeln, und je eher er ihn verjagte, desto besser, bevor es sich noch eine ganze Familie von diesen Plagegeistern bei ihm gemütlich machte.

George holte tief Luft, drückte die Klinke runter und schob mit aller Kraft die Tür auf.

Einen Spalt breit ließ sie sich öffnen, so dass George zumindest Kopf und Oberkörper durchstecken konnte, mehr aber auch nicht.

Dennoch reichte es aus, um zu erkennen, dass die Ratte keine Ratte war.

Oben auf einem Plastiktütenberg thronte Sylvia, Nessas Katze.

George schrie, die Katze jaulte, und als sich George wieder gesammelt hatte, war Sylvia verschwunden.

Einerseits war George erleichtert, dass keine Rattenfamilie in seinem Esszimmer ihr Nest baute, andererseits machte er sich Vorwürfe, dass er die arme Katze zu Tode erschreckt hatte. Wie sollte er sie da jetzt bloß wieder rauslocken? Wenn er sie einfach im Zimmer ließ, verfing sie sich nachher irgendwo und fand gar nicht mehr raus, wobei er ja vielleicht einfach die Tür offen lassen und ihr etwas zu fressen in den Flur stellen konnte. Wenn sie Hunger hatte, würde sie schon rauskommen. Oder sie würde das Esszimmer auf gleichem Weg verlassen, wie sie hereingekommen war. Morgen früh musste er unbedingt nachsehen, wie die Katze überhaupt hineingefunden hatte.

Gerade wollte er wieder ins Bett gehen, da rumste es erneut.

Wieder steckte er den Kopf durch die Tür, verrenkte sich dabei fast den Hals und fluchte leise, als er sah, dass von der relativen Ordnung (Ordnung in seinem Sinne), nur noch Berge von Krempel übrig geblieben waren, alle hübsch durcheinandergewürfelt. Als hätte es in dem Zimmer einen Erdrutsch gegeben.

»Komm, Miez, Miez.« George kniete sich hin, schob den Arm durch die Tür und schnippte, um die Katze anzulocken. Doch die ließ sich nicht blicken, maunzte bloß.

»Komm zu George, Mieze. Sylvia, meine ich.«

Wieder ertönte ein klägliches Maunzen, ohne dass er die Katze zu Gesicht bekam. Nach einer Viertelstunde vergeblichen Lockens kam er zu dem Entschluss, dass Sylvia entweder irgendwo festsaß oder nur nicht zu ihm kommen wollte.

»Gut«, sagte er »Dann stelle ich dir jetzt ein bisschen Milch hin. Anschließend gehe ich ins Bett. Meinetwegen kannst du die ganze Nacht da verbringen, ist mir egal.«

Es war ihm aber nicht egal. Und nachdem er der Katze wie versprochen die Milch auf einen Unterteller (einem angeschlagenen aus der Waschmaschine) hingestellt hatte, verzog er sich ins Bett, wo er den Rest der Nacht angestrengt nach leisem Tapsen horchte.

Inzwischen war es Morgen, ohne dass das Tier auch nur den kleinsten Versuch unternommen hatte, aus dem Esszimmer zu kommen. Niedergeschlagen starrte George auf den unberührten Unterteller mit der Milch und überlegte sich das weitere Vorgehen.

Sollte er ins Dorf gehen und eine Dose Katzenfutter kaufen, um Sylvia so zu ködern? Oder sollte er sich mit Gewalt Zugang zum Zimmer verschaffen und die Katze einfangen? Leichter gesagt als getan, so verrammelt wie der Eingang war. Natürlich bestand auch Gefahr, dass seine Rettungsversuche die Lage verschlimmerten. Wenn er Zeug wegrückte (nicht, dass er Platz dafür gehabt hätte), dann könnte es sein, dass er das Tier damit noch weiter einmauerte oder schlimmstenfalls sogar erdrückte. Im Internet hatte er von Leuten gelesen, die von ihrem eigenen Krempel zerquetscht worden waren. Das mochte er sich gar nicht weiter ausmalen, aber wenn sich Worte einmal in sein Gedächtnis gebrannt hatten, konnte er sie schlecht wieder löschen.

Als Erstes würde er es mit dem Katzenfutter probieren, doch dann stellte sich die Frage, wie lange er abwarten sollte, bevor er weitere Schritte unternahm. Schritte, die Nessa involvierten, die sicher außer sich wäre.

Es wäre seiner Nachbarin gegenüber nicht fair, sie im Ungewissen zu lassen, wo er doch genau wusste, wo ihre Katze steckte. Und sie nebenan rufen zu hören, während er stundenlang mit dem Futter raschelte, so kaltblütig war er nicht.

Damit war es entschieden. Ihm blieb nichts anderes übrig, er musste es ihr sagen.

Und wenn sie dann mit zu ihm kommen und sein Elend in vollem Ausmaß sehen würde, dann war es eben so.

George atmete tief durch und ging Nessa holen.

30.
Nessa

Allmählich wurden diese lästigen Schlafstörungen zu einem richtigen Problem, dachte Nessa, als sie sich wie zerschlagen aus dem Bett quälte. Ohne nachzusehen, wusste sie, dass Sylvia nicht nach Hause gekommen war. Andernfalls würde sie nämlich zusammengerollt am Fußende des Bettes schlafen oder hätte ihr schon längst mit den Pfoten im Gesicht herumgetatscht, um ihr Frühstück einzufordern.

Trotzdem sah Nessa im Haus nach, schaute sogar ins Gästezimmer, falls sich die kleine Madame da hineingeschlichen hatte. Fehlanzeige. Die Leckerlis, die sie vor dem Schlafengehen in der Küche hinterlassen hatte, waren noch da. Eigentlich hatte sie über Nacht kein Fenster auflassen wollen, aber um durch das Oberlicht in der Küche zu kommen, musste man schon sehr dünn und ein Schlangenmensch sein. Oder eben eine Katze.

Es war noch zu früh, um bei Mairi nachzusehen, und bei George würde sie garantiert nicht mehr klopfen, deshalb kochte sich Nessa einen Tee und beschloss, noch ein wenig zu warten, bevor sie die ganze Nachbarschaft mit ihren Rufen störte.

Sie würde Sylvia einfach ein Halsband mit einem Peilsender verpassen, ja, dazu wollte sie sich gleich mal im Netz auf die Suche begeben. Gerade als sie eine passende Seite im Internet gefunden hatte, klopfte es plötzlich an der Haustür.

Wenn das Mairi war, dann war sie aber wirklich früh auf den Beinen, doch wenn sich Sylvia wirklich bei ihr einquartiert hatte, war das auch kein Wunder. Die Katze war nämlich sehr lautstark, wenn sie etwas wollte. Die Person wollte sie mal erleben, die davon nicht aufwachte.

»Tut mir so leid –«, begann Nessa, bis sie sah, wer da vor ihrer Tür stand. »Oh, ich dachte, du wärst Mairi.«

George sah reichlich mitgenommen aus, war unrasiert und die Haare standen ihm zu Berge, als hätte er sich heute noch nicht gekämmt. Dazu hatte er dunkle Ringe unter den Augen.

»Deine Katze ist bei mir«, sagte er ohne Umschweife. Ein Guten Morgen oder ein Hallo wären jetzt auch nicht fehl am Platze gewesen. Offenbar war er nach wie vor sauer auf sie, trotz ihrer (oder vielmehr Mairis) Essensspende.

»Ich habe mich schon gewundert, wo sie ist.« Nessa fragte sich insgeheim, warum er sie nicht einfach rausgescheucht oder mitgebracht hatte.

»Du musst sie holen kommen. Ich glaube, sie steckt fest.«

»Wo denn?«

»In meinem Esszimmer.«

»Oh.« Einen Augenblick lang sah sie ihn verwundert an, bis der Groschen fiel.

»Ich komme sofort.« Sie ließ ihn vor der Tür stehen, während sie sich ein Paar Turnschuhe anzog und sich dann die Leckerlis aus der Küche schnappte. Nach dem, was er ihr alles um die Ohren geknallt hatte, würde sie einen Teufel tun und ihn hereinbitten.

Als sie zu ihm nach draußen trat, nickte er ihr fast schicksalsergeben zu. In dem Moment tat er ihr sofort wieder leid. War bestimmt nicht leicht für ihn, sie zu sich zu bitten. Gleich würde sie das ganze Ausmaß zu sehen bekommen, nicht bloß einen kleinen Blick durch den Türspalt wie vor zwei Tagen.

»Danke für das Mittagessen«, sagte er, als sie ihre Auffahrt hinunterliefen.

»Da musst du Mairi danken, es war ihre Idee.«

»Ja, das hast du geschrieben. Sag ihr bitte danke.«

»Bedank dich lieber selbst bei ihr.« Nun betraten sie sein Grundstück, und es blieb nicht mehr viel Zeit, ihm das zu sagen, was sie sagen wollte. »Ich hab ihr nichts erzählt. Von ... du weißt schon ... das mit dem Essen war einfach bloß nett gemeint.«

»Danke.« Er klang, als hätte er eine Murmel verschluckt.

»War es gut? Das Essen meine ich«, setzte sie hinzu.

Er antwortete nicht gleich, sondern zögerte kurz. »Es war köstlich. Wirklich. Vielen Dank.« Dann blieb er vor der Haustür stehen, die Hand an der Klinke. Aus dem Augenwinkel sah sie, wie er Luft holte und das Kinn reckte, bevor er die Tür öffnete.

»Ich geh mal lieber vor«, meinte er, und sie folgte ihm.

Was war es bloß düster hier drinnen, dachte sie. Und ihr Entsetzen wuchs, als George sie durch ein Labyrinth aus Zeitungstürmen führte.

Augenblicklich fühlte sie sich beklommen, obwohl sie doch gerade erst eingetreten war. Wie hielt George das bloß Tag für Tag aus? Vielleicht gefiel es ihm ja so, aber je tiefer sie ins Innere des Bungalows vordrang, desto weniger glaubte sie das. Überall stapelte sich der Plunder und schien immer näher zu rücken. Was, wenn einer dieser Türme umfiel und sie unter sich begrub? Es schnürte ihr die Kehle zu. Da sie schon Probleme mit leichter Unordnung hatte, stand ihr jetzt der kalte Schweiß auf der Stirn. Wie konnte man bloß so leben?, fragte sie sich bestürzt.

Doch auf einmal wurde sie von einer tiefen Ruhe erfüllt. George hatte sich dieses Leben bestimmt nicht ausgesucht. Genau wie aus einem Glas Wein zum Feierabend zwei oder drei Gläser und schließlich eine ganze Flasche werden konnten. Oder wie einmal eine Mahlzeit auslassen, weil einen ein grausamer Mitmensch fett genannt hatte, dazu führen konnte, eines Tages im Krankenhaus durch einen Schlauch ernährt werden zu müssen. Da steckte kein freier Wille dahinter, sondern eine Störung.

Nessa dockte an die innere Kraft an, die sie im Krankenhaus Tag für Tag gebraucht hatte, und konzentrierte sich auf das dringlichste Problem, nämlich ihre Katze zu befreien. Alles andere konnte warten. Musste sogar warten, denn George brauchte sicher Zeit, um damit klarzukommen, dass sie nun sein Geheimnis in seinem ganzen Umfang kannte. Auch Zeit, um zu verstehen, dass sie ihn dafür nicht verurteilte. Und ihm keinerlei Hilfe aufzwingen würde, weder ihre noch sonst jemandes.

Nessa musste einfach darauf vertrauen, dass er von sich aus Hilfe suchen würde, wenn er so weit war. Mehr konnte sie im Moment nicht tun.

»Da drin ist sie.« George deutete mit dem Kopf zu einer Tür, die wohl zum Esszimmer führte.

Als Nessa durch den kleinen Spalt das Chaos dahinter erblickte, verließ sie der Mut.

Wenn Sylvia da drinnen irgendwo festsaß, würde es einer Mammutanstrengung bedürfen, um sie freizubekommen. Man müsste den ganzen Krempel umschichten, bloß wohin? Am besten gleich auf den Müll, aber da hätte George sicher etwas dagegen.

Nessa schaute zu ihm auf, als sie sich in der unfassbaren Enge dicht an ihm vorbeidrängte. Die Angst, dass etwas umstürzen könnte, stand ihr wohl ins Gesicht geschrieben, denn George schüttelte betrübt den Kopf.

»Es tut mir so leid«, sagte er.

»Schon okay.« Und es war wirklich okay. Sie verstand es, verurteilte ihn nicht, zog weder voreilige Schlüsse noch hatte sie bestimmte Erwartungen an ihn. Sie würde einfach für ihn da sein, wenn er sie brauchte.

Als er auf sie herabsah (erst jetzt wurde ihr bewusst, wie hochgewachsen er war), lag Scham in seinem Blick. Wie gerne hätte sie ihn einfach in den Arm genommen. Wenn es je einen Menschen gegeben hatte, der Liebe brauchte, dann George Nightingale.

Könnte sie doch diejenige sein, die sie ihm gab.

George trat einen Schritt zurück, damit sie sich hinhocken konnte. Ihr war sehr wohl bewusst, wie er sie musterte, als sie sich ein paar Leckerlis auf die Hand gab und sie ausstreckte. »Sylvia, komm zu Frauchen«, lockte sie. Postwendend kam trillernd die Antwort und Nessa schmunzelte. Wenigstens wusste sie jetzt, wo ihre Katze steckte, selbst wenn es den ganzen Tag dauern konnte, sie zu befreien.

Als sie sich zu George umdrehte, um ihm aufmunternd zuzulächeln, traute sie ihren Augen kaum. Er sah sie mit einer Mischung aus Sehnsucht und Verlangen an, doch sobald er ihres Blickes gewahr wurde, änderte sich seine Mimik blitzschnell. Wahrscheinlich hatte sie es sich bloß eingebildet, schließlich war es recht düster im Flur. Und dann hatte sie ihn auch aus einem seltsamen Winkel gesehen, außerdem war er erleichtert, dass sie das Katzenproblem für ihn löste und er nicht noch … ihr fielen tausend Erklärungen ein, dennoch bekam sie diesen Ausdruck nicht aus dem Kopf.

Gedankenverloren wandte sie sich wieder der maunzenden Sylvia zu. »Komm her, Süße. Komm zu Frauchen.« Sie kam sich völlig bescheuert vor, aber so sprach sie nun einmal mit ihrer Katze, und mit ein bisschen Glück kam sie von selbst heraus.

Mit einem lauten Maunzer tauchte Sylvia plötzlich auf einem umgekippten Haufen aus Eierkartons auf. Elegant sprang sie herunter, thronte noch kurz auf einer Schachtel, bevor sie die Leckerlis in Nessas Hand beschnupperte und sich darüber hermachte.

Dabei zog Nessa ihre Hand vorsichtig immer weiter zurück, bis sie Sylvia aus dem Zimmer gelotst hatte. Rasch nahm sie das Tier auf den Arm, während George die Tür zuzog.

Nessa stand mit Sylvia auf. »Danke. Ich war die halbe Nacht wach, weil ich mir Sorgen gemacht habe, wo sie sein könnte.«

»Und ich lag die halbe Nacht wach, weil ich zwar genau wusste, wo sie war, nur nicht, wie ich zu ihr komme.«

Nessa lächelte ihn herzlich an. »Weißt du, wie sie da überhaupt reingekommen ist? Ich fürchte, sonst wird das nicht ihr letzter Besuch bei dir gewesen sein. Katzen können nämlich ziemlich hartnäckig sein, besonders diese hier.«

»Keine Ahnung. Ich zerbreche mir schon die ganze Zeit den Kopf. Fenster stehen keine auf im Esszimmer –«, George lachte bitter auf. »Nicht, dass es den Namen Esszimmer verdient hätte … Nicht mehr.« Langsam bewegte er sich Richtung Haustür. Während Nessa ihm folgte, sah sie sich verstohlen um.

Die Küche lag direkt neben dem Esszimmer und wirkte ebenso vollgepfropft, wobei es zwischen Kühlschrank und Geschirrschrank einen kleinen begehbaren Bereich gab. Gegenüber im Flur lag wohl das Wohnzimmer, denn sie sah eine Armlehne, die zu einem Sofa oder großen Sessel gehören konnte, die anderen Türen hingegen waren geschlossen.

Bei dem Gedanken, was sich dahinter noch alles verbergen mochte, wurde ihr schwindelig. Was sie bislang gesehen hatte, war schon schlimm genug.

George führte sie nach draußen und schloss die Tür. »Ich gehe mal hinten nachsehen«, meinte er, »ob ich was entdecke.«

Er ging auf eine Pforte zu, die den vorderen Teil des Grundstücks vom hinteren trennte und zwischen Bungalow und Garage lag.

Doch bevor er die Pforte erreichte, blieb er vor einem Fenster stehen.

»Da ist sie rein«, rief er. »In der Ecke direkt über dem Fensterbrett ist ein Loch in der Scheibe.«

Nessa trat zu ihm. Das Loch war zwar recht klein, aber eine schlanke Katze wie Sylvia konnte sich problemlos durchzwängen. Praktischerweise stand direkt unter dem Fenster eine Tonne. Es schien sich um die Biotonne zu handeln, ihre sah genauso aus. Die kleine Teufelin hatte wahrscheinlich was Leckeres gerochen, war nicht rangekommen und hatte dann ihr Glück im Haus versucht.

»Im Schuppen habe ich noch etwas Sperrholz, damit kann ich das Fenster erst einmal abdichten«, meinte George.

›Etwas‹ war gut, dachte Nessa, wahrscheinlich lagerten da ganze Wälder.

»Hast du eine Idee, wie es passiert ist?«, fragte sie. Hoffentlich hatte Sylvia nichts kaputt gemacht.

»Wahrscheinlich neulich bei dem Sturm. Da lag auch ein dicker Ast auf dem Weg, aber ich habe mir nichts weiter dabei gedacht.«

»Wenigstens ist es keine große Scheibe wie vorne. So viel wird sie sicher nicht kosten.«

Als sie daraufhin sein Gesicht sah, wurde ihr klar, dass er nicht im Traum daran dachte, das Glas ersetzen zu lassen, und sie wusste auch warum: Er würde auf keinen Fall noch einmal jemanden ins Haus lassen. Und selbst wenn, der Glaser würde ja nicht einmal rankommen.

Trotzig sah er sie an. »Ich kann alles selbst reparieren.«

»Glaube ich gerne.« Und bestimmt lagerten im Schuppen auch noch etliche Fensterscheiben. Aber was machte er bei einer Doppelverglasung?

»Danke noch mal«, sagte sie und hielt Sylvia hoch. »War bestimmt nicht leicht.«

Und damit ging sie. Was sollte sie auch sonst noch sagen? Wenn George ihre Hilfe wollte, wusste er ja, wo er sie fand. Sie wollte sich nicht aufdrängen, dennoch hatte sie den Eindruck, ein wenig vorangekommen zu sein.

Alles Weitere hing nun von ihm ab.

Sie hoffte inständig, dass er seine Probleme anpacken würde, denn sie würde sehr, sehr gerne mehr Zeit mit ihm verbringen.

31.
George

George wusste nicht so recht, wie er sich fühlen sollte, nachdem Nessa heute Morgen bei ihm im Haus gewesen war. Überhaupt war er verunsichert, was seine Gefühle in den letzten Wochen seit ihrem Einzug betraf, aber darum ging es ja jetzt auch gar nicht. Immerhin hatte er jemanden bei sich hereingelassen, und dieser jemand war nicht schreiend weggerannt.

Dass Nessa geschockt war, hatte er ihr angemerkt, auch ihre Sorge, doch Mitleid oder Abscheu hatte er nicht gespürt.

Dabei hatte er mit beidem gerechnet.

Ihre Akzeptanz war ihm wie eine Offenbarung vorgekommen. Wenn sie ihn so annahm, wie er war, vielleicht könnten es andere auch?

Solche Gedanken gingen ihm durch den Kopf, als er eine Sperrholzplatte zurechtsägte und über der kaputten Scheibe befestigte, nachdem er in einem alten Marmeladenglas auch noch ein paar passende Nägel gefunden hatte. Zwar hatten sie schon Rost angesetzt, aber sie erfüllten noch ihren Zweck. Zum Glück war der Fensterrahmen aus Holz und nicht aus Kunststoff, wobei sein Zustand zu wünschen übrig ließ und er in nicht allzu ferner Zukunft ersetzt werden müsste – was natürlich nie und nimmer passieren würde.

Anschließend nahm er sich vor, sich den Rest des Tages den Bilanzen zu widmen, sonst drohte er in Verzug zu geraten. In den letzten Tagen hatte er sich nicht zur Arbeit überwinden können, doch heute ging es ihm besser und er war innerlich ruhiger.

Nach einem produktiven Tag, an dem er mehr auf den Bildschirm als aus dem Fenster geschaut hatte, speicherte er die Dateien und beschloss, sich etwas zu essen zu kochen. Das bedeutete wie immer: in der Mikrowelle erhitzen.

Er hielt das Rinderbratenfertiggericht von gestern in der Hand und überlegte, ob er es noch essen konnte, nachdem es schon über einen Tag aufgetaut herumlag, oder ob er lieber eine Dosensuppe in die Mikrowelle schieben sollte, als es an der Tür klopfte.

Natürlich wusste er, wer es war (wer sollte es sonst sein?), und ein Lächeln spielte um seine Lippen, als er zur Tür eilte.

Doch das Lächeln verging ihm, als er Nessas Gesicht sah.

»Was hast du?«, fragte er und gab sich diesmal keine Mühe, seinen Flur zu verbergen.

»Hast du Mairi heute schon gesehen?« Nessa sah vollkommen aufgelöst aus.

»Nein. Ich war gar nicht draußen. Und aus dem Fenster habe ich auch kaum gesehen«, fügte er hinzu.

»Ich mache mir solche Sorgen. Ich habe sie nicht mehr gesehen, seit wir gestern vom Essen zurückgekommen sind. Und gerade wollte ich kurz mal bei ihr klopfen, aber da waren die Vorhänge zugezogen.«

Hmm, das war tatsächlich seltsam, schließlich war es erst fünf Uhr. »Ob sie sich noch mal hingelegt hat?«

Nessa schüttelte den Kopf. »Glaube ich nicht, vor der Tür steht auch noch die Milch.«

Mairi ließ sich jeden Morgen von John Porter Milch liefern, deshalb war es mehr als seltsam, dass sie die Flasche noch nicht reingeholt hatte. Die war sicher inzwischen schon sauer geworden.

»Ob sie vielleicht einen Ausflug gemacht hat?« Ihm war selbst klar, dass er nach einem Strohhalm griff.

»Nein, glaube ich nicht. Der Milchmann kommt schon im Morgengrauen, selbst wenn sie unterwegs wäre, hätte sie die Milch vorher reingeholt.« Nessa rang die Hände. »Ich hab Angst, dass ihr was zugestoßen ist.«

George trat nach draußen und fasste sie am Arm. »Komm, wir gehen mal rüber und schauen, ob ein Fenster offen steht.«

Dankbar lächelte sie ihn an. Dann eilten die beiden die Straße entlang.

Wie Nessa gesagt hatte, waren bei Mairi alle Vorhänge zugezogen.

Während Nessa gegen die Haustür wummerte, lief George hinters Haus, um die Fenster zu inspizieren. Auch in der Küche waren die Vorhänge zugezogen, er legte die Hände an die Scheiben und spähte durch den Vorhangspalt, konnte aber nichts sehen.

»Ob wir jemanden anrufen sollen?«, fragte Nessa, als er wieder zu ihr stieß.

»Hast du die Telefonnummer ihrer Tochter?«

»Nein, aber das würde auch nichts bringen. Mairi meinte, sie ist gerade im Urlaub in Italien.«

Fragend sahen sich die beiden an, bis George das sagte, was beide dachten: »Die Polizei?«

»Uns bleibt wohl nichts anderes übrig. Einbrechen können wir ja schlecht.«

»Ich rufe an«, erbot sich George. »Du bleibst hier und versuchst es weiter.«

George raste nach Hause und erledigte das Telefonat, dabei bat er auch gleich um einen Krankenwagen. Ihm war nicht wohl bei der Sache. Wenn Mairi plötzlich erkrankt oder gestürzt war, war Eile geboten. Hoffentlich war es nichts Schlimmeres.

Die Warterei auf die Polizei kam ihnen endlos vor, obwohl es wahrscheinlich nicht länger als zwanzig Minuten dauerte. Nessa klopfte und rief unermüdlich, doch im Inneren des Cottages blieb es unheilvoll still. Irgendwann gab sie auf und stand einfach nur noch mit sorgenvoller Miene da.

George legte instinktiv den Arm um sie und zog sie zu sich heran. »Bestimmt ist alles in Ordnung«, murmelte er in der Hoffnung, es wäre so, wobei er es selbst nicht so recht glaubte.

»Ich habe so was schon so oft erlebt«, erwiderte Nessa und biss sich auf die Lippe. »Ich habe in der Ambulanz gearbeitet.«

»Oh, verstehe.« Da hatte sie bestimmt mehr als genug Elend gesehen, dachte er. Das hatte er gar nicht gewusst. Na ja, woher auch? Eigentlich wusste er kaum etwas über seine neue Nachbarin, aber er würde sie sehr gerne näher kennenlernen.

»Sie sind da«, sagte er, als er Motorengeräusche hörte und den vertrauten Streifenwagen kommen sah.

Er überließ es Nessa, die Situation darzulegen, doch er hielt sie weiter im Arm, vielleicht tat ihr seine physische und moralische Unterstützung ja gut.

Doch als sie dann ins Haus gehen wollte, gab er sie frei, natürlich verstand er, dass sie sich nie vergeben würde, wenn sie nun draußen bliebe, obwohl sie hätte helfen können, wenn sie bloß –

Den Gedanken vollendete er nicht, hoffte einfach, dass die Hilfe noch rechtzeitig kam.

»Bleiben Sie zurück«, sagte einer der Beamten und stellte sich Nessa in den Weg, während sich sein Kollege Zugang zum Haus verschaffte.

»Ich bin Krankenschwester«, meinte sie. »Notaufnahme.«

»Tut mir leid, ich darf Sie trotzdem nicht ins Haus lassen, bis wir uns einen Überblick verschafft haben. Sind Sie eine Verwandte?«

Nessa schüttelte den Kopf, und nun war es um ihre Beherrschung geschehen. George nahm sie wieder in den Arm und wünschte, er könnte ihr helfen. Es tat ihm in der Seele weh, sie so aufgelöst zu sehen.

»Tut mir leid«, schluchzte sie. »Normalerweise bin ich gar nicht so, aber Mairi ist keine Patientin … sondern eine Freundin.«

»Erst mal abwarten, was die Sanitäter sagen«, meinte George. In der Ferne war schon Sirenengeheul zu vernehmen.

Sie mussten lange warten, viel zu lange für seinen Geschmack. Stumm sahen sie zu, wie die Polizisten aus dem Haus kamen und mit den frisch eingetroffenen Sanitätern sprachen, um anschließend gemeinsam mit ihnen hineinzugehen.

Dann dauerte es wieder ewig, bis endlich jemand herauskam, aber nur um eine Trage und Gerätschaften zu holen. Die ganze Zeit über konnten George und Nessa nichts tun.

Schließlich kam einer der Beamten zu ihnen. »Wir glauben, dass Mrs Edwards einen Schlaganfall hatte. Sie wird ins Krankenhaus nach Aberystwyth gebracht. Wissen Sie, wer die Angehörigen sind?«

»Sie hat eine Tochter in Swansea, aber die ist zurzeit im Ausland. Können Sie mir sagen, wie es Mairi geht?«

Der Polizist verzog das Gesicht. »Das Krankenhaus wird Ihnen nach den Untersuchungen mehr sagen können.«

»Kann ich sie begleiten?«

»Da nimmst du am besten deinen eigenen Wagen, sonst kommst du nicht wieder zurück. Ich komme mit«, sagte George.

»Kannst du nicht hierbleiben? Nicht, dass ich dich nicht dabeihaben möchte«, fügte Nessa schnell hinzu, als sie seine Enttäuschung sah. »Aber irgendjemand muss ihr Haus sichern. Die Polizei hat die Haustür komplett zerlegt. Ich möchte nicht, dass bei Mairi obendrauf auch noch eingebrochen wird. Und könntest du Sylvia versorgen? Bei mir in der Küche hängt ein Ersatzschlüssel, und kannst du hinter dir dann abschließen?«

»Natürlich.« George wollte alles tun, um ihr zu helfen, wobei er ihr am liebsten nicht von der Seite gewichen wäre, denn sie wirkte arg mitgenommen.

Deshalb hielt er sie fest im Arm, als Mairi rausgetragen wurde. Wie schmal und eingefallen die alte Dame wirkte, ihr Gesicht war unter der Maske und den ganzen Schläuchen kaum zu erkennen.

Überraschenderweise schien Nessa ihr Anblick aufzubauen, wahrscheinlich weil sie genau wusste, wozu die ganze Apparatur diente.

Erst fuhr der Krankenwagen los, danach die Polizei (nachdem sie ihnen noch tausend Zettel ausgehändigt hatte), und dann kam Leben in Nessa.

Offenbar war sie erleichtert, sich endlich nützlich machen zu können. »Ich packe jetzt eine Tasche für Mairi und fahre ins Krankenhaus. Vielleicht lassen sie mich nicht zu ihr, aber wenigstens können sie ihr sagen, dass ich da bin.« Dass Mairi eventuell gar nicht ansprechbar war, wollte keiner von ihnen in Betracht ziehen.

George folgte ihr ins Haus nach oben. Ihm kam es nicht richtig vor, Mairis Schränke zu durchsuchen. Wahrscheinlich wäre es Mairi auch nicht recht, wenn ein Mann durch ihre Wäsche wühlte, deshalb überließ er Nessa die Sache mit den sauberen Nachthemden, während er sich auf die Suche nach den Hausschuhen machte und ihre Kulturtasche packte.

Zuletzt steckte er noch das Buch, das auf ihrem Nachttisch lag, ein, und wurde rot, als Nessa ihn dabei anschaute.

»Vielleicht kann sie es doch lesen«, verteidigte er sich, »und sonst kann es ihr ja jemand vorlesen.«

Nessa trat auf ihn zu, so nah, dass er die Arme um sie hätte schlingen können, wenn er gewollt hätte (was er unbedingt wollte). »Das ist echt nett von dir. Danke.« Damit nahm sie sein Gesicht in die Hände und zog ihn zu sich.

Dann küsste sie ihn auf den Mund. Nicht leidenschaftlich, aber immerhin so, dass es ihm durch Mark und Bein ging.

Dann löste sie sich quasi in Luft auf, raste die Treppe hinunter.

George taumelte hinter ihr die Stufen runter, fasste sich an die Lippen, sein Herz wummerte.

Draußen warf Nessa Mairis Tasche in den Kofferraum und fuhr rückwärts die Auffahrt hinunter. Während er ihr zusah, fuhren seine Gedanken Karussell, bei ihm herrschte Chaos im Kopf.

Beim Vorbeifahren kurbelte Nessa noch einmal das Fenster herunter und rief: »Du bist ein ganz toller Mann, George Nightingale! Ich freue mich, dass du mein Nachbar bist!«

George war auch froh, denn bei diesem Kuss, bei dieser kurzen Berührung ihrer Lippen war ihm etwas klar geworden: Er war drauf und dran, sich in Nessa Millbrook zu verlieben. Etwas Besseres hätte ihm nicht passieren können.

Oder etwas Schlechteres.

32.
Nessa

»Mrs Millbrook?«

Nessa sprang auf, als die Krankenschwester sie aufrief. »Das bin ich.« Woher sie noch die Energie aufbrachte, hochzuschnellen wie eine aufgescheuchte Katze, wusste sie selbst nicht.

»Kommen Sie bitte. Mrs Edwards hat schon nach Ihnen gefragt, und der Arzt möchte vorher gerne kurz mit Ihnen sprechen.«

»Sie ist also bei Bewusstsein?« Erleichtert stapfte Nessa der Krankenschwester hinterher.

Auf ihre Frage ging die Schwester allerdings nicht ein. »Wenn Sie bitte hier warten wollen, der Arzt kommt gleich, und anschließend können Sie zu ihr rein.« Damit schob sie eine Tür auf und bedeutete ihr hineinzugehen.

Nessa hütete sich, weiter nachzubohren, und tat einfach, wie ihr geheißen.

Dass ihr das Personal überhaupt Auskunft gab, war schon ein großes Glück, schließlich war sie keine Verwandte. Bestimmt hatte Mairi ihnen die Erlaubnis erteilt. Und außerdem waren Krankenschwestern angewiesen, keine ärztliche Beurteilung von sich zu geben.

Nach ein paar Minuten kam ein Mann ins Zimmer. »Ich bin Dr. Khan, der behandelnde Arzt von Mrs Edwards.«

»Wie geht es ihr?«, fragte Nessa.

»Sie hatte ein zerebrovaskuläres Ereignis in der rechten Hemisphäre, also mit anderen Worten –«

»Sie hatte einen Schlaganfall. Ich bin Krankenschwester. War. Bin im Ruhestand.«

»Dann brauche ich Ihnen das ja nicht weiter zu erklären.« Er nickte vielsagend.

Brauchte er nicht. Wie ernst der Schlaganfall war, brauchte er ihr auch nicht zu sagen, aber das konnte er zu diesem Zeitpunkt noch gar nicht, dafür musste erst einmal ein Haufen Tests durchgeführt werden. Natürlich könnte er ihr eine Einschätzung der Prognose geben, wenn sie ihn drängen würde.

Am Ende entschied sie sich dagegen. Es war besser, die Ergebnisse abzuwarten, und sich gleich selbst einen Eindruck zu verschaffen.

In diesem Sinne bat sie, ihre Freundin sehen zu dürfen. Hoffentlich hatte Mairi keine zu schwere Beeinträchtigung.

Nessa war erschöpft. Es war schon nach Mitternacht, als sie endlich nach Hause kam, sie konnte kaum noch die Augen offen halten, obwohl ihr hundert Sachen durch den Kopf schwirrten.

Noch einen Tee und dann direkt ab ins Bett. Ob sie würde schlafen können, war eine andere Frage. Die arme Mairi. Fortan würde das Leben für die alte Dame so viel beschwerlicher werden.

Kaum war sie aus dem Auto gestiegen, tauchte auch schon George auf.

»Wie geht's ihr?«, fragte er. »Ich bin schon krank vor Sorge.«

»Ach, das tut mir leid.« Hätte sie George mal ihre Handynummer gegeben oder nach seiner gefragt, aber das war ihr gar nicht in den Sinn gekommen. »Ich erzähl's dir gleich drinnen. Ich brauche unbedingt einen Tee.« Nachdem sie den

Wagen abgeschlossen hatte, schwankte sie über die Auffahrt, dabei klimperten ihre Schlüssel. Sofort fiel ihr wieder Mairis kaputte Haustür ein und sie warf einen Blick dahin. Sie war bereits fein säuberlich vernagelt.

»Ich habe jemanden angerufen, der sich das morgen einmal ansehen wird«, meinte George, als er ihren Blick bemerkte. »Wahrscheinlich werden sie die Tür ersetzen müssen. Jedenfalls habe ich mir solange den Schlüssel für die Hintertür ausgeborgt, weil man vorne nicht mehr reinkommt.«

»Danke. Ich weiß nicht, was ich ohne dich getan hätte.«

»Du wärst schon klargekommen.« Auch wenn George davon überzeugt schien, war sie sich nicht so sicher. Auf Blut und sonstige Körperflüssigkeiten verstand sie sich, aber mitten in der Nacht eine Haustür zu reparieren, war nicht unbedingt ihre Stärke.

»Du setzt dich einfach hin und legst die Füße hoch, während ich den Tee mache. Du siehst ja fix und fertig aus.«

»Bin ich auch. Irgendwie bin ich dafür nicht mehr geschaffen.« Schon nach ein paar Monaten Ruhestand war sie verweichlicht.

Während sich George in der Küche zu schaffen machte, lehnte sie sich auf dem Sofa zurück und schloss die Augen. Was war sie bloß erschöpft, physisch und auch psychisch. Ihr ging dieses Bild von Mairi nicht aus dem Kopf, wie alt und zerbrechlich sie im Krankenhausbett gewirkt hatte. Es tat ihr so unendlich leid, dass sie ganz mutterseelenallein auf der Station lag, auf die sie eingewiesen worden war. Wie gerne würde Nessa sich um sie kümmern.

»Bitte schön.« George reichte ihr einen dampfenden Becher und einen Teller mit zwei gebutterten Toasts. Verlegen sah er sie an. »Bestimmt hast du seit heute Mittag nichts mehr gegessen.«

Hatte sie wirklich nicht. Heißhungrig biss sie in den Toast.

Nachdem sie sich ein wenig gestärkt hatte, sagte sie: »Mairi hatte einen Schlaganfall in der rechten Gehirnhälfte, das heißt, ihre linke Seite ist betroffen. Ihren linken Arm und ihr linkes Bein kann sie kaum bewegen, aber es ist noch zu früh, um Aussagen zu treffen. In den nächsten Tagen wird sie gründlich untersucht.«

»Kann sie sprechen?«

»Ja, fällt ihr bloß schwer, weil ein Mundwinkel herabhängt. Zum Glück ist das Sprachzentrum im Gehirn aber nicht in Mitleidenschaft gezogen. Trotzdem wird sie wahrscheinlich andere mentale Probleme haben.« Nessa biss erneut von dem Toast ab.

George saß neben ihr auf dem Sofa und wartete geduldig. Auf einmal war sie so froh, dass sie jemanden hatte, mit dem sie die Last teilen konnte.

Nachdem sie einen Schluck Tee getrunken hatte, fuhr sie mit ihrem Bericht fort. »Es ist gut möglich, dass Mairi nach dem Schlaganfall nicht mehr wiederzuerkennen ist, sie Gedächtnisstörungen hat, nicht mehr weiß, wie man sich angemessen verhält, um nur ein paar Beispiele zu nennen. Zum jetzigen Zeitpunkt ist das schwer zu sagen.«

Nessa wand sich innerlich, als sie daran dachte, wie sie an Mairis Bett gesessen und ihre knochige Hand gehalten hatte, um der alten, verängstigten Frau Beistand zu spenden, als diese sie plötzlich mit erstaunlicher Kraft zu sich heranzogen und etwas vollkommen Unangebrachtes gesagt hatte. Es war um Nessa und George gegangen und was sie im Bett tun sollten. Allein die Erinnerung trieb Nessa die Schamesröte ins Gesicht. Dass Mairi im Grunde nur wiedergegeben hatte, wovon Nessa selbst ein paar Stunden zuvor geträumt hatte, war dabei unerheblich.

»Sie wird so bald nicht wieder in ihr Haus zurückkönnen, oder?«, fragte George.

»Ich glaub's nicht.« Nessas Augen füllten sich mit Tränen. Es spielte keine Rolle, dass sie dieses Szenario in ihrem Berufsleben schon Hunderte Male erlebt hatte. Diesmal betraf es sie persönlich. Mairi würde sich im Krankenhaus schrecklich unwohl fühlen. Und noch unwohler im Altenheim. Ihre einzige Chance war, dass sie zu ihrer Tochter nach Swansea ziehen könnte, doch die stand ja noch voll im Berufsleben, und Mairi würde in naher Zukunft viel Pflege bedürfen. Dann gab es da noch die unvermeidlichen Krankenhaustermine, Physiotherapie, Blutuntersuchungen …

George nahm ihr den leeren Teller aus der Hand. »Ich wasche das kurz ab«, meinte er, »dann solltest du dich hinlegen. Heute kannst du eh nichts mehr tun.« Sanft legte er die Hand auf ihre Schulter. »Gut, dass du so eine fürsorgliche Nachbarin bist. Wenn dir nicht aufgefallen wäre, dass da was nicht stimmt, wäre sie vielleicht –«

Nessa wusste, was er hatte sagen wollen, und legte ihre Hand auf seine und drückte sie. Natürlich wusste sie, dass er recht hatte, dennoch machte sie sich Vorwürfe, dass sie nicht eher etwas registriert hatte. Bei einem Schlaganfall war Eile geboten, wenn es darum ging, den Schaden zu begrenzen. Wer weiß, wie viel Zeit verstrichen war? Eventuell hatte Mairi den Schlaganfall schon gestern direkt nach dem Zubettgehen gehabt und so lange da gelegen, bis die Polizei gekommen war.

Sich darüber den Kopf zu zermartern, brachte auch nichts. Lieber konzentrierte sie sich auf die noch anstehenden Arbeiten. Um die Haustür kümmerte sich George, das konnte sie also getrost vergessen, aber sie würde gerne Mairis Bett frisch beziehen und auch das im Gästezimmer, falls ihre Tochter über Nacht bleiben musste. Und natürlich müsste sie schauen, wie lange die Lebensmittel im Kühlschrank noch haltbar waren und …

Nessa schloss die Augen, vor lauter Erschöpfung spürte sie ihren Körper kaum noch, und ihre Gedanken wurden immer träger.

Das Letzte, was sie noch mitbekam, bevor sie in den Schlaf driftete, war, dass George ihr übers Haar strich und sie mit etwas Weichem zudeckte.

33.
George

Mit einem Lächeln auf den Lippen deckte er Nessa zu. Kurz überlegte er, ob er sie aufwecken sollte, um sie ins Bett zu schicken, aber das kam ihm unpassend vor. So gut kannte er sie nun auch wieder nicht. Gleichzeitig hatte er das Gefühl, sie besser zu kennen als alle anderen.

Außerdem schmeichelte ihm der Gedanke, dass sie in seiner Gegenwart eingeschlafen war. Oder war sie einfach so müde gewesen, dass sie auch über einem Zaun hängend eingeschlafen wäre? Doch dann hatte sie ihn ja auch geküsst, oder war es bloß ein Mitleidskuss gewesen (falls es so was gab)? Er sollte da lieber nicht zu viel reininterpretieren.

Dennoch spürte er noch das Kribbeln auf den Lippen – jedenfalls bildete er sich das ein – und ihm ging dieses Gefühl nicht aus dem Kopf.

Sofort schämte er sich. Mairi lag im Krankenhaus und Nessa machte sich ganz schreckliche Sorgen, da hatte er kein Recht, übers Küssen zu phantasieren. So eine Freundin wie Nessa verdiente er gar nicht.

Höchste Zeit, dass er nach Hause ging und sich selbst die Leviten las.

Vorher kehrte er noch einmal in die Küche zurück, um sich zu vergewissern, dass die Hintertür auch verschlossen war, doch als er den Türgriff herunterdrückte, fiel sein Blick auf die Schranktür, die er angestrichen hatte. Nessa hatte sie noch nicht wieder eingesetzt, sie lehnte bloß am Schrank. Auch wenn Eigenlob ja bekanntlich stank, fand er doch, dass ihm der Anstrich gut gelungen war.

Ob Nessa das auch fand? Doch wenn ja, warum stand die Tür noch hier herum?

Beim Streichen hatte sie sich ja auch so ungeschickt angestellt, vielleicht traute sie sich das einfach nicht zu? Wenigstens hoffte er, dass es daran lag, und nicht weil ihr die Farbe nicht gefiel.

Selbst wenn, dann könnte er die Tür ja jederzeit wieder ausbauen, also machte er sich auf die Suche nach den zugehörigen Schrauben.

Er fand sie auf einem Unterteller auf der Fensterbank neben einem vollkommen vergurkten Schraubenzieher. Kein Wunder, dass sie nicht gewagt hatte, damit die Schranktür wieder einzusetzen. Eher erstaunlich, dass es ihr damit gelungen war, sie überhaupt loszubekommen.

So leise wie möglich schlüpfte George aus dem Haus und lief zu sich, um wenig später mit einem Kreuzschlitzschraubenzieher zurückzukehren. Den hatte er schon ewig nicht mehr benutzt, aber ein wenig Heimwerkern tat ihm gut. Wozu hatte er denn all das Werkzeug, wenn er es nicht benutzte?

Im selben Augenblick ging ihm die Ironie seiner Gedanken auf: Im Bungalow gab es lauter Dinge, die er nicht benutzte …

Geschafft! Die Schranktür war wieder eingebaut.

George öffnete und schloss sie ein paarmal, um sicherzugehen, dass die Tür unten auch gerade mit dem Schrank abschloss. Perfekt.

Als er einen Schritt zurücktrat, um sein Werk zu bewundern, nahm er den ganzen Schrank in den Blick: Durch die frische Farbe wirkte der Rest schäbig und matt, die frisch gestrichene Tür stach heraus wie ein Schmetterling unter lauter Motten. Die Frage war nun: Sollte er den Schmetterling in eine Motte zurückverwandeln oder den Rest auch in Schmetterlinge?

George musste über sich selbst lachen, denn mit Worten hatte er es nicht so. Mit Zahlen war er so viel besser. Wie gerne würde er Nessa sagen, dass er sie gernhatte. Wobei er fürchtete, dass sie ihn nicht ernst nehmen würde, oder schlimmer noch, ihn zurückweisen. Er musste ihr also zeigen, was er für sie empfand. Hieß es nicht, Taten sagten mehr als Worte?

Zu seiner eigenen Überraschung baute er systematisch alle Türen aus dem Schrank aus und trug sie zu sich hinüber in den Garten. Was sprach dagegen, sofort loszulegen? Ja, es war schon fast ein Uhr morgens, aber schlafen würde er ohnehin nicht können, außerdem stand bei ihm all die Farbe herum, die danach schrie, verwendet zu werden. Wenn er damit nicht ihre Schranktüren anstrich, wäre die Farbe vergeudet. Und wenn sie ihr nicht gefiel, würde er den Schrank noch mal in einer anderen Farbe streichen, und wenn sie die auch nicht mochte, dann eben in einer anderen, bis sie glücklich war.

George würde alles tun, wirklich alles, um Nessa glücklich zu machen.

Die Sonne war schon vor drei Stunden aufgegangen, als er die Pinsel ausgewaschen und die kleinen Rostflecken von den Griffen entfernt hatte. Sollte er die Knäufe, die er nach stundenlanger Suche im Schuppen gefunden hatte, anschrauben? Vielleicht ging das doch einen Schritt zu weit. Was natürlich vollkommener Quatsch war, denn Schranktüren zu mopsen, zu streichen und wieder einzubauen, war schon ziemlich weit gegangen, weiter, als er sich eingestehen wollte.

Die Türen waren schon getrocknet, die Farbe brauchte nur eine halbe Stunde, aber er wollte sie richtig gut durchtrocknen lassen, bevor er sie wieder einbaute, deshalb beschloss er, noch einmal kurz ins Dorf zu gehen. Der Bäcker machte früh auf, und er wollte dort gerne etwas besorgen.

Nachdem er sich vergewissert hatte, dass er im Gesicht und an den Händen keine mintgrünen Farbkleckse hatte, zog er schnell die alten Sachen aus und seine normale Ausgeh- und Arbeitskluft an. Arbeiten wollte er heute zwar nicht, aber die Leute sollten nicht denken, dass er sich gehen ließ.

Doreen in der Bäckerei lächelte ihn freundlich an, reichte ihm aber wortlos die Tüte mit den Plundern und Croissants, und da dachte er schon, heute Morgen mit niemandem sprechen zu müssen, als ihm einfiel, dass er Milch brauchte.

Mist. Der Einkaufsladen machte nicht vor acht Uhr auf. Wollte er zwanzig Minuten totschlagen oder biss er in den sauren Apfel und ging zum Zeitungsladen?

Er biss in den sauren Apfel.

Sid stand schon an der Tür, als hätte er auf ihn gewartet. Dann schaute er mit großem Gewese auf die Uhr, die hinter der Theke an der Wand hing. »Ich werd nicht wieder! Ich dachte schon, mich hätte der Schlag getroffen und mir fehlen ein paar Stunden.«

George lächelte höflich. Unter diesen Umständen war der Scherz makaber, aber sollte er es sagen? Würde Mairi wollen, dass gleich alle Welt von ihrem Zustand wusste? Früher oder später würde es sich ohnehin herumsprechen, das war in einem Dorf wie Applewell immer so, aber er wollte nicht derjenige sein, von dem sie es erfuhren.

»Dich hab ich ja schon seit ein paar Tagen nicht mehr gesehen«, sagte Sid. »Alles okay?«

»Mir geht's gut, vielen Dank.« Das war Georges Standardantwort, wenn er nach seiner Befindlichkeit gefragt wurde, egal, wie es ihm ging, doch heute antwortete er wahrheitsgemäß. Ihm ging es gut. Trotz der Sorge um Mairi fühlte er sich glücklicher denn je.

»Mir geht's sogar richtig gut«, fügte er hinzu. Und damit knallte er das abgezählte Geld auf den Tresen, schnappte sich eine Flasche Milch und verließ fluchtartig das Geschäft.

Für heute reichte ihm das an Geselligkeit.

34.
Nessa

Nessa schreckte aus dem Schlaf. Sie brauchte einen Moment, um zu begreifen, dass sie auf dem Sofa lag, und einen weiteren, um sich die Ereignisse von gestern zu vergegenwärtigen. Als sie auf die Uhr sah, konnte sie kaum glauben, dass sie die ganze Nacht unten im Wohnzimmer geschlafen hatte.

George musste sie noch zugedeckt haben, wie nett von ihm! Nun musste sie aber schnell auf die Toilette, anschließend duschte sie und putzte Zähne, bevor sie die Treppe im Zeitlupentempo nach unten kroch. In ihrem Alter rächte es sich, wenn man die Nacht auf dem Sofa verbrachte. Dann ging sie in die Küche, um sich einen Tee zu machen, anschließend wollte sie das Krankenhaus anrufen.

Amüsiert blieb sie auf der Schwelle steht. Die frisch gestrichene Schranktür hing wieder in den Angeln, doch wo die übrigen Schranktüren sein sollten, klafften nun Löcher. Irgendjemand (und sie konnte sich schon sehr gut denken, wer) hatte sie gemopst. Lächelnd schüttelte sie den Kopf.

Und sie lächelte noch immer, als es an der Tür klopfte, gerade als das Wasser kochte.

»Guten Morgen«, sagte sie leise und ließ George herein. Hätte sie sich doch bloß ein wenig geschminkt und sich was Schöneres angezogen statt nur Jeans und T-Shirt. Was natürlich Quatsch war, denn George war ja nicht ihretwegen da, sondern um sich nach Mairi zu erkundigen.

»Hast du schon gefrühstückt?«, fragte er und schwenkte eine Brötchentüte. »Ich habe uns ein paar verschiedene Plunder besorgt und Croissants, falls du die lieber isst.«

»Her damit!« Nessa riss ihm die Tüte aus der Hand und sog den süßen Duft ein. »Ich sterbe vor Hunger.« Sie nahm einen großen Teller aus dem Schrank und ließ die Gebäckteile darauf gleiten. »Im Krankenhaus habe ich noch nicht angerufen, aber wahrscheinlich geben sie mir ohnehin keine richtige Auskunft. Wenn wir Mairi heute Nachmittag besuchen, erfahren wir sicher mehr.«

»Soll ich mitkommen?«

George sah wieder aus, als wäre er einem alten Hollywood-Film entsprungen. Wie ein Filmstar von früher, dabei hatte sie keinen bestimmten im Sinn, wobei er sie ein wenig an James Stewart erinnerte, der auf den ersten Blick auch keine klassische Schönheit war, bei dem man auch zweimal hingucken musste. George sprach auch mit solch sanfter Stimme wie der Schauspieler. Und hatte eine ähnliche Frisur, wenn sein Haar nicht gerade vom Wind zerzaust war.

Nessa erinnerte sich lebhaft an die Szene am Strand, als George düster aufs Meer geschaut hatte. Da hatte er einem finsteren Clark Gable geglichen, bloß ohne Schnauzer.

Nessa sah ihn an. »Wäre schön, wenn du mitkommst. Aber nur, wenn du möchtest, ist kein Muss.«

»Ich würde gerne mitkommen. Vielen Dank für das nette Angebot.«

Nun klang er gleich schon wieder so förmlich, wahrscheinlich seine Werkseinstellung, auf die er zurückgriff, wenn er unsicher wurde. Womit hatte sie das ausgelöst? Durch dieses »kein Muss«? Hatte sie ihm damit vermittelt, dass sie ihn bloß aus Höflichkeit fragte?

»Prima«, antwortete sie fröhlich. »Ich möchte dich sehr, sehr gerne dabeihaben.«

Daraufhin sah er sie prüfend an, als hätten ihre Worte einen versteckten Unterton, wahrscheinlich war er vom Typ her eher misstrauisch. Vielleicht sollte sie ein paar Dinge klarstellen, um ihm die Scheu zu nehmen.

»Nicht, weil ich alleine nicht klarkomme, denn im Krankenhaus bin ich ja quasi zu Hause.« Sie kicherte nervös. »Und auch nicht, weil Mairi dich gerne sehen möchte, was sie bestimmt tut.« Nessa legte eine Pause ein. »Ich möchte, dass du mitkommst, weil ich dich mag. Ich würde dich gerne besser kennenlernen und mehr Zeit mit dir verbringen.« Garantiert war sie jetzt knallrot geworden, aber das konnte sie nun auch nicht ändern.

Da hatte sie sich ihm nun offenbart. Nach dem Kuss gestern und dieser Rede sollte ihm nun hinreichend klar sein, dass sie ihn mochte. Sehr mochte.

Offenbar fiel bei ihm der Groschen nicht, denn er starrte sie unverwandt an, als würde sie in einer Fremdsprache kommunizieren oder hätte ihm ein unlösbares Rätsel aufgegeben.

Seufzend ging sie auf ihn zu, er riss die Augen auf und öffnete den Mund leicht, als sie näher kam, bis sie sich fast berührten.

Auf einmal berührten sie sich, sie schlang die Arme um ihn und reckte den Kopf, um ihn zu küssen.

Für den Bruchteil einer Sekunde erstarrte er, und Nessa fürchtete schon, dass sie die Situation falsch gedeutet hatte, doch dann nahm er sie in die Arme, drückte sie an sich und seufzte leise.

Anfangs war der Kuss noch vorsichtig und tastend, wurde aber schnell drängender, und bald küsste er sie mit einer Leidenschaft, dass ihr die Luft wegblieb.

Als er sie endlich losließ, lag ein solches Staunen in seinem Blick, dass Nessa die Tränen kamen. Sie legte ihm einen Finger an die Lippen, und er küsste ihre Fingerspitze, dabei hielt er die ganze Zeit ihren Blick.

»Also …«, sagte sie schließlich, weil ihr nichts Besseres einfiel.

»Also …«, wiederholte er und sah sie so schwärmerisch an, dass sie dahinschmolz.

Am liebsten hätte sie ihn sofort ins Bett gezerrt, aber sie hatte nun schon genügend Vorstöße gewagt. Besser sie ließ diesen wunderbaren Kuss wirken.

Auf einmal genierte sie sich, löste sich von ihm und stellte den Wasserkocher wieder an. »Tee?«

»Gerne.«

»Gehe ich recht in der Annahme, dass du der Schranktürdieb bist?«, fragte sie neckend.

»Du hast hoffentlich nichts dagegen einzuwenden.«

Au weia, nun verfiel er wieder in diese steifen Umgangsformen. Um Georges Mauer zu durchbrechen, reichten ein paar Küsse nicht aus. Im Grunde hatte sie nichts anderes erwartet, schließlich hatte er sich ein Leben lang verschlossen, das ließ sich nicht so einfach überwinden.

Doch dass er so gut küssen konnte, damit hatte sie nicht gerechnet. Darin hatte er einige Übung, so viel stand fest, und sofort fragte sie sich, worin er wohl noch gut war, bevor sie ihre Gedanken wieder auf Dinge richtete, die sich für einen Dienstagmorgen um neun mehr ziemten.

»Ich finde, das ist eine wunderbare Idee«, sagte sie und strich über die glatte Oberfläche der einzigen noch verbliebenen Tür, und wünschte sich, es wäre seine Brust.

O Gott! Was war bloß in sie gefahren? So benahm sie sich doch sonst nicht. Wohlgemerkt war es auch schon Ewigkeiten her, dass sie sich einem Mann so nahe gefühlt hatte. Irgendwie fühlte sie sich befreit, aber es machte ihr auch Angst. Nachdem ihre Ehe in die Brüche gegangen war, hatte sie ein paar Beziehungen gehabt, aber die waren durch die Anforderungen in ihrem Job alle auf der Strecke geblieben. Ein Typ hatte ihr vorgeworfen, dass ihr die Arbeit wichtiger sei als er. Da hatte er ins Schwarze getroffen.

»Besser als einen neuen Schrank zu kaufen«, murmelte George. »Ist doch noch tadellos.«

»Außer eben die Farbe. Die wirkt so altbacken.«

»Gefällt dir denn das Grün?«

»Ehrlich gestanden mochte ich es anfangs gar nicht. Aber es passt, oder? Also zu den Vorhängen, meine ich. Und irgendwie lässt es die ganze Küche erstrahlen.«

George sah sie verständnislos an. »Es war die einzige Dose mit Möbellack, die ich in die Finger bekommen habe.«

Nessa lachte. »Willst du mir etwa sagen, dass gar kein ausgeklügeltes Farbkonzept dahintersteckte?«

»Nein.« Mit einem Mal sah er besorgt aus. »Ist das schlimm?«

»Gar nicht. Die Farbe ist genial!«

Entspannt ließ er die Schultern sinken. »Ganz sicher war ich nicht«, meinte er. »Ich habe aber noch mehr Farbe besorgt, da ist jetzt auch noch einiges übrig, nachdem alle Türen gestrichen sind, falls du noch was brauchst …« Er verstummte. »Soll ich dir die Dose vorbeibringen? Ich kann sie jetzt gleich holen.«

»Brauchst du nicht. Es sei denn, du willst sie loswerden.« Ihm war der Zwiespalt anzusehen, und er trat von einem Fuß auf den anderen. »Dir fällt es nicht so leicht, dich von Dingen zu trennen, stimmt's?«, fragte sie vorsichtig.

George starrte auf die Fliesen am Boden und trat weiter unbehaglich auf der Stelle.

»Kein Problem. Du musst dich doch von gar nichts trennen. Behalt die Farbe einfach bei dir, vielleicht brauchst du sie noch mal.«

»Hör auf.«

»Tut mir leid, das wollte ich nicht.« Aufbringen wollte sie ihn wirklich nicht. Schließlich war es seine Sache, wenn er mit alldem Krempel leben wollte. Da stand ihr keine Meinung zu.

»So hat ja alles angefangen. Immer alles zu behalten, weil man es irgendwann einmal brauchen könnte.« Mit verkniffenem Mund stieß er die Worte vor.

Nessa schwieg. Wenn er sich ihr anvertrauen wollte, würde er es. Sie stellte einen Becher auf den Tisch und bedeutete ihm, sich hinzusetzen, bevor sie selbst Platz nahm und die Hände um ihren Becher legte. Die Plunder und Croissants lagen unbeachtet auf dem Teller vor ihnen.

George setzte sich, faltete die Hände im Schoß und richtete den Blick auf den Becher vor sich. »Eigentlich hat mein Vater schon damit angefangen. Er hat immer gesagt: ›Wirf nichts weg. Wer weiß, wozu es noch gut ist.‹ Ich kann mich nicht erinnern, dass mein Vater je etwas weggeworfen hat. Damals hatten wir auch nicht viel übrig zum Wegschmeißen, nicht so wie heute. Wenn man zum Metzger ging, wurde das Fleisch nicht in Plastik, sondern in Pergamentpapier eingeschlagen, und meine Mutter hat es einfach abgewischt und wiederverwendet.« Er lachte kurz auf. »Wahrscheinlich nicht besonders hygienisch.« George griff nach dem Becher und nahm einen Schluck. »Mit achtzehn bin ich dann zum Studieren weggegangen und nicht wiedergekommen. Also nur zu Besuch. Und jedes Mal, wenn ich kam, waren Haus und Garage etwas voller. Besonders, als meine Mutter krank wurde. So viel Zeug –«

Abrupt hielt er inne. Wie gerne hätte Nessa ihn jetzt in den Arm genommen, um ihn zu trösten, aber sie hielt sich zurück.

Mit einem weiteren Schluck Tee wappnete er sich zum Weitererzählen.

»Als sie gestorben war, hat sich mein Vater geweigert, irgendetwas von ihren Dingen wegzugeben. Ist noch alles da, ihre Kleider, ihre Medikamente, ihr Kamm. Sogar ihre Zahnbürste.«

Nessa biss sich auf die Lippe, ihr brannten die Augen.

»Ich musste mich um meinen Vater kümmern. Nachdem meine Mutter nicht mehr da war, gab es sonst niemanden. Er war ein guter Mensch, mein Vater. Sanftmütig. Ein Einzelganger. Was hätte ich anderes tun sollen? In ein Altenheim hätte ich ihn nicht stecken können, da wäre er kreuzunglücklich gewesen. Also habe ich meinen Job aufgegeben, bin zurück nach Applewell und habe mich als Buchhalter selbstständig gemacht. Seitdem bin ich wieder hier.« George sah sie an, als wollte er von ihr eine Bestätigung, dass er alles richtig gemacht hatte.

»Mehr, als es versuchen, kann man nicht«, sagte sie und kämpfte mit den Tränen. »Ich bin überzeugt, dass du dein Bestes gegeben hast.«

»Habe ich das?«

»Zweifelst du etwa daran?« Nessa wollte nicht die Psychologin spielen, sondern fragte, weil sie es wirklich wissen wollte.

George zuckte die Achseln. »Er ist ja trotzdem gestorben.«

»George …« Sie wollte über den Tisch nach seiner Hand greifen, zog sie jedoch wieder zurück. »Er wäre immer gestorben. So oder so. Aber ich bin überzeugt, dass er einen viel glücklicheren Lebensabend hatte, weil du bei ihm warst und er in seinem Haus bleiben konnte.«

»Der Bungalow ist kein Zuhause. Er ist ein Mausoleum. Ich hätte darauf bestehen sollen, dass er sich von Mutters Sachen trennt. Ich hätte mich von ihren Sachen trennen sollen. Und dann von seinen.« Endlich blickte er zu ihr auf. »Nun schau mich an.«

»Ist doch noch nicht zu spät. Es ist nie zu spät. Wenn du willst, helfe ich dir.«

»Ich weiß nicht.« George machte ein gequältes Gesicht. Allein der Gedanke, sich von all diesen Dingen zu trennen, musste schwer sein, von der Umsetzung ganz zu schweigen.

»Du musst es wollen. Für dich. Und nicht weil andere Leute denken, dass es sein müsste«, sagte sie.

»Findest du, dass ich es tun müsste?«

»Das habe ich nicht gesagt.«

»Findest du?«, hakte er nach.

Nessa ließ sich mit der Antwort Zeit und wählte ihre Worte mit Bedacht. »Mir kommst du nicht besonders glücklich vor. Deine Unfähigkeit, dich von Sachen zu trennen, kann sowohl Ursache als auch Symptom sein. Wahrscheinlich ist es beides. Und dass du im Grunde recht hast, macht es auch nicht leichter.«

George sah sie fragend an, und Nessa fuhr fort.

»Zum Beispiel meine Küchenschränke. Ich war drauf und dran, mir neue zu kaufen. Wenn du nicht mit der Farbe gekommen wärst und mir so nett geholfen hättest, wären die alten wahrscheinlich auf dem Sperrmüll gelandet. ›Wirf nichts weg‹ sollten sich viel mehr Menschen zu Herzen nehmen. Du hast es damit nur einfach übertrieben.«

Georges Lachen klang bitter. »So kann man es auch sehen.«

»Willst du denn bei dir ausmisten?«, fragte Nessa.

Er verzog das Gesicht. »Sollte ich eigentlich, ist mir schon klar, aber da steckt auch meine Geschichte drin. Das bin ich.«

»Es ist nur ein Teil von dir. Davon solltest du dich nicht bestimmen lassen.«

George wirkte nicht überzeugt. »Das macht mich aber schon so lange aus …«

»Das muss aber nicht so bleiben. Wenn du willst, wenn du es wirklich willst, dann helfe ich dir. Ich will dich überhaupt nicht drängen. Mir ist es egal, ob du in einer Villa oder in einem Pappkarton lebst. Ich möchte nur, dass du glücklich bist.«

Langsam breitete sich ein Strahlen über sein Gesicht, als würde man einen Dimmer bis zum Anschlag hochdrehen. »So etwas Nettes hat noch nie jemand zu mir gesagt«, flüsterte er.

»Haben sich das deine Eltern nicht auch gewünscht? Wünscht man das nicht allen, die man gernhat?« Diesmal griff sie wirklich nach seiner Hand, drückte sie, und er drückte zurück. »Wenn du bereit bist«, wiederholte sie, »dann musst du's auch nicht alleine machen. Ich werde dich bei jedem Schritt begleiten.«

Er blickte zur Decke und blinzelte, bevor er ihr in die Augen sah. »Kann ich's mir überlegen?«

Je eher er sich von den Fesseln der Vergangenheit befreite, desto eher konnte er sich um seine Zukunft kümmern. Eine Zukunft, in der Nessa hoffentlich eine Rolle spielen würde.

35.
George

Zum Glück hast du den Schlüssel von Mairis Hintertür mitgenommen«, meinte Nessa, als sich George später am Tag in den Beifahrersitz ihres Wagens fallen ließ und anschnallte.

»Ich habe mir schon gedacht, dass ihre Tochter bloß den Schlüssel für vorne haben würde«, gab er zurück. Und da die Haustür ja vernagelt war, würde sonst niemand ins Haus kommen, bis sie repariert war. Heute Vormittag war ein Typ gekommen, hatte die Tür lange kopfschüttelnd betrachtet und Luft durch die Zähne gesogen, bevor er verkündet hatte, sie müsse ersetzt werden. George hatte ihm grünes Licht gegeben, notfalls würde er es aus eigener Tasche bezahlen, falls sich Mairis Versicherung querstellen würde.

»Ich bin ja mal gespannt, ob das Krankenhaus ihre Tochter erreicht hat«, sagte Nessa, während sie auf die Straße bog.

George beobachtete sie beim Fahren, bewunderte ihre schnellen und entschlossenen Bewegungen, dann dachte er an seinen Wagen in der Garage. War schon eine Weile her. Bestimmt würde er nicht anspringen. Mit dem Corsa war er aus Liverpool gekommen, hatte dann damit seinen Vater ins Krankenhaus und zum Arzt kutschiert. Nachdem sein Vater gestorben war, hatte er den Wagen unter großen Schwierigkeiten mit vielem Hin- und Herräumen in die Garage gequetscht.

»Meinst du mit dem Autofahren ist es so wie mit dem Radfahren?«, fragte er.

»Hmm? Oh, ähm, glaube schon. Warum?«

»Ich habe ein Auto.«

»Im Ernst?« Sie sah überrascht aus, was er ihr nicht verdenken konnte.

»Steht in der Garage. Bin schon seit Jahren nicht mehr gefahren. Und habe auch schon seit Jahren in keinem mehr gesessen.«

»Wie kommst du denn ohne Auto klar?«

»Sollte ich tatsächlich mal weiter weg müssen, nehme ich den Bus oder ein Taxi. Alles andere erledige ich zu Fuß. Hier in Applewell habe ich ja alles, was ich brauche.« Als er noch einmal über seine Worte nachdachte, wurde ihm klar, dass es stimmte. Besonders seit Nessa hier eingezogen war. Aber natürlich war das nicht die Frage gewesen. »Ich arbeite von zu Hause aus, und was ich nicht im Dorf bekomme, lasse ich liefern. Das ist aber wirklich selten, kommt nur hin und wieder vor, wenn ich mal meinen Computer aufrüste.«

»Hast du nicht noch irgendwo den einen oder anderen Ersatzcomputer rumliegen?«

George hielt die Luft an, bevor ihm klar wurde, dass sie ihn bloß aufzog. Aber nicht so gemein wie damals in der Schule, sondern auf eine nette Art. Und irgendwie war es ja auch gut, dass sie über das Thema offen reden konnten.

»Habe ich tatsächlich, aber die sind alle zu alt und langsam. Die müssten auch aufgerüstet werden.«

»Du könntest sie ja an Bastler verkaufen.« Nessa kurbelte das Fenster herunter, und der Wind fuhr ihr durchs Haar.

»Geht nicht.«

Nessa machte ein langes Gesicht, und er konnte sich schon denken, was in ihr vorging. »Nicht, dass ich sie unbedingt behalten will«, meinte er, obwohl er das wollte (allein die Vorstellung, sie nicht mehr im Bungalow zu haben, machte ihn kribbelig). »Auf den Rechnern sind noch Daten von Mandanten. Ich habe sie zwar auf Werkseinstellung zurückgesetzt, aber wenn die in falsche Hände geraten …«

»Verstehe.« Auf einmal hellte sich ihre Miene auf. »Du könntest die Festplatte rausnehmen und das Gehäuse verkaufen«, schlug sie vor.

Nun fühlte George sich entmutigt, die Frau hatte offenbar auf alles eine Antwort. Plötzlich wurde ihm bewusst, dass er vielleicht doch nicht so scharf darauf war, den Bungalow zu entrümpeln.

Doch wenn er sich verändern wollte – und das wollte er auf jeden Fall –, musste er sich einen Ruck geben. All die Besitztümer, die ihn zurückhielten. Immerhin hatte er schon die Angewohnheit durchbrochen, sich jeden Tag die Zeitung zu kaufen. Er musste Nessa noch die restliche Farbe schenken, und das würde er auch tun. Nur nicht heute. Morgen vielleicht. Und die Pralinendose hatte er ihr ja auch gegeben, das war ja schon mal ein Anfang.

Kleine Schritte. Nur nichts überstürzen, sonst würde ihn das Ausmaß der Aufgabe überwältigen. Die Farbe aufzubrauchen, hatte ihm regelrecht Freude bereitet, wenngleich sie nicht gereicht hatte. Nessa die Pralinendose zu geben, war nicht das Gleiche, denn er hatte ja gehofft, sie wiederzubekommen, gefüllt mit köstlichem Kuchen, das zählte also nicht.

Im Grunde wollte er gar nichts in seinem Haus »loswerden«. Ihm war der Ausdruck allein gründlich zuwider, aber »wegschmeißen« war noch schlimmer. Und wo sollte er überhaupt anfangen? An allem hingen Erinnerungen … wobei das nicht so ganz stimmte. Die Eierkartons hatten keinen ideellen Wert, außer dass man darin Eier aufbewahren und vielleicht Räume schallisolieren und dämmen konnte. Sie bedeuten ihm nichts, warum fiel es ihm dann so schwer, sich davon zu trennen?

Durch das Auftauchen des Krankenhausschilds wurde er jäh aus seinen Gedanken gerissen. Es dauerte eine Weile, bis sie einen Parkplatz gefunden hatten, und George war froh, aussteigen zu können. Er hatte schon ewig nicht mehr so lange auf solch beengtem Raum gesessen – eigentlich ja abwegig, denn sein Bungalow war ein einziger enger Raum –, deshalb fühlte er sich rastlos und ängstlich. Vielleicht lag es auch daran, dass er seinen Vater unzählige Male in dieses Krankenhaus gebracht hatte. Oder weil Nessa bloß eine Armlänge von ihm entfernt saß und ihn ihre Nähe zermürbte. Denn er war es nicht gewohnt, jemanden küssen zu wollen, und er hatte sie unbedingt küssen wollen.

Wollte er immer noch, doch der Krankenhausparkplatz war wohl nicht der geeignete Ort, besonders nicht, weil sie beide an Mairi dachten.

Mairi war so winzig, dass sie in dem riesigen weißen Bett wie eine Puppe wirkte. George war bestürzt. Sonst hatte sie immer nur so vor Leben gesprüht, nun wirkte sie fahl und gebrechlich. Beim Anblick all der Kabel und Schläuche, an die sie angeschlossen war, krampfte sich sein Herz zusammen. Doch es ermutigte ihn, dass ihre Augen aufleuchteten, als sie das Zimmer betraten. Immerhin gab es noch Hoffnung.

»Nessa«, flüsterte sie, und Nessa beugte sich über sie und küsste sie auf die Wange. George hätte ihr auch gerne einen Kuss gegeben, aber dafür kannten sie sich nicht gut genug, wie er beschämt zugeben musste. Dabei hatte er jahrelang in unmittelbarer Nachbarschaft zu ihr gelebt. Er hätte ihr ein besserer Nachbar sein sollen.

George wusste nicht, was er sagen sollte. Nessa schnappte sich die Patientenakte am Fußende und vertiefte sich darin. »Gibt's was Neues?«, fragte er.

»Nicht viel. Bloß allgemeine Werte wie Blutdruck, Medikamente, Stuhlgang – «

George winkte ab. »So genau wollen wir das gar nicht wissen, oder Mairi? Manches sollte doch privat bleiben.«

Mairis Lippen bewegten sich. Um besser zu hören, trat George einen Schritt näher und beugte sich hinunter.

Als er endlich verstand, was sie sagte, schoss er erschrocken hoch. Kamen solche Dinge wirklich aus dem Mund alter Damen?

Nessa zog ihn beiseite. »Hat sie was Unanständiges gesagt?«

George riss die Augen auf und nickte nur. Hoffentlich wollte Nessa nicht wissen, was es war.

»Das kommt vom Schlaganfall. Manchmal wirkt sich das aufs Verhalten aus.« Sie verzog das Gesicht. »Je nach Schwere können solche Störungen auch bleiben. Da können die Besuche ja heiter werden.«

George pfiff leise. Und wie.

Er hoffte bloß, dass er Mairis Vorschlag irgendwann einmal in die Tat umsetzen würde. Nachdem Nessa schon sein Herz erobert hatte, würde er sie nun gerne auch im Bett erobern.

36.
Nessa

Was immer Mairi ihm zugeflüstert hatte, hatte George offenbar so irritiert, dass er auf der Suche nach der Stationsschwester davoneilte und erst kurz vor Ende der Besuchszeit wieder zurückkehrte. Als er sich von Mairi verabschiedete, tat er das vorsichtig wie eine Maus, die in der Nähe eine Katze witterte. Nur zu gerne hätte Nessa nachgefragt, ließ es aber bleiben. Sie wollte George nicht noch mehr verschrecken. Er machte gute Fortschritte, und die wollte sie nicht gefährden.

Nachdem George ihr auf der Rückfahrt erzählt hatte, dass Mairis Tochter heute aus dem Urlaub zurückkomme und Mairi monatelange Reha bevorstehe, schwiegen sie die meiste Zeit. Das klang ziemlich traurig und ernüchternd, und Nessa tat es so leid um ihre Freundin. Wenn sie ihr doch nur irgendwie helfen könnte.

Sie parkte den Wagen in der Einfahrt und überlegte, was sie mit dem Rest des Tages anfangen sollte.

George nahm ihr die Entscheidung ab, als er beim Aussteigen fragte: »Was hast du denn heute noch vor? Ich brauche erst einmal frische Luft. Hast du auch Lust auf einen Spaziergang?«

Es war ein warmer und sonniger Tag, ein wenig Bewegung würde ihr guttun, da würde sie auch wieder klar im Kopf werden. Nach Lesen oder Backen war ihr nicht zumute, und im Haushalt gab es kaum etwas zu erledigen. Sie würde bloß herumsitzen und sich um Mairi sorgen.

»Super Idee! Wie wär's mit einem Picknick? Ich weiß ja nicht, wie es dir geht, aber ich habe heute Mittag vor unserem Besuch kaum was runtergekriegt. Nachdem ich Mairi jetzt gesehen habe, habe ich ein besseres Gefühl.« So ganz stimmte das nicht, aber sie musste George ja nicht gleich auf die Nase binden, dass sie für Mairis Zukunft schwarzsah. Besonders, da auch das Krankenhaus sich mit Prognosen sehr zurückgehalten hatte.

»Das wäre schön.« Er verzog das Gesicht. »Bei mir im Kühlschrank sieht es allerdings mau aus.«

»Ich habe mehr als genug, wenn du nichts gegen Schweinepastete und Sandwiches hast. Ich könnte uns welche mit Käse und Gurke machen. Außerdem habe ich noch eine dicke Scheibe Dominokuchen, wenn du magst.«

»Ich kann einen Korb beisteuern, den aus dem *Busy Bumble*. Hatte noch keine Gelegenheit, ihn zurückzubringen.« Gequält lächelte er sie an. »Im Esszimmer habe ich einen Picknickkorb mit allem Pipapo, Salz- und Pfefferstreuer, einem Flaschenöffner, alles eben. Zu schade, dass ich nicht rankomme.«

Sie wechselten einen betrübten Blick.

»Fürs Erste behelfen wir uns mit dem Korb aus dem Pub«, sagte Nessa, »aber deinen graben wir auch aus, damit wir ihn beim nächsten Mal benutzen können. Was meinst du?«

Hoffentlich begriff er, was das implizierte, nämlich dass es ein weiteres Mal geben würde. Dass das Picknick keine einmalige Angelegenheit wäre. Innerlich glühte sie vor Aufregung. Jetzt ging es um mehr als nette Nachbarschaft, sie verbrachte gerne Zeit mit ihm.

Anscheinend hatte er den Wink verstanden, denn er kam zur Fahrerseite und gab ihr einen Kuss. Kein Küsschen auf die Wange oder einen schnellen Schmatzer, sondern einen richtigen, atemraubenden Zungenkuss.

Als er von ihr abließ, sah sie ihn groß an, ihr Gesicht war heiß, sicher war sie rot geworden. Sie rang nach Atem.

Dieser Mann war unglaublich. Sie hätte nichts dagegen gehabt, ihn den Rest des Tages zu küssen, und so voll Verlangen, wie er sie ansah, ging es ihm offenbar genauso.

»Dann kümmere ich mich jetzt mal ums Picknick«, sagte sie, um die Spannung aufzulösen.

»Gute Idee«, entgegnete er. Doch als sie ihm hinterhersah, wie er zu seinem Bungalow verschwand, wollte sie ihn eigentlich bloß ins Bett zerren.

Kurze Zeit später machten sie sich entlang der Felder zum Strand auf. Der vertraute Weg kam ihr auf einmal fremd vor, vielleicht weil sie nicht allein war. George lief neben ihr mit dem Korb in der Hand, der Wind zerzauste ihm das Haar. Statt seiner förmlichen Kluft trug er ein Hemd mit hochgerollten Ärmeln, Jeans und Stiefel. Stand ihm gut.

Nessa drückte die Picknickdecke an sich und überlegte, wie er wohl reagieren würde, wenn sie seine Hand nahm.

Obwohl der Spaziergang seine Idee gewesen war und er sich ja auch bereitwillig hatte küssen lassen – einmal hatte er den Kuss sogar initiiert –, wusste sie nicht, wie sie diesen Ausflug deuten sollte. War es ein Date? Oder einfach ein Ausflug unter Freunden?

Es gab nur eine Möglichkeit, es herauszufinden.

Aufgeregt schob sie ihre Hand in seine.

Hand in Hand wie ein Liebespaar zu laufen, fühlte sich so gut an, dass Nessa ihr Glück am liebsten von den Klippen geschrien hätte, auf die sie zusteuerten.

Sobald sie den Küstenpfad erreicht hatten, wechselte George wie ein Gentleman die Seite, um an der steil abfallenden Passage zu laufen, dann ergriff er erneut ihre Hand, doch auf dem felsigen Abstieg bis zur Bucht mussten sie hintereinander gehen. George ging voraus, und natürlich wusste sie, dass er es tat, um ihren Sturz notfalls abfangen zu können. Ihr tat es gut, so beschützt zu werden.

So hatte sie sich seit ihrer Ehe nicht mehr gefühlt, immer war sie sonst diejenige gewesen, die sich um andere kümmerte. Natürlich hing das mit ihrem Job zusammen, aber es lag auch an ihrem Wesen. Es war ein schönes Gefühl, wenn sich auch mal jemand um sie sorgte.

Vielleicht hatte George das auch gefehlt? Jemanden, um den er sich kümmern konnte. Jemanden, den er lieben konnte. Nessa hoffte, dass sie dieser jemand sein würde. Eines Tages. Denn sie hatte ihn schon ins Herz geschlossen und wüsste nicht, wie sie damit klarkäme, wenn er ihre Gefühle nicht erwidern würde.

»Wenn wir zurückkommen, baue ich die Schranktüren wieder ein. Natürlich nur, wenn du willst. Bis dahin sind sie gut durchgetrocknet.« George drückte ihre Hand, die er unten am Strand wieder ergriffen hatte, und so liefen sie händchenhaltend durch den Sand.

»Das wäre super, und als Dankeschön mache ich uns noch ein Abendbrot. Nur eine Kleinigkeit, weil wir ja gleich picknicken, aber irgendwas Leckeres wird mir schon einfallen.«

»Du hast es dir in den Kopf gesetzt, mich aufzupäppeln, stimmt's? Sehe ich denn aus, als hätte ich es nötig?«

»Ehrlich gestanden, ja.«

»Bin ich dir etwa zu mager?« Er blieb stehen, nahm ihr die Decke ab und breitete sie auf dem Sand aus.

»Überhaupt nicht. Du bist schlank, aber nicht mager. Was ich damit sagen will, ist, dass du es vielleicht zu schätzen weißt, wenn mal jemand anderes für dich kocht.«

»Und was ist mit dir? Du lebst doch auch alleine. Hast du nicht auch manchmal die Nase voll vom Kochen?«

Nessa ließ sich auf der Decke nieder und zog sich die Turnschuhe aus. George setzte sich dazu und kämpfte mit den Stiefeln. »Ich habe mich dran gewöhnt«, meinte sie. »Selbst als ich verheiratet war, ist das Kochen immer an mir hängen geblieben.«

»Du warst mal verheiratet?«

Sie nickte. »Das war mit zwanzig und hat nicht lange gehalten.«

»Hat es denn seither jemanden gegeben?«

Es wäre ein Leichtes gewesen, diese Frage zu umgehen, aber Nessa entschied sich, die Karten auf den Tisch zu legen. Für Spielchen war sie einfach zu alt. Wenn ihre Beziehung eine Chance haben sollte, wollte sie es wissen. Wenn sie dafür bestimmt waren, mehr als Freunde zu sein, wollte sie es auch wissen. Liebe war wirklich das Letzte, was sie bei ihrem Umzug nach Applewell im Sinn gehabt hatte. Doch sie hatte sie gefunden, und je schneller sie klare Verhältnisse schuf, desto besser.

»Nicht bis jetzt«, antwortete sie ruhig.

George schwieg. Er schaute eine sehr, sehr lange Zeit aufs Meer hinaus, so dass Nessa schon glaubte, ihre Antwort bekommen zu haben.

Dann sagte er, immer noch mit dem Blick aufs Meer: »Mir geht es genauso. Du bist besonders, Nessa Millbrook, und ich möchte dich gerne noch viel besser kennenlernen.«

Nessa musste sich auf die Lippe beißen, um sich das Lächeln zu verkneifen. »Ist das denn jetzt … ein Date?«

»Willst du denn, dass es ein Date ist?« Seine Miene gab nichts preis, aber in seiner Stimme schwangen Hoffnung und Angst mit.

»O ja, unbedingt.«

»Dann ist es ein Date.« Und damit nahm er sie in die Arme und küsste sie so, dass sie um sich herum alles vergaß.

37.
George

George kannte sich insofern mit Dates aus, als er Radiosendungen gehört und darüber gelesen hatte. Eigene Erfahrungen lagen schon etliche Jahre zurück. Ob sich viel geändert hatte, seit er das letzte Mal eine Frau ausgeführt hatte? Oder lief es noch genauso ab wie damals?

Heutzutage schien es jedenfalls gang und gäbe zu sein, dass die Frau auch den Mann auf ein Date einlud. Zu seiner Zeit hatte es das nicht gegeben. Zumindest war ihm das nie widerfahren. Außerdem kam ihm das auch komisch vor. Vielleicht war er in der Hinsicht ja altmodisch, aber er fand, dass der Mann die Frau fragen sollte, und jetzt überlegte er, ob die Idee mit dem Spaziergang gestern schon als Date galt, ohne dass er sich dessen bewusst gewesen war.

Das Picknick am Strand und die Küsserei hatten sich schon sehr nach einem Date angefühlt. Mit glühenden Wangen dachte er an Nessas weiche Lippen, und wie köstlich ihre Küsse schmeckten. Wie gut sie sich angefühlt hatte, als er sie an sich gedrückt und die Arme um sie geschlungen hatte. Ihre Hände in seinem Nacken und ihr warmer Atem in seinem Gesicht.

Gestern Nacht hatte er lange nicht einschlafen können, weil er den Tag immer wieder in Gedanken durchspielte und jede Sekunde davon genoss. Jedes Mal, wenn er an Nessa dachte (eigentlich unablässig), schlug sein Herz schneller, und ein Kribbeln erfasste ihn. Angst, Freude und Hoffnung erfüllten ihn gleichermaßen.

Die vergangenen Tage waren eine Achterbahn, aus der er nicht wieder aussteigen wollte. Noch nie hatte er sich so lebendig gefühlt. Nessa hatte Sonne in sein düsteres Leben gebracht. Ihr strahlendes Wesen hatte ihm erst klargemacht, in welcher Dunkelheit er gelebt hatte.

Ohne Vorwarnung schienen die Wände des Bungalows ihn mit einem Mal zu erdrücken. Er musste raus. Er sprang aus dem Bett, wusch sich, zog sich in Windeseile an und war schon zehn Minuten später aus dem Haus.

Dass er sich dann vor Nessas Haustür wiederfand, war keine Überraschung.

»Guten Morgen«, sagte sie beim Öffnen der Tür. Ein Lächeln kräuselte ihre Lippen, und er sehnte sich danach, sie zu küssen. »Gehst du deine Zeitung kaufen?«

»Nein, ich … ähm …«

»Komm rein. Ich habe gerade mit dem Krankenhaus gesprochen, aber die haben bloß gesagt, dass Mairi keine Schmerzen hat.«

»Wollen wir sie heute besuchen?«, fragte er, während er ihr in die Küche folgte.

»Die Stationsschwester meinte, dass ihre Tochter später vorbeikommt, also lieber nicht. Zu viele Besucher ermüden sie vielleicht zu sehr.«

»Oh, okay.« Was sollte er jetzt sagen? »Willst du mit mir gehen?«, rutschte ihm einfach so heraus. Mist, er klang wie ein Vierzehnjähriger.

»Wie meinst du ›gehen‹? Zusammen sein?« Nessa wirkte ratlos.

»Ähm, ja, wenn du willst. Ich dachte aber eher an heute wohin gehen.«

»Ach so.« Nessa senkte den Blick und er fürchtete, sie in Verlegenheit gebracht zu haben.

»Natürlich möchte ich mit dir zusammen sein.« Nun hielt sie ihn womöglich für aufdringlich.

Nessa sah ihn unter halb gesenkten Wimpern an. »Gut, das wäre geklärt. Dann ist es zwischen uns beiden jetzt offiziell.«

»Ach ja? Ja!« Nun musste er sich mal am Riemen reißen, er hatte sich schon genug blamiert.

Da kicherte sie und steckte ihn mit ihrem Kichern an.

»Man sollte doch meinen, dass es mit dem Alter leichter wird«, sagte er.

»Kommt wohl drauf an, wie viel Übung man hat. Ich hatte in den letzten zwanzig Jahren nicht so viel Übung.«

»Ich auch nicht«, räumte er ein, und sie lächelten sich an. Sollte er sie jetzt küssen? Und wohin sollte er sie ausführen? Ein gutes Abendessen wäre sicher angebracht, aber dafür war es noch zu früh. So lange wollte er nicht warten, aber es fiel ihm auch nichts ein. Ihm fiel bloß der Pub ein, doch darauf hatte er keine Lust, auch wenn es der einzige Laden war, den man ohne Auto erreichen konnte. Im *Busy Bumble* kannten ihn einfach zu viele Leute, die Blicke und das Getuschel könnte er nicht ertragen. Und das wäre unweigerlich so, denn er hatte seit Jahren keinen Fuß mehr in den Pub gesetzt. Und in Begleitung einer Frau war er auch noch nie gesehen worden. Für die Dorfbewohner wäre es ein gefundenes Fressen.

Ihm blieb die Antwort erspart, weil es an der Tür klopfte.

Nessa zog die Augenbrauen hoch. »Wer kann denn das sein? Ich erwarte niemanden.«

George betete, dass es ein Lieferant war, und keiner aus dem Dorf. Wenn ihn jemand bei Nessa sah, würde es mehr als bloß hochgezogene Brauen geben.

»Hi, ich bin Alison«, hörte er eine Frau sagen. »Ich komme gerade vom Krankenhaus. Danke, dass Sie sich so lieb um meine Mutter gekümmert haben.«

»Kommen Sie doch rein. Wie geht's ihr denn?« Nessa führte eine Frau in seinem Alter in die Küche. George stand auf. »Das ist George. Er wohnt nebenan. Wollen Sie einen Tee mit uns trinken?«

»Nein, danke. Ich kann nicht bleiben.« Alison hatte dunkle Ringe unter den Augen und Falten um den Mund. »Ich bin nur ganz kurz bei Mum gewesen, weil es noch so früh war. Ich bin praktisch vom Flieger direkt ins Krankenhaus, aber heute Nachmittag besuche ich sie richtig.« Sie seufzte. »Mum geht es den Umständen entsprechend, was immer das heißt. Ich habe den Arzt bei seiner Visite erwischt, aber viel habe ich nicht aus ihm rausbekommen. Noch sind die Untersuchungen nicht abgeschlossen, sie wollten sich auf gar nichts festlegen, meinten bloß, jeder Schlaganfall sei anders.«

»Was haben Sie denn für einen Eindruck von ihr?«, fragte Nessa.

»Mir kam sie ängstlich vor, schwach, ein wenig verwirrt. Da steht uns noch ein langer Weg bevor. Jedenfalls wollte ich mich nur kurz bedanken. Und ich wollte mich erkundigen, was ich Ihnen für die Tür schulde.«

George hielt den Kopf gesenkt und murmelte: »Gar nichts.« Geholfen hatte er gerne, nur war es ihm unangenehm, wenn jetzt so ein Gewese darum gemacht wurde.

»Sie mussten doch jemanden kommen lassen für die Tür«, sagte Alison beharrlich.

»Nein.« George wand sich unter ihrem Blick. Ihm war bewusst, wie mürrisch er klang, doch er konnte nicht anders.

»George hat Mairis Tür selbst vernagelt«, mischte sich nun Nessa ein. »Er ist ziemlich geschickt.«

»Dann muss ich Sie doch wenigstens für das Material entschädigen«, entgegnete Alison.

Er schüttelte den Kopf. »Nicht nötig.«

»George hat den ganzen Schuppen voller Holzreste, die hat er genommen«, sagte Nessa.

George war froh, denn er spielte sich nicht gerne in den Vordergrund.

»Ein Mann war da und hat sich die Tür angesehen«, platzte er heraus. Darüber musste Mairis Tochter Bescheid wissen. »Da muss eine neue Tür rein und ein neuer Rahmen. Ich hab's einfach bestellt, das gleiche Modell. Tut mir leid. Ich komme auch gerne für die Kosten auf.« Ihm war das fürchterlich unangenehm, wahrscheinlich hatte er mal wieder alles falsch gemacht.

»Quatsch!«, rief Alison. »Wenn Sie mir die Firma nennen, kümmere ich mich um alles Weitere. Ich muss mich heute sowieso mit ihnen in Verbindung setzen und fragen, wie schnell sie das machen können. Solange Mum im Krankenhaus ist, wollte ich nämlich in ihrem Haus wohnen.«

»Ich habe einen Schlüssel für die Hintertür«, sagte er. »Den hole ich mal schnell.«

»Ach, das ist aber nett!«

George war froh, ein paar Minuten für sich zu sein. Auch wenn er Nessa dankbar war, dass sie ihm manche Antworten abgenommen hatte, war es doch oberpeinlich gewesen. Er hatte schon immer Probleme gehabt, Lob anzunehmen, und Dank war fast noch schwieriger.

Mairis Schlüssel lag auf dem Schreibtisch, wo er auf keinen Fall verloren gehen konnte, damit kehrte er zu Nessa zurück. Hoffentlich wurde es zwischen den Frauen kein Endlosgespräch.

»Bitte«, sagte er und reichte Alison den Schlüssel.

»Danke für alles, was Sie getan haben«, sprudelte es aus ihr hervor.

»Gern geschehen«, murmelte George, den Blick jedoch fest auf den Boden geheftet.

»Grüßen Sie Ihre Mutter heute Nachmittag ganz herzlich. Und wir würden sie dann morgen besuchen, wenn es geht?«

»Bestimmt geht das. Heute Abend werde ich erst einmal nach Swansea zurückfahren. Morgen komme ich wieder, aber vor dem Nachmittag werde ich nicht im Krankenhaus sein. Nach unserer Italien-Reise habe ich meinen Mann mit den Koffern nämlich bloß zu Hause abgesetzt, den muss ich also auch noch abholen. Wir werden dann ein paar Tage bei Mum wohnen, bis wir mehr wissen.«

»Bestimmt wird alles gut«, meinte Nessa, doch in ihrer Stimme schwang Besorgnis mit. »Wenn wir Ihnen irgendwie helfen können, sagen Sie einfach Bescheid«, fügte sie hinzu.

»Das ist wirklich nett.« Alison spielte mit dem Schlüssel. »Dann gehe ich mal und packe noch ein paar Sachen für Mum. Sie wird wohl eine ganze Weile im Krankenhaus bleiben.«

Nessa begleitete sie zur Tür. Mit einem Ohr lauschte George dem Gespräch, mit dem anderen Sylvias sonorem Schnurren, die sich an seinem Bein rieb.

Er bückte sich und streichelte ihr über den Kopf, fasziniert, wie seidig weich sich ihr Fell anfühlte. Mit Tieren konnte er nicht so viel anfangen, aber als Junge hatte er viele Tierdokus gesehen. Katzen waren ihm allerdings ein Rätsel.

Sylvia stand auf den Hinterpfoten und presste ihr Köpfchen in seine Hand.

»Sie mag dich«, sagte Nessa.

Erschrocken fuhr er zusammen. Er hatte sie gar nicht zurückkommen hören und fühlte sich ertappt.

Heute Morgen schien ihm wirklich alles peinlich zu sein, doch was war schon dabei, eine Katze zu streicheln? Deshalb hielten sich Leute doch Katzen. Und jetzt verstand er auch den Reiz. Sylvia war ziemlich süß und zutraulich, was ihn überraschte, denn er hatte immer geglaubt, dass Katzen einzelgängerisch und kühl seien. So wie er.

»Ich mag sie auch«, sagte er. »Sie ist sehr freundlich.« Er zögerte. »Darf ich dich mal was fragen? Warum hattest du sie damals an der Leine, als du eingezogen bist? Ich wusste gar nicht, dass man mit Katzen Gassi gehen kann.«

»Manche Leute führen ihre Katzen regelmäßig an der Leine aus, aber Sylvia war bloß angeleint, weil ich nicht wollte, dass sie wegläuft.«

»Ach so.«

»Du hast mich für verrückt gehalten, stimmt's?«

»Kann sein …«

»Willst du dich wirklich mit einer Verrückten einlassen?«

Natürlich neckte sie ihn bloß. »Auf jeden Fall.«

»In dem Fall frage ich dich jetzt, ob du mit mir ins Gartencenter gehen würdest? Ist nicht besonders romantisch, aber das hatte ich für heute geplant. Mein Garten sieht fürchterlich aus. Als Erstes muss ich einen neuen Rasenmäher kaufen, und dann hätte ich gerne ein paar schöne Blumenbeete und vielleicht noch ein Wasserspiel.«

»Den Rasenmäher kann ich aber reparieren«, meinte George.

»Ehrlich?«

Er nickte. Ein Wasserspiel konnte er wahrscheinlich auch noch herbeizaubern. Im Schuppen lag eine alte Tonne, damit müsste es gehen. Wobei er wahrscheinlich keine Pumpe besaß. Wasserspiele waren nicht unbedingt ein Hobby seines Vaters gewesen.

»Das wäre toll! Trotzdem würde ich gerne ins Gartencenter.«

»Ich auch.« George war noch nie in einem gewesen, deshalb war er neugierig, aber auch sonst wollte er gerne dorthin gehen, wo Nessa war.

So, wie er sich fühlte, wollte er sie nie wieder aus den Augen lassen.

38. Nessa

So ein Besuch im Gartencenter hatte doch etwas Solides. Und dann auch noch in Begleitung von George, als wären sie ein richtiges Paar.

Als sie auf die Schiebetüren zutraten und sie ihr Spiegelbild im Glas sah, fand sie, dass sie wirklich gut zusammenpassten, und irgendwie kam es ihr fast schicksalhaft vor, als wären sie füreinander bestimmt.

Natürlich war die Idee, dass es nur »den Einen« gab, also jeder Mensch einen Seelenverwandten hatte, irgendwie albern, aber insgeheim hoffte sie doch, dass sie nun ihren Seelenverwandten gefunden hatte. Nach all den Jahren des Alleinlebens war sie jemandem begegnet, mit dem sie gerne den Rest ihres Lebens verbringen wollte.

Ein verrückter Gedanke für einen Mittwochnachmittag im *Nature's Garden Centre*, dachte sie, und lachte in sich hinein. Wie konnte sie ein Leben mit George planen, wo sie ihn doch kaum kannte?

Doch der Gedanke ließ sich nicht so leicht vertreiben. Und wann kannte man überhaupt einen Menschen gut genug? Sie wusste, dass sich hinter Georges bisweilen schroffer Art ein liebenswürdiger Mensch verbarg. Dass er verletzt und einsam war und in seinem täglichen Trott feststeckte. Und dass er etwas für sie empfand. Vor allem aber wusste sie, dass sie sich langsam, aber sicher in ihn verliebte.

George hatte so viele Seiten, und heute Nachmittag hatte sie das Vergnügen, seinen Spieltrieb kennenzulernen.

»George, wo steckst du?«, rief sie.

Sie hatten sich bei den Gartenhäusern umgesehen, Nessa spielte ernsthaft mit dem Gedanken, sich eines hinten in den Garten zu setzen, wo es besonders sonnig war. Sie sah sich schon an einem kühlen Augustabend mit George und einem Glas Wein in der Hand neben einer wärmenden Feuerschale sitzen. Doch als sie ihm den Vorschlag machen wollte, war er plötzlich verschwunden.

»George?« Weit konnte er ja nicht sein. Gerade hatte er noch hinter ihr gestanden und mit der Hand über die geschliffenen Holzstreben einer Veranda gestrichen, die zu einem schönen Gartenhaus gehörte.

Die Tür zu einem der Gartenhäuser stand einen Spalt offen, ob er da wohl reingegangen war? Durch die Fenster konnte sie ihn nicht sehen, dennoch stieß sie die Tür auf und –

»Huch!« Er trat hinter der Tür vor, packte sie von hinten um die Taille und schwang sie zu sich herum. Dann prallte sie gegen seine Brust und spürte die Kraft in seinen Armen, als er sie an sich presste.

»Was dagegen?«, fragte er heiser und beugte sich über sie.

Einen Moment lang fürchtete sie, es könnte sie jemand sehen, aber sie wollte ihn auch unbedingt küssen. Und was war schon dabei, wenn ein paar ältliche Damen sie beim Knutschen erwischten? Ihr Verlangen wurde immer größer.

Sie schmiegte sich an ihn, neigte den Kopf und schloss die Augen. Anfangs berührten sich ihre Lippen nur ganz zart. Nessa hatte Schmetterlinge im Bauch, ihre Knie zitterten und sie bekam kaum noch Luft.

Als George den Kuss vertiefte, wurde ihr schwindelig. Ihr

Puls raste, und ihr Herz drohte aus dem Brustkorb zu springen. Was machte dieser Mann bloß mit ihr?

In ihr regte sich ein solches Verlangen, dass sie erschrocken zurückwich.

Augenblicklich machte er einen zerknirschten Eindruck. »Tut mir leid –«, doch sie legte ihm einen Finger auf die Lippen.

»Nicht doch, ich küsse dich gerne. Ich küsse dich sehr gerne, bloß nicht hier. Sonst tue ich nachher noch was, was ich später bereue.«

»Oh?« Er machte große Augen, und sie spürte, wie sich sein Mund zu einem Grinsen verzog. Hastig nahm sie den Finger von seinen Lippen, sie war kurz davor gewesen, ihm den Finger in den Mund zu stecken und –

O nein, daraus wurde nichts, nicht jetzt und hier schon gar nicht, wobei sie sich sehr eine Fortsetzung wünschte, und er offensichtlich auch. Seine Augen strahlten, seine Lippen waren leicht geöffnet, und auch er rang nach Atem. Aus Angst, was sie sonst noch in seinem Blick lesen könnte, sah sie weg und griff nach seiner Hand, drückte sie kurz und schlüpfte aus dem Häuschen.

Als er kurz danach nach draußen trat, schlug sie vor, im Gartencenter-Café eine Kleinigkeit zu essen.

»Etwas Leichtes«, sagte sie, »ein Sandwich oder einen Salat, so dass wir bis zum Abend durchhalten.«

Bevor er antwortete, räusperte er sich und sagte: »Gute Idee, ich bin auch ziemlich hungrig.« Damit wandte er sich grinsend ab und ließ keinen Zweifel daran, worauf er tatsächlich Appetit hatte.

Nessa wurde mit einem Mal ganz heiß, und sie musste sich auf die Lippen beißen, sonst hätte sie ihn zurück ins Gartenhaus geschleift, um zu beenden, was sie begonnen hatten.

Irgendwie genoss sie das Gefühl, nicht mehr alles unter Kontrolle zu haben, ein wenig schamlos und unanständig zu sein. Sie konnte sich nicht erinnern, wann sie zuletzt so auf einen Mann reagiert hatte. Sie wollte George, und offensichtlich wollte er sie.

Und in dem Moment drängte sich ihr schlagartig eine Frage auf: Was hielt sie denn zurück? Ihr fiel kein einziger Grund ein. Sie waren beide erwachsen, Single und niemandem Rechenschaft schuldig.

»Vergiss es!«, rief sie. »Ich habe eigentlich gar keine Lust auf Mittag. Du?«

Von seinem Blick bekam sie butterweiche Knie. »Nein, ich auch nicht.« Seine Stimme war rau und kehlig. Dann warf sie alle Bedenken über Bord, schnappte sich seine Hand und rannte mit ihm durch das Gartencenter zum Parkplatz.

Blumen und Wasserspiele waren vergessen. Sie dachte bloß dran, nach Hause zu kommen und ihn mit nach oben zu nehmen.

George schien auch nichts weiter zu sagen zu haben. Hin und wieder warf er ihr lüsterne Blicke zu, die ihr das Blut in die Wangen trieben.

Doch nachdem sie den Wagen geparkt hatte, sie ausgestiegen waren und ins Haus traten, bekamen sie beide plötzlich Angst vor ihrer eigenen Courage. Im Flur blieben sie stehen und wagten kaum, einander anzusehen.

Meine Güte, war das peinlich, dachte Nessa, und tat, was jede britische Frau mittleren Alters unter diesen Umständen tun würde.

»Ich setze mal Wasser auf, was meinst du?« Damit schlüpfte sie an ihm vorbei in die Küche. Er folgte ihr mit Abstand und kam auch nicht mit in die Küche, sondern blieb im Türrahmen stehen und sah ihr beim Teemachen zu.

»Hast du Hunger?«, fragte sie. Hätte sie bloß keinen Blick riskiert, in seinen Augen lag schon wieder eine solche Leidenschaft.

»Ja.«

»Soll ich uns was machen?«

»Wenn du willst.«

»Ich könnte uns ein Sandwich machen.«

Er fluchte leise und machte dann zwei Schritte auf sie zu. Geht doch, dachte sie, und schon hatte er sie in seine Arme genommen.

»Willst du wirklich ein Sandwich?«, fragte er, und Nessa kicherte nervös.

»Eigentlich nicht.«

»Dachte ich mir doch«, knurrte er. Als er sie küssen wollte, wich sie vor ihm zurück. Im ersten Moment wirkte er gekränkt, doch als sie ihn bei den Händen nahm und zur Treppe nach oben zog, verstand er.

»Bist du dir sicher?«, fragte er.

»So sicher wie noch nie in meinem Leben«, sagte sie und bewies ihm daraufhin, wie sicher sie war.

39.
Nessa

Als Nessa am Morgen in den Spiegel sah, erlebte sie eine Überraschung: Ihre Augen strahlten regelrecht, ihre Haut war frisch und rosig und die Lippen prall, wobei das sicher von all der Knutscherei kam und anderen Dingen.

Beim Gedanken an die anderen Dinge färbten sich ihre Wangen gleich eine Spur dunkler.

Das hätte sie ihm wirklich nicht zugetraut! Man sah es ihm so gar nicht an. Stille Wasser waren eben tief.

Den Nachmittag hatten sie komplett im Bett verbracht, nur der Hunger hatte sie irgendwann nach unten in die Küche getrieben. Doch selbst die Zubereitung des Abendessens war nicht ohne Zwischenfälle geblieben. Vielleicht sollte sie den Küchentisch später mal gut abwischen.

Anschließend hatten sie sich wieder ins Bett zurückgezogen, wo sie bis zum Morgen geblieben waren, bis Nessa Sylvias anklagendes Maunzen nicht mehr ignorieren konnte und nach ihrer armen Mieze geschaut hatte.

Sylvia war sichtlich verstimmt, weil die Schlafzimmertür die ganze Nacht über verschlossen geblieben war, während sie sich auf der einen und Frauchen auf der anderen Seite der Tür befunden hatte. Nessa hätte ihren Liebling ja vielleicht sogar reingelassen, wenn sich im Schlafzimmer so etwas wie Schlaf abgespielt hätte. Doch sie und George hatten kaum geschlafen, deshalb musste Sylvia draußen bleiben.

Eigentlich hätte sich Nessa wie gerädert fühlen müssen, doch das Gegenteil war der Fall, so hatte sie geduscht (zusammen mit George) und dann Frühstück gemacht.

Ihre Schokoladenpfannkuchen mit Erdbeeren und Blaubeeren waren super angekommen, und sie hatte es genossen, als George sie von seinem Teller gefüttert hatte. Irgendwie war es fast so intim wie das, was sie in der Nacht und am Morgen getan hatten. Und hoffentlich auch nachher wieder tun würden.

Für den Moment war sie allein zu Hause, denn George musste zu sich. Mit Bedauern hatte er ihr erklärt, dass er noch arbeiten musste, weil er ein paar Tage lang nichts getan hatte. Ihm war anzumerken, wie ungern er sie verließ, doch mit dem Versprechen, am Nachmittag gemeinsam Mairi zu besuchen, trennten sie sich.

So aufgewühlt wie sie war, konnte Nessa auf keinen Fall drinnen bleiben. Eier und Milch gingen zur Neige, deshalb wäre ein Spaziergang ins Dorf ohnehin eine gute Idee.

Draußen schien wieder die Sonne, und das prächtige Wetter passte zu ihrer Stimmung. Sie war so glücklich und aufgekratzt, dass sie fast ins Dorf hüpfte. Dabei musste sie pausenlos grinsen. Es war ihr geradezu unmöglich, ernst zu bleiben. Vor lauter Glück wollte sie tanzen und singen, doch sie beließ es bei einem leisen Summen, während sie durch die Dorfstraße lief.

Als sie am Café vorbeikam, hämmerte jemand gegen die Scheiben, und Nessa schrak zusammen.

Eleri stand am Fenster und winkte sie rein. Nessa nahm die Einladung achselzuckend an. Vielleicht würde ein Kaffee oder ein Stück Kuchen ihre Nerven ja beruhigen.

»Dich habe ich ja schon ewig nicht mehr gesehen«, meinte Eleri. »Wie geht's dir so?«

»Danke, gut«, erwiderte Nessa und versuchte ihr idiotisches Grinsen im Zaum zu halten.

»Ich habe von Mairi gehört. Wie geht's ihr?«

»Die Untersuchungen sind noch nicht abgeschlossen, glaube ich. Ihre Tochter kam gestern vorbei, aber die wusste auch nichts Neues. Wir gehen heute Nachmittag wieder zu ihr, vielleicht erfahren wir da mehr.«

»Setz dich doch, ich bring dir ein Stück Kuchen und einen Tee. Geht aufs Haus, nach dem, was du alles für Mairi getan hast.«

»Nicht der Rede wert«, meinte Nessa betrübt. »Hätten wir sie mal früher gefunden.«

»Wenn du nicht gewesen wärst, wäre es womöglich aus mit ihr gewesen.«

»Kann sein.«

»Wenn du ›wir‹ sagst, meinst du da George und dich? Wie ich höre, seid ihr zwei euch ja richtig nahegekommen.«

»Wir sind bloß gute Freunde«, sagte Nessa schnell und kreuzte die Finger unterm Tisch, um durch die Lüge kein schlechtes Karma heraufzubeschwören. Natürlich wollte sie die Beziehung zu George nicht verleugnen, aber sie wusste nicht, ob er unbedingt so scharf darauf war, dass es im Dorf die Runde machte. Und ob sie das wollte, wusste sie auch nicht. Alles war noch so neu und kostbar, dass sie es eine Weile für sich behalten wollte.

»Man hat euch gesehen. Küssend am Strand.«

Nessa presste die Lippen aufeinander.

»Keine Sorge, alle freuen sich für euch, besonders für George. Höchste Zeit, dass er mal aus seinem Schneckenhaus rauskommt. Wir haben uns schon Sorgen um ihn gemacht.« Eleri hielt inne und musterte sie aus zusammengekniffenen Augen. Nessa versuchte möglichst unbeteiligt auszusehen, was ihr offenbar nicht so gut gelang, denn Eleri sagte: »Warst du in der Sonne? Du strahlst so.« Ihr Kichern ließ keinen Zweifel daran, was sie damit meinte.

Zum Glück wandte sie sich dann ab, um sich um Nessas Bestellung zu kümmern. Nessa blieb geschockt zurück. In einem Dorf wie Applewell konnte man offenbar kein Geheimnis bewahren. George würde sich in Grund und Boden schämen, wenn er davon erfuhr. Er war so scheu und einsiedlerisch, wie würde er wohl reagieren, wenn alle Welt von ihrer Beziehung wusste? Und was sie nicht wussten, würden sie sich ausmalen, wie Eleri ihr ja schon bei ihrem ersten Treffen gesteckt hatte. In dem Fall würden sie mit ihren Phantasien richtig liegen.

Spielte es denn überhaupt eine Rolle, was die anderen dachten? Hier ging es um sie und George. Solange sie glücklich waren, konnten die anderen denken, was sie wollten. Wobei sich Nessa insgeheim über Eleris positive Resonanz freute.

Nessa konnte sich nicht erinnern, jemals so glücklich gewesen zu sein. Hoffentlich empfand George genauso. Er war in ihren Gedanken und in ihrem Herzen, natürlich standen sie noch ganz am Anfang, aber sie hatte ein gutes Gefühl, was George und ihr Leben allgemein betraf.

Einzig Mairis Krankheit trübte ihr Glück.

Nessa erzählte George weder von ihrem Besuch im Café noch von Eleris Sprüchen. Irgendwie hatte sie den Eindruck, er wäre noch nicht so weit und es würde ihn bloß verunsichern.

Außerdem bekam sie auch keine Gelegenheit, etwas zu sagen, als er zur verabredeten Zeit vor ihrer Tür stand. Er nahm sie hoch, drehte sich mit ihr im Kreis und küsste sie, bis ihr schwindelig wurde.

»Hör bloß auf«, sagte sie lachend und schnappte nach Luft. »Wie soll ich denn so fahren?«

»Darum muss ich mich auch kümmern«, meinte George. »Ich will ausprobieren, ob mein Wagen noch anspringt. Ist doch schade, dass er bloß in der Garage steht, wenn ich doch damit fahren könnte.« Verlegen sah er sie an. »Wobei ich bislang kein Ziel hatte und auch niemanden, mit dem ich hätte irgendwo hinfahren können. Aber ich finde es nicht fair, dass du immer fahren musst. Deshalb muss ich in die Gänge kommen, den Wagen wieder flottmachen und mich auch um den Papierkram kümmern. Dann kann ich fahren, während du mich vom Beifahrersitz aus anhimmelst.«

»Das machst du also? Mich anhimmeln?«, fragte sie.

»Ich kann nichts dagegen machen. Du bist so schön.«

Sie schenkte ihm ein strahlendes Lächeln, als sie in den Wagen stiegen und losfuhren. »Du darfst mich gerne anhimmeln«, sagte sie. »Ich habe nichts dagegen.«

»Ich möchte aber viel mehr tun als das«, knurrte er, und Nessa erschauderte wohlig.

Ihr kam es ungehörig vor, dass sie so glücklich war, während die arme Mairi litt, deshalb unterdrückte sie ihre Gefühle und setzte ein ernstes Gesicht auf, als sie Mairis Station betraten.

»Wie geht's dir?« Nessa beugte sich über die alte Dame und küsste sie auf die Wange.

Mairi sah schon besser aus, dennoch wirkte sie unglaublich zerbrechlich. »Wann kann ich nach Hause?«, fragte sie.

Nessa sah George vielsagend an, damit er ja den Mund hielt.

Diese Frage hatte sie in ihrem Leben schon so oft zu hören bekommen, da hatte sie sich aber nie festnageln lassen, bis sie von dem behandelnden Arzt eine ganz klare Auskunft bekommen hatte.

»Du kannst nach Hause, wenn der Arzt sein Okay gibt«, antwortete sie daher auch jetzt mit ihrer Krankenschwesterstimme. »Du musst auf die Fachleute hören, die wissen es am besten.«

»Ich will nach Hause«, sagte Mairi entschlossen. Sie streckte die Hand nach Nessas aus. Ihre Freundin hatte einen überraschend festen Händedruck, was Nessa freute.

»Alison meint, dass ich vielleicht eine Weile bei ihr leben muss«, fuhr Mairi fort. »Das will ich nicht.«

»Manchmal müssen wir auch Dinge tun, die wir nicht wollen, weil sie zu unserem Besten sind.«

Mairi schaute von Nessa zu George. »Was du willst, tut dir offenbar sehr gut, mein Mädchen«, sagte sie. Und an George gewandt: »Hast wohl meinen Ratschlag befolgt und –«

George fiel ihr ins Wort. »Wir lassen gerade deine Haustür reparieren.«

Nessa verkniff sich das Lachen, denn was immer Mairi ihm geraten hatte, wollte er wohl nicht mit ihr teilen.

Sie blieben eine gute Stunde, dann wurde Mairi allmählich müde. Beim Abschied versprachen sie ihr noch, recht bald wiederzukommen. Nachdem sie das Gebäude verlassen hatten, schlug Nessa einen Spaziergang in Aberystwyth vor.

»Wäre doch schade um den weiten Weg«, sagte sie. »Lass uns den Nachmittag ausnutzen.« George sah sie so begehrlich an, dass sie erschauderte. »Damit will ich nicht sagen, dass ein Nachmittag im Bett nicht gut genutzt wäre, aber ich habe außer dem Krankenhaus noch nichts von der Stadt gesehen, und ich hätte nichts gegen ein bisschen Bewegung und frische Luft. Dann holen wir uns wieder Appetit.«

Als er ihr einen zweideutigen Blick schenkte, verdrehte sie die Augen. »Du denkst wohl bloß an das eine.«

»Entschuldige«, sagte er fröhlich und klang kein bisschen, als täte es ihm leid. Ausgelassen knuffte sie ihn.

»Komm schon. Ich habe Lust auf Fish 'n' Chips mit viel Salz und Essig. Wetten, dass du noch kein Mittag hattest?«

Er schüttelte den Kopf.

»Dann ist das gebongt«, sagte sie und ließ sich von ihm ins Stadtzentrum lotsen, wo sie in der Nähe des Hafens parkten.

»Sollen wir über die Promenade laufen?«, schlug er vor. »Wir können bis vorne an den Kai gehen, da gibt es bestimmt irgendwo eine Pommesbude. Da können wir uns dann zum Essen auf eine Bank setzen und anschließend noch ein Eis besorgen und zum Schloss hochlaufen. Ist nicht weit und auch nicht besonders hoch, aber der Blick über die Cardigan-Bucht ist toll. Was meinst du?«

Nessa fand es perfekt, und so setzten sie sich in Bewegung.

An einem sonnigen Tag Hand in Hand über die Promenade zu schlendern, hatte etwas Wunderbares, dachte Nessa, atmete die salzige Meeresluft tief ein und lächelte glücklich. Aus den Augenwinkeln sah sie, dass auch George glücklich wirkte, und ihr Herz war voller Liebe für ihn.

Sie war nicht im Begriff, sich in ihn zu verlieben. Sie hatte sich längst in ihn verliebt – Hals über Kopf. Alles war so schnell und unvermutet passiert, dass sie selbst staunte.

Wie konnte sie bloß schon so viel für ihn empfinden, wo sie doch ganz am Anfang ihrer Beziehung standen? Ihre Stimmung war ein wenig getrübt, denn sie quälte sich mit der Frage, ob George wohl ähnliche Gefühle für sie hegte.

Dass er sie gernhatte, wusste sie, aber Liebe war noch mal eine ganz andere Nummer.

Auf keinen Fall würde sie sich anmerken lassen, wie tief ihre Gefühle für ihn waren. Zum einen hatte sie schreckliche Angst, sich zu blamieren, zum anderen fürchtete sie, George damit zu ängstigen, und sie wollte ihre Beziehung durch nichts aufs Spiel setzen.

Die Zeit würde es ans Licht bringen. Wenn George sie eines Tages auch liebte, würde es sich irgendwann zeigen.

Ihre Gefühle überraschten sie dennoch. Schließlich war sie nicht auf der Suche nach der Liebe gewesen, und bei ihrem mürrischen Nachbarn fündig zu werden, hätte sie am allerwenigsten erwartet. Doch nun wollte sie diese Liebe hegen und pflegen. Langsam wurde aus dieser kribbeligen Verliebtheit Ernst, und das machte ihr zu schaffen.

Als sie mit Fish 'n' Chips auf der Bank saßen und aufs Meer hinausblickten, grübelte sie noch immer darüber nach. Es beherrschte auch noch ihre Gedanken, als sie mit ihrem Eis zum Schloss hinaufliefen und gegenseitig kosteten, so dass sich die verschiedenen Sorten auf ihren Zungen vermischten. Auf dem Rückweg hatte sie es unentwegt im Hinterkopf und wusste nicht, ob sie sich darüber freuen oder Angst haben sollte.

Wenn sie ehrlich war, gewann die Angst gerade die Oberhand. Vor allem, weil diese Gefühle so neu für sie waren, da spielte es auch keine Rolle, dass sie schon einmal verheiratet gewesen, älter und reifer war, und im Grunde ja gar keine Ausschau nach einem Mann gehalten hatte. Wobei sie die Liebe insgeheim auch noch nicht abgeschrieben hatte, doch dass es so Knall auf Fall passiert war, haute sie um, und sie war gedanklich so damit beschäftigt, dass George schließlich fragte, was denn los sei.

»Gar nichts«, meinte sie. »Ich mache mir bloß ein wenig Sorgen um Mairi.« Stimmte ja auch irgendwie. Doch nun hatte sie ein zusätzliches Problem.

Im Moment konnte sie weder ihre Gefühle ändern noch wollte sie sich George offenbaren, deshalb schob sie alle Gedanken an das L-Wort beiseite.

Als sie nach Hause kamen, machte Nessa ihnen einen Tee, und sie setzten sich ins Wohnzimmer auf die Couch. George kuschelte sich an sie.

»Ich glaube, wir müssen noch mal zurück ins Gartencenter«, sagte Nessa lachend. »Und das nächste Mal musst du mich davon abhalten, dich vom Gartencenter nach Hause ins Bett zu zerren.«

»Willst du mir ernsthaft sagen, dass ich dich davon abhalten soll, mich ins Bett zu zerren?« George strich ihr über den Hinterkopf, fuhr ihr mit den Fingern durchs Haar. »Das schaffe ich nicht. Wie sollte ich dir widerstehen?«

»Du willst mir also sagen, dass ich bloß mit den Fingern zu schnippen brauche, und du bist schneller die Treppe hoch als Sylvia bei der Mäusejagd?«

»Ganz genau.«

Nessa stellte den Becher auf den Tisch, wirbelte zu ihm herum und schnippte mit den Fingern.

George grinste. Er stand auf und begab sich zur Tür. »Kommst du?«

Nessa war schon immer ein Fan von Zweideutigkeiten.

»Oh, ja!«

40.
George

George frühstückte, wobei es schwierig war, mit einer Hand Butter auf die Toastscheibe zu schmieren, während er mit der anderen Nessas Hand hielt. Sie saßen sich am Küchentisch gegenüber, hielten Händchen und strahlten sich an wie zwei liebeskranke Teenager.

George genoss jede Sekunde. Nessa schien sich auch wohlzufühlen, doch gleich musste sie mal seine Hand loslassen, sonst würde er seinen Toast trocken verspeisen müssen.

»Hast du heute was geplant?«, fragte Nessa.

George stöhnte. »Ich muss arbeiten. Ich habe dem Kunden versprochen, dass er die Unterlagen am Montag zurückbekommt. Wenn ich heute ranklotze, kann ich es sogar schaffen. Was ist mit dir?«

»Ich werkle noch ein bisschen im Haus rum, dann geh ich vielleicht kurz ins Dorf, kauf uns was zum Tee.«

George verzog das Gesicht. Es war nicht gerecht, dass sie das Kochen allein übernahm, genauso wenig war es gerecht, dass sie die ganze Zeit fuhr. Was das Fahren anging, konnte er vielleicht etwas unternehmen, mit dem Kochen gestaltete es sich etwas schwieriger, weil seine Küche quasi unbenutzbar war.

Eigentlich sollte er sie zum Essen ausführen, doch dagegen sprachen all die Gründe, die er gerade eben in Gedanken aufgelistet hatte. Wenn er Nessa nicht wieder die Fahrerei zumuten wollte, blieb bloß der *Busy Bumble*. In den Pub hatte er schon seit Jahren keinen Fuß mehr gesetzt, und er war auch gar nicht so scharf drauf, aber Nessa hatte es verdient. George war sich seiner Macken bewusst, doch er wollte um jeden Preis verhindern, dass sie ihm und Nessa im Weg standen. Ängste und Unsicherheiten hatten sein Leben so lange dominiert, dass es schwer war, sich aus ihren Fesseln zu befreien, aber er wollte unbedingt seinen Teil zu einer normalen Partnerschaft beitragen.

Natürlich gab es so etwas wie »normal« nicht, dennoch wollte er Nessa all die Dinge ermöglichen, die normale Paare taten: ins Kino oder Restaurant gehen und Freunde zum Essen einladen. Wobei er für den letzten Punkt noch nicht bereit war. Allerdings konnte er sich gut vorstellen, mit Nessa und Mairi sonntags um den Mittagstisch zu sitzen.

Wovor er sich wirklich fürchtete, war nicht so sehr das Essen an sich, schließlich hatten sie ja gestern auch zusammen Fish 'n' Chips gegessen, und am Vortag hätte er auch keine Probleme damit gehabt, mit ihr im Gartencenter zu speisen.

Doch vor den Blicken und dem Geflüster der Leute aus dem Dorf fürchtete er sich. Nachdem er all die Jahre so zurückgezogen gelebt hatte, war es ihm ein Gräuel, wenn überhaupt jemand etwas über ihn erfuhr. In ihm meldete sich eine Stimme und sagte, dass er sich ja auch Nessa und zu einem gewissen Grad Mairi geöffnet hatte – was wäre also so schlimm daran, wenn seine Beziehung zu Nessa publik würde?

Damit käme er schon klar. Womit er aber gar nicht klarkäme, wäre, wenn irgendjemand außer Nessa erfuhr, wie es in seinem Bungalow aussah.

»Erde an George«, neckte Nessa ihn und drückte seine Hand.

Er erwiderte den Druck, dann ließ er ihre Hand los und bestrich seinen inzwischen kalten Toast mit Butter.

»Hast du vielleicht Lust, heute mit mir im *Busy Bumble* zu essen?«, fragte er, bevor sie sich nach seinen Gedanken erkundigen konnte.

Nessa machte große Augen. »Ist das dein Ernst?«

»Ja.«

»Dann gerne.«

»Abgemacht«, sagte er, woraufhin sie kicherte. Wie er diesen Klang liebte, besonders wenn er sie zum Kichern gebracht hatte.

Nachdem er aufgegessen hatte, ließ er Nessa mit einer lautstark fordernden Sylvia zurück und ging nach Hause, um ein wenig zu arbeiten.

In den letzten Tagen hatte er nicht besonders viel Zeit in seinem eigenen Haus verbracht, und jedes Mal, wenn er dorthin zurückkehrte, wurde er sich mehr und mehr des Zustands bewusst, in dem es sich befand. Unweigerlich verglich er es mit der gerümpelfreien Weite in Nessas kleinem Cottage; ihm kam der Bungalow immer weniger wie ein Zuhause vor.

Gerade war er dankbar, mal einen Moment für sich zu sein, was nicht daran lag, dass er nicht mit Nessa zusammen sein wollte (das wollte er mehr als alles andere in seinem Leben), doch allein konnte er sich die letzten Tage in Ruhe durch den Kopf gehen lassen.

Magisch, atemraubend, rührend waren Begriffe, die ihm neben ein paar pikanteren in den Sinn kamen. Er war verknallt, war ihr mit Haut und Haaren verfallen, so dass er sie nicht mit den Gästen im *Busy Bumble* teilen wollte.

Er stutzte, als ihm ein unliebsamer Gedanke kam: Lief er Gefahr, Nessas Zeit und ihre Zuneigung wie anderen Kram zu horten? Möglich … Oder war er vielleicht einfach so verliebt, dass er sie nicht teilen mochte? Jedenfalls jetzt noch nicht, wo alles noch so frisch war?

Aber er musste sie teilen. Nessa hatte so viel Liebe zu geben, so viel Güte, die konnte er unmöglich für sich allein beanspruchen. Und er war mächtig stolz auf ihr großes Herz.

George gab sich einen Ruck, schaltete den Computer ein und widmete sich der Tätigkeit, für die er bezahlt wurde. Die nächsten Stunden verlor er sich in der Welt der Zahlen, bis die Bücher endlich fertig waren.

Er stand auf und streckte sich vorsichtig, um ja nicht irgendwas umzureißen. So eine Katastrophe hatte ihm gerade noch gefehlt, den Dominoeffekt mochte er sich nicht ausmalen. Gleich würde er wieder zu Nessa hinübergehen (das Schlafzimmer kam ihm mal wieder in den Sinn) und den restlichen Nachmittag mit ihr verbringen, bevor sie dann später essen gehen würden. Er war schon im Begriff, aus der Tür zu gehen, da blieb er noch einmal stehen und schaute sich in seinem Wohnzimmer um. So richtig.

George betrachtete die gemusterte Tapete, die hier und da herauslugte. Typisch Achtzigerjahre-Stil, musste mal erneuert werden. Man brauchte kein Innenarchitekt zu sein, um zu erkennen, dass diese großen Muster überholt und altmodisch waren. Im Grunde wie er, da konnte er ja nicht erwarten, dass Nessa Lust hatte, Zeit im Bungalow zu verbringen, selbst dann nicht, wenn er ausgeräumt wäre.

Nicht einmal er hatte Lust, Zeit hier zu verbringen, doch das lag sicher weniger am überalterten Dekor als an den Erinnerungen.

Wenn er Nessas Heim mit seinem verglich, wusste er, wo er lieber war.

Plötzlich konnte er es kaum abwarten, hier auszumisten. Je eher er den Bungalow von all den Dingen befreite, die sein Vater über die Jahre angesammelt hatte, desto eher wäre er frei. Vielleicht nicht komplett frei, aber freier. Und im Hinterkopf hatte er die Hoffnung, dass er den Bungalow so schön herrichtete, dass er Nessa bitten konnte, hier mit ihm zu wohnen.

Nessa saß draußen auf ihrer überwucherten Terrasse und las ein Buch.

»Hilfst du mir beim Ordnung schaffen?«, platzte es aus ihm heraus. Allein hätte er dazu nie und nimmer die Kraft.

»Natürlich.« Nessa legte das Buch beiseite. »Wann soll es denn losgehen?«

George schluckte. »Ähm …?«

»Morgen? Wollen wir im Flur anfangen?«, fragte sie.

Strategisch wäre es sicher am besten, im Flur anzufangen und sich von da bis zur Küche vorzuarbeiten.

Oder lieber doch nicht? Auf einmal bekam George kalte Füße. Für seinen Geschmack ging es zu schnell. Wenn er nicht aufpasste, stünde er bald knietief in Mülltüten, und Nessa würde in gelben Gummihandschuhen den Staubwedel schwingen.

»Okay. Hast du denn schon eine Idee, was du mit all den Zeitungen machen willst?«, fragte Nessa weiter.

Ihm schnürte sich die Kehle zusammen.

»Nein …« O Gott, das war vielleicht schwer. Wenigstens hatte sie nicht vorgeschlagen, einfach einen Container zu bestellen oder die ungelesenen, makellosen Zeitungen in den Papiercontainer vor dem Haus zu werfen. Noch nicht.

George zerbrach sich den Kopf. »Ähm, damit kann man die Fenster putzen.« Seine Mutter hatte das so gemacht, als er klein gewesen war, da war man aber von innen auch noch an die Fenster rangekommen. Hin und wieder hatte George die Fenster von außen auch schon mal mit einer Tageszeitung gereinigt.

Ihm gefiel, dass Nessa ihm die Entscheidung überließ. Verrückterweise wünschte er sich gleichzeitig, sie würde sie ihm abnehmen, doch Nessa war schlau genug, um zu wissen, dass er jeden ihrer Vorschläge abschmettern würde. Es musste von ihm kommen. Doch obwohl er behauptet hatte, bereit zu sein, fragte er sich, ob das wirklich stimmte.

»Fällt dir sonst noch was ein? Ich sehe dich jetzt nicht durchs Dorf gehen und Leuten den *Daily Trumpet* zum Fensterputzen anzubieten.«

Offenbar stand es ihm ins Gesicht geschrieben, dass er keine Ideen hatte.

»Wir könnten doch mal recherchieren, was man sonst noch so mit alten Zeitungen anfangen kann«, schlug sie vor.

»Okay …«

Nessa schnappte sich ihr Handy und tippte eifrig darauf herum. Dann reichte sie es ihm. »Schau mal.«

Zögernd warf George einen Blick auf die Trefferliste und las die Ideen der Reihe nach vor. Der letzte Vorschlag, die Zeitungen in die Papiertonne zu werfen, behagte ihm so gar nicht.

Nessa sagte: »Geschenke damit einzuschlagen, finde ich eigentlich ganz gut, oder Papierbriketts herstellen. Oder daraus kompostierbare Blumentöpfe für Setzlinge zu machen, ist auch eine super Idee. Aus Pappmaché habe ich noch nie was gemacht, du?«

»Willst du's mal ausprobieren?«

»Bringt sicher Spaß. Was wollen wir denn machen?«

»Überlegen wir uns später«, meinte er, denn auf einmal drifteten seine Gedanken in eine ganz andere Richtung. Beim

Anblick ihrer strahlenden Augen und ihrer Lippen, die zu einem Lächeln verzogen waren, fielen ihm ganz andere Aktivitäten ein. »Im Moment gibt's vielleicht noch was anderes, das wir tun könnten …?«

Zu seiner Freude ließ sich Nessa das nicht zweimal sagen.

41.
Nessa

Im *Busy Bumble* ging es tatsächlich sehr emsig zu, wie Nessa feststellte, als sie mit George im Pub eintraf. Brechend voll war es zwar nicht, aber die meisten Tische waren besetzt, und um die Bar drängten sich Männer mit ihren Pints. Neben Tony kannte sie noch den einen oder anderen, aber nicht mit Namen.

George lief zielstrebig auf einen Tisch in der Ecke zu, und ihr blieb nicht verborgen, dass er den Blick fest aufs Zielobjekt geheftet hatte. Er sah niemanden an, grüßte keinen.

So wie er die Schultern hochzog und mit steifem Rücken zum Tisch stiefelte, ahnte sie schon, dass es ein Fehler gewesen war herzukommen. Mit ihr am Wasser Fish 'n' Chips zu futtern oder im Gartencenter Mittag zu essen, das war für ihn noch zu schaffen. Da hatte ihn keiner gekannt und nicht weiter beachtet.

Doch hier im Pub mitten in Applewell, wo er aufgewachsen war, rückte er in den Brennpunkt des Interesses. Als sie eingetroffen waren, waren die Gespräche augenblicklich leiser geworden. So etwas fiel auf.

Natürlich drehten sich nicht alle Leute zu George um, aber das lag daran, dass manche nicht aus dem Dorf stammten. Die Gäste an den Tischen waren vornehmlich Touristen, die sich nicht um sie kümmerten. Doch die Einheimischen hatten schon aufgeschaut und auch Nessa fühlte sich unbehaglich.

Nachdem sie gegenüber von George, der dem Schankraum den Rücken kehrte, Platz nahm, bemerkte sie, wie sich die Leute anstießen und hinter vorgehaltener Hand flüsterten.

Dabei warfen sie ihnen aber freundliche Blicke zu und grinsten bis über beide Ohren. Eleri hatte recht gehabt: Alle freuten sich, dass sich George endlich einmal blicken ließ und dazu noch in Begleitung.

Gerade wollte sie George davon berichten, als sie sein verschlossenes Gesicht sah. Er tat ihr leid. Für ihn musste es schwer sein, aber mit der Zeit würde es bestimmt leichter werden. Für die Dorfbewohner war es einfach ungewohnt, ein absolutes Novum, denn sonst zeigte er sich bloß zweimal am Tag bei seinen Spaziergängen. Wenn sie sich erst einmal daran gewöhnt hatten, ihn außer im Laden auch mal woanders zu sehen, würde sich das Interesse sicher legen. Schließlich waren sie und George nichts Weltbewegendes. Einfach zwei stinknormale Leute mit einem stinknormalen Leben.

»Alles klar?«, rief ihnen einer der Männer von der Bar zu. »Der Abend ist ja wie gemacht dafür.«

Nessa nickte lächelnd und zischelte durch die Zähne: »Wofür gemacht?«

George verzog das Gesicht. »Das ist Donald Mousel«, flüsterte er zurück. »Das sagt er immer, keine Ahnung, was das heißen soll.«

»Okay …« Dann wandte sie sich wieder Donald zu. »Ja, nicht wahr?«, gab sie fröhlich zurück.

»Schhh! Ermuntere ihn nicht noch.« George wirkte panisch. »Ich will nicht mit ihm reden. Ich will mit gar keinem reden.«

»Musst du ja auch nicht«, entgegnete sie besänftigend. »Möchtest du gehen? Irgendwas finde ich zu Hause schon zum Essen machen.«

George holte tief Luft und straffte die Schultern. »Nein, jetzt sind wir schon mal hier.«

Na schön, dachte sie. Wenn sie plötzlich aufstünden und gingen, würde das wahrscheinlich noch viel mehr Aufsehen erregen, als wenn sie hier still an ihrem Platz blieben und aßen. Sobald sie aufgegessen hatten, konnten sie ja sofort wieder gehen.

Unter dem Tisch griff Nessa nach seinem Knie und tätschelte es. George hatte die Hände im Schoß gefaltet, doch er griff sogleich nach ihrer Hand und hielt sie fest.

Der arme Kerl war total nervös. Hätte sie das geahnt, hätte sie sein Angebot ausgeschlagen.

Andererseits war es auch eine Chance. Wenn er dieses Mal überstand, wäre es beim nächsten Mal bloß noch halb so schlimm. Und Nessa hoffte doch sehr, dass es ein nächstes Mal geben würde. Ihr schwebte ein Besuch im *Bumble Bee* als regelmäßige Freitagsabendaktivität vor, wo viel gelacht und gut gegessen wurde. Vielleicht würden sie sogar gemeinsam mit einem anderen Paar essen oder an einem Pub-Quiz teilnehmen, einen Flyer dafür hatte sie bei ihrem letzten Besuch hier gesehen. Bestimmt war George richtig gut in Quiz-Fragen.

Es stand ihm noch ein weiter Weg bevor, ehe er mit den anderen Dorfbewohnern einen lockeren Umgang pflegen konnte, aber eines Tages wäre es so weit. Dafür würde sie schon sorgen. Wahrscheinlich würde er eine ganze Weile brauchen, bis er einsah, dass die anderen ihm wohlgesonnen waren und sich für ihn freuten. Sobald er verstanden hatte, dass die anderen nicht über ihn richteten und auch nicht neugierig waren (na gut, ein wenig neugierig waren sie schon), würde er sich entspannen und die Gesellschaft der anderen genießen.

Nessa hatte ja selbst erlebt, wie schön es war, wenn George sich öffnete. Nun würde ihm das hoffentlich auch gegenüber anderen im Dorf gelingen. Er hatte Humor, auf seine eigene Art, war nett, liebevoll, leidenschaftlich (beim Gedanken an seine Leidenschaft stieg ihr sogleich die Röte ins Gesicht), rücksichtsvoll –

»Was darf's denn sein?«, erklang eine Frauenstimme. Es war dieselbe Kellnerin, die sie und Mairi am Sonntag bedient hatte. War es wirklich erst letzten Sonntag gewesen? Seither war so viel passiert, dass es Nessa ewig vorkam.

Während sie Getränke bestellten, starrte George eisern den Tisch an, dann bat Nessa um die Speisekarte. Schweigend warteten sie, bis die Kellnerin mit Gläsern und Speisekarten zurückkam.

Zum Glück war der Lärmpegel im Schankraum wieder auf die normale Lautstärke angeschwollen, die meisten widmeten sich wieder ihren Gesprächen und schauten auch seltener zu ihnen hinüber.

»Ich nehme die Cumberland-Bratwurst mit Stampfkartoffeln.« Nessa klappte die Speisekarte zu und legte sie auf den Tisch.

»Die nehme ich auch«, meinte George, wobei es ihm völlig gleichgültig schien, was er aß.

Nessa rief die Kellnerin, gab ihr die Karten zurück und gab die Bestellung auf, dann lehnte sie sich zurück und versuchte, George aus der Reserve zu locken. Was nicht so leicht war, denn er wirkte angespannt wie eine Feder, als könnte er jeden Moment aus dem Sitz schnellen und aus der Tür stürzen.

Doch er tat es nicht, wofür sie ihn bewunderte. Er amüsierte sich kein Stück, dennoch hielt er durch, sie war stolz auf ihn.

Über Georges Schulter hinweg verfolgte Nessa, wie Tony sein Pint auf die Theke stellte, dem Mann namens Donald auf die Schulter klopfte und zu ihnen herübersah. Im ersten

Augenblick dachte sie, dass Tony gehen wollte, doch er kam zu ihnen an den Tisch.

Nessa schwante nichts Gutes. »Schau dich jetzt nicht um, aber der Besitzer vom *Pins to Elephants* ist im Anmarsch.«

George sah aus, als wollte er die Flucht ergreifen. Beschwichtigend lächelte sie ihm zu und hielt seine Hand noch fester.

»George, Nessa.« Tony nickte ihnen zu.

Nessa sagte: »Hallo.«

George schwieg.

»Schön, euch beide hier zu sehen«, meinte Tony und blickte George an. »Ich wollte euch bloß danken. Wie gut, dass Mairi Nachbarn wie euch hat. Wäre sonst sicher schlimm ausgegangen.«

»Ich bin auch froh, dass wir's gemerkt haben«, entgegnete Nessa.

George hatte noch immer nichts gesagt.

»Und du hast ihre Haustür anschließend wieder verrammelt. John Porter meinte, du hättest es richtig gut gemacht. Er hätte sich sonst auch angeboten, aber ich sagte, mit dem ganzen Holz, das du im Schuppen hast, hättest du wahrscheinlich das gesamte Haus vernageln können. Gut, dass du nie was wegschmeißt, man weiß ja nie, wann man es mal brauchen kann. Aber bis du für all den Kram, den du bei dir hortest, Verwendung findest, gehen wohl Jahre ins Land.« Glucksend schlug er George auf die Schulter. »So, ich muss jetzt. Wenn ich nicht rechtzeitig zum Tee nach Hause komme, wird meine Misses gallig.«

Nessa saß wie betäubt da. Während des Gesprächs hatte sie Georges Mienenspiel beobachten können, den Wechsel von Argwohn über Schock zu Wut. Wie konnte Tony auch nur von Georges Horten anfangen? Wenn sich die Dorfbewohner so verhielten, war es ja kein Wunder, dass George nichts mit ihnen zu tun haben wollte.

Tony hatte es garantiert nicht böse gemeint und sich nichts dabei gedacht. Ihm war wahrscheinlich nicht einmal bewusst, wie empfindlich George darauf reagierte.

Doch der Schaden war nun einmal angerichtet. Bestimmt würde George so schnell nicht wieder im Pub essen wollen. Und Tonys Laden würde er sicher auch eine ganze Weile meiden. Dabei hatte George so gute Fortschritte gemacht. Sie hoffte bloß –

»Ich habe dir vertraut.« George sprach so leise, dass sie sich bei dem Geräuschpegel anstrengen musste, ihn zu verstehen. Und als sie ihn verstand, dachte sie, sie hätte sich verhört.

»Wie bitte?«

»Wie konntest du mir das bloß antun? Ich dachte, da wäre was zwischen uns beiden.« Mit versteinerter Miene sah er sie an, er zitterte.

Was meinte er? O nein! »Ich hab nichts –«, begann sie, doch er ließ sie nicht ausreden.

»Ich dachte, wir wären … du wärst … dass ich dich lie–« George verstummte, sprang auf und riss den Stuhl dabei um.

Ohne ihr die Gelegenheit zu geben, noch etwas zu sagen, lief er in großen Schritten zur Tür und war verschwunden.

Stille erfüllte den Raum, Nessa spürte alle Blicke auf sich.

Jemand hob den Stuhl auf und lächelte ihr mitfühlend zu.

Tony, der noch nicht gegangen war, sondern sich auf dem Weg zur Tür noch verquatscht hatte, sah völlig entgeistert aus. Nessa hoffte inbrünstig, dass ihm klar geworden war, was er mit seinen unbedachten Worten angerichtet hatte.

Keine Ahnung, wie lange sie da noch saß, wahrscheinlich waren es bloß ein paar Minuten. Vage nahm sie die Kellnerin wahr, die mit Besteck und Gewürzen auf ihren Tisch zusteuerte, aber abgefangen wurde und den Rückzug antrat.

Nach einer Weile nahmen die Leute ihre Gespräche wieder auf und schauten bloß noch hin und wieder zu ihr herüber.

Doch ihre Neugierde und ihr Mitgefühl waren deutlich spürbar.

Behäbig wie eine alte Frau stand Nessa auf und schleppte sich zur Tür, ihr blutete das Herz.

An den Nachhauseweg konnte sie sich später nicht mehr erinnern. Als sie vor ihrem Haus stand, fiel ihr Blick automatisch auf den Bungalow. Da war kein Lebenszeichen auszumachen. Eigentlich war es das fast nie.

Was hatte sie eigentlich glauben lassen, dass es anders sein könnte? Wahrscheinlich, weil es ohne Liebe kein Leben gab – jedenfalls keines, das sich lohnte.

42. George

Sein Auto aus der Garage zu bergen, war vielleicht nicht die beste Idee, aber im Moment das Einzige, auf das er sich konzentrieren konnte. Als Erstes musste er tonnenweise Krempel aus dem Weg räumen, der sich zwischen Wagen und Garagentor türmte, und das auch noch möglichst leise wie ein Mäuschen. Keine leichte Aufgabe. So richtig gut durchdacht war sein Plan nicht, aber er wollte einfach nur weg hier. Ob er nun vor dem Haus oder dem Dorf fliehen wollte, spielte keine Rolle. Er musste weg, und das schien ihm die einzige Chance zu sein.

Kurz hielt er inne, um sich den Schweiß von der Stirn zu wischen, doch sobald er das fieberhafte Schieben und Schleppen unterbrach, blitzte Nessas entsetztes Gesicht vor ihm auf.

An sie wollte er nicht denken, deshalb räumte er verstohlen Kartons, alte Türen, Glasscheiben und kaputtes Werkzeug beiseite … und wenn er Lärm machte, zuckte er jedes Mal zusammen, aus Furcht, Nessa könnte es hören.

Er wollte sie weder sehen noch sprechen. Jetzt nicht. Vielleicht nie wieder. Und wenn er seinen Wagen loseisen könnte, müsste er das vielleicht auch nie mehr.

Zum Glück war sie ihm nicht aus dem Pub gefolgt. Er hatte keine Ahnung, ob sie noch dort war oder schon zu Hause, denn er war direkt in der Garage verschwunden, hatte sich durch die Seitentür gezwängt und begonnen, alles in den

Garten zu tragen. Wie der hinterher aussehen würde, kümmerte ihn nicht. Nessa wäre ohnehin die Einzige, die es aus dem Fenster sehen könnte. Und wenn sonst noch jemand das Chaos sah, was unwahrscheinlich war, na wenn schon? Ganz Applewell kannte jetzt sein Geheimnis, was gab es da noch groß zu verbergen?

Ihm war zum Heulen zumute, doch er kämpfte dagegen an. Tränen würden die Gefühle, die er für Nessa trotz allem noch hegte, nicht auslöschen. Und auch das Unrecht nicht, das sie ihm angetan hatte. Dabei hatte er ihr geglaubt, dass sie keiner Menschenseele etwas sagen würde.

Doch das hatte sie.

Ihr Verrat lastete schwer auf ihm.

Doch der Verlust traf ihn noch härter.

Zum ersten Mal seit Langem sehnte sich George nach einer Schulter zum Ausweinen. Nach jemandem, der ihm sagte, dass alles wieder gut werde, selbst wenn es gelogen war und nichts je wieder gut werden würde.

Nachdem er die letzte Hürde aus dem Weg geräumt und der Wagen freie Fahrt hatte, atmete er einmal tief durch. Wahrscheinlich würde das dumme Ding sowieso nicht anspringen, selbst wenn, es fehlten Versicherung, TÜV und Steuern.

Die Erkenntnis, dass er so schnell nirgendwo hinkommen würde, war ein weiterer Tiefschlag. George sank zu Boden und vergrub den Kopf in den Händen.

Dass nun alle wussten, dass er ein Problem hatte, konnte er verschmerzen. Ihn kümmerte es nicht länger, was die Dorfbewohner über ihn dachten. Warum hatte es ihn überhaupt je gekümmert? Die Leute hier bedeuteten ihm nichts, und er bedeutete ihnen noch viel weniger. Warum hatte er all die Jahre bloß gefürchtet, jemand könnte ihm auf die Schliche kommen?

Eigentlich hatte er sich vollkommen grundlos geschämt. Aber jetzt würden alle über ihn reden, sagen, dass er nicht zurande kam, die Dinge schleifen ließ, Hilfe brauchte.

George riss den Kopf hoch.

Damit hätten sie auch nicht ganz unrecht: Er brauchte Hilfe. Hilfe, um hier wegzukommen, und da fiel ihm bloß einer ein: Donald Mousel. Busse fuhren Freitagabend hier wahrscheinlich nicht mehr, aber Donalds Taxi. Falls er sich im *Busy Bumble* nicht zu viele Pints hinter die Binde gekippt hatte.

George ließ es drauf ankommen, suchte Donalds Telefonnummer heraus und rief ihn an.

»Jetzt, um diese Zeit?«, fragte Donald, nachdem George ihm sein Anliegen unterbreitet hatte.

»Das kostet dich aber eine Stange Geld«, meinte Donald. »Aberystwyth hin und zurück ist kein Katzensprung.«

»Ich weiß, wie weit das ist. Mach dir keine Sorgen um das Geld.«

»Was willst du denn da überhaupt?«

»Das geht dich ehrlich gesagt nichts an. Fährst du mich oder nicht?«

»Dann mach ich das mal lieber. In zehn Minuten bin ich bei dir. Ich trinke bloß noch meinen Tee aus.«

George legte auf und überlegte, was er mitnehmen sollte. Eigentlich wollte er gar nicht unbedingt nach Aberystwyth, aber von da konnte er einen Zug nach Liverpool nehmen.

Hätte er die Stadt doch nie verlassen.

Wahllos stopfte er Klamotten und Toilettenartikel in seinen Stoffbeutel und sah dann wehmütig zu seinem Computer. Irgendwann würde er ihn brauchen, aber ein paar Tage kam er ohne ihn aus. In Liverpool würde er sich erst einmal eine Bleibe suchen müssen, und sobald er ein Dach über dem Kopf hatte, konnte er sich einen Wagen mieten und den

Computer und andere Habseligkeiten holen. Das Einzige, was er noch einsteckte, waren ein Dokumentenordner und sein Portemonnaie, da hörte er auch schon Donalds Taxi draußen.

Nachdem er sich noch ein letztes Mal in dem Haus umgesehen hatte, in dem er so viele Jahre verbracht hatte, schlüpfte er hinaus in die Abendsonne.

Nessas Cottage bedachte er mit keinem Blick.

»Können wir noch einen kleinen Abstecher machen, bevor du mich zum Bahnhof bringst?«, fragte George, als sie den Stadtrand von Aberystwyth erreichten.

»Ist ja dein Geld«, meinte Donald.

»Ich möchte noch ins Krankenhaus.«

»Ist gebongt.«

Mehr wurde nicht gesagt. Außer diesem Wortwechsel hatten sie die gesamte Fahrt über geschwiegen, zur Abwechslung hatte Donald mal auf leeres Geschwätz verzichtet.

Vor dem Krankenhaus stieg George aus dem Taxi.

»Dauert nicht lange«, sagte er zu Donald. Da sich das Ende der Besuchszeit näherte, würden sicher gleich ein paar Parkplätze frei werden. Jedenfalls hatte George auch nicht vor, lange zu bleiben, bloß schnell noch einmal nach Mairi sehen. Ihm war nicht wohl bei dem Gedanken, einfach so mir nichts, dir nichts zu verschwinden.

Er kam noch ganz knapp zum Ende der Besuchszeit, und nachdem er sich eine Standpauke von einer Krankenschwester angehört und versprochen hatte, sich zu beeilen, wurde er zu Mairi auf die Station gelassen.

Als die alte Frau ihn sah, strahlte sie, und zum Glück sah sie schon viel besser aus als beim letzten Mal, wobei man ihr den Schlaganfall natürlich anmerkte.

Zitternd hielt sie ihm die Hand hin. »George, wie schön!

Mit dir habe ich ja heute nicht gerechnet.« Sie reckte den Kopf. »Wo ist Nessa?«

Er nahm ihre Hand und küsste sie auf die Wange. »Sie ist … ich bin heute allein da.«

»Warum?«, fragte sie scharf und betrachtete ihn forschend.

George zögerte.

»Was hast du getan?«, fragte Mairi. »Hast du sie verärgert? Ich kenne dich doch, George Nightingale. Du kannst ein richtiger Griesgram sein.«

»So ist es nicht!«, protestierte George und bereute, nicht gleich zum Bahnhof gefahren zu sein.

»Wie ist es denn, hmm?«

»Sie hat mich verärgert, nicht umgekehrt«, knurrte er.

»Willst du mir davon erzählen oder schmollst du bloß?«

George wollte ihr sagen, dass sie es nicht verstehen würde, einfach um ihr nicht sein beschämendes Geheimnis anvertrauen zu müssen, als ihm klar wurde, dass sie es sicher ohnehin schon wusste. Wenn schon halb Applewell darüber im Bilde war, dann garantiert auch Mairi – er würde sein letztes Hemd wetten, dass Nessa es ihr erzählt hatte.

Verdammt, hätte er das mal vorher bedacht, dann wäre er nie hier im Krankenhaus aufgeschlagen.

»George …«, Mairis Ton duldete keinen Widerspruch.

»Hat sie dir erzählt, dass ich ein, ähm …?«

»Messie bist? Hat sie nicht.«

George runzelte die Stirn. »Wenn sie's dir nicht erzählt hat, woher weißt du's dann?« Im selben Moment kam ihm die Frage naiv vor, natürlich waren er und Nessa nicht die Einzigen aus dem Dorf, die Mairi besuchen kamen.

»Darauf bin ich von ganz allein gekommen«, entgegnete Mairi und zog ihrerseits die Stirn kraus. »Wann, weiß ich nicht mehr. Ist schon lange her.«

»Wie meinst du das? Schon lange her?« Nessa hatte es doch erst vor einer Woche erfahren. War es wirklich erst eine Woche? Ihm kam es viel länger vor. Auch ihre Beziehung.

»Ach, ich weiß es schon ewig, da hat Nessa hier noch gar nicht gewohnt. Im Grunde schon seit Jahren. Wir alle. Oder zumindest haben wir es vermutet. Habt ihr euch deshalb gestritten?«

George ließ sich auf den harten Plastikstuhl neben dem Bett fallen. »Mist«, presste er hervor.

»Dass du ein Messie bist, weiß das ganze Dorf. Ich verstehe gar nicht, was das ganze Theater soll? Das ist typisch für dich. Mach dir doch deswegen nicht ins Hemd. Das ist uns doch piepegal.«

Wenn sie wüssten, wie schlimm es bei ihm aussah, würde sie das nicht sagen. In dem Moment fiel es ihm wie Schuppen von den Augen: Ihnen war das Ausmaß des Chaos nicht klar, weil außer Nessa seit Jahren keiner mehr bei ihm zu Hause gewesen war. Doch wenn das keiner wusste, dann hatte Nessa es keinem gesagt.

Langsam schloss er die Augen. Als er sie wieder öffnete, schaute Mairi ihn forschend an. »Ich habe wohl voreilige Schlüsse gezogen«, sagte er.

»Dann mal raus mit der Sprache.«

Also erzählte er ihr alles.

»Ich glaube, ich muss jetzt doch nach Hause«, sagte George, als er wieder zu Donald ins Taxi stieg. Donald grunzte bloß, und die Rückfahrt verlief ebenso gesprächslos wie die Hinfahrt.

Mit einer Ausnahme.

Donald bekam einen Anruf.

George lauschte nicht und dachte keinen Moment daran, dass es etwas mit ihm zu tun haben könnte, bis sie vor dem

Busy Bumble hielten und Donald zu ihm sagte, er solle aussteigen.

»Falls du's noch nicht bemerkt haben solltest, aber ich wohne in der Oak Lane«, sagte George. Er hatte keine Lust, durchs ganze Dorf zu latschen, sondern wollte direkt vor der Haustür abgesetzt werden.

»Weiter fahre ich nicht«, meinte Donald. »Ich habe den Auftrag, dich hier abzusetzen.«

George blinzelte ihn an. Inzwischen war es fast dunkel draußen, und er war müde und aufgewühlt, wollte sich bloß noch im Bett zusammenrollen und überlegen, wie er sich am besten bei Nessa entschuldigen konnte. Wie sie reagieren würde, wusste er nicht, denn nun hatte er sie schon das zweite Mal mehr oder weniger derselben Sache bezichtigt. Wenn sie ihm diesmal nicht verzieh, könnte er es verstehen.

Donald stieg aus und hielt ihm die Tür zum Pub auf. »Die sind da drinnen.«

»Wer?«

Donald schwieg.

Dafür hatte er jetzt wirklich keine Zeit, ihm war nicht nach Spielchen zumute. Gerade wollte er gehen, da kam Eleri heraus, packte ihn am Arm und schleifte ihn in den Pub.

»Warte mal!«

»Nee, jetzt wartest du mal. Ich hab gehört, was heute hier los war.« Eleri verschränkte die Arme vor der Brust und sah ihn stinksauer an.

George war wie vor den Kopf geschlagen. Sid und Tony traten rechts und links neben sie und wirkten ebenso geladen.

»Worum geht's?«, wollte George wissen.

»Um Nessa. Wie du heute mit ihr umgesprungen bist. Wir wissen Bescheid.« Eleri schüttelte den Kopf. »Wie konntest du bloß denken, dass sie dein Vertrauen missbraucht hat? Und bevor du noch was sagst, nein, von ihr wissen wir nicht, was zwischen euch vorgefallen ist. Mairi hat es uns gesagt. Im Krankenhaus gibt es nämlich Telefone.«

George klappte den Mund auf und wieder zu, ohne etwas zu sagen.

»Mairi meint es gut«, fuhr Eleri fort. »Wir wollen bloß klarstellen, dass wir alle schon lange von deinem Problem wissen.«

George schluckte.

»Jetzt gehst du zu ihr und entschuldigst dich gefälligst«, meinte Eleri. »Oder willst du dich weiter in deinem Haus verstecken und hoffen, dass sich alles von selbst klärt?«

»Wenn ihr mich mal in Ruhe lasst, werde ich Nessa schon noch um Verzeihung bitten.«

»Wann denn?«, fragte Sid. »Heute? Morgen? Nächstes Jahr?«

»Lass dir nicht zu lange Zeit«, meldete sich Tony zu Wort.

»Am besten sprichst du noch heute Abend mit ihr. Bring es hinter dich«, schlug Eleri vor und sah ihn versöhnlich an. »Tut mir leid, George, aber das musste jetzt mal raus. Unter Freunden muss man auch mal eine Ansage machen.«

»Ist das so?«, fragte er matt.

»Wir haben dich gern, George. Wir müssen das Drama doch schon seit Jahren mitansehen. Wir wollen dir bloß helfen.« Tony hielt ihm die Hände hin.

Eine alte Frau im Krankenhaus hatte George die Augen geöffnet. Er erkannte nun, dass Eleri, Tony und Sid es wirklich gut mit ihm meinten. Er hatte mit Hohn und Spott gerechnet, doch ihnen ging es bloß darum, dass er sein Verhältnis zu Nessa wieder kittete, sein vollgestopfter Bungalow interessierte hier niemanden.

Eleri umarmte ihn und flüsterte ihm ins Ohr: »Lass sie dir nicht durch die Lappen gehen.«

Anfangs machte sich George ganz steif, doch dann ließ er sich in Eleris Arme sinken und spürte, wie ihm die Tränen in die Augen stiegen.

»Keine Sorge«, versprach er und löste sich von ihr. Mit ihrem »Schnapp sie dir, Tiger« im Ohr raste er los, um der Frau, die er liebte, sein Herz auszuschütten.

Zu seinem Kummer ließ Donald sich nicht abschütteln. »Ich fahre dich«, meinte er und geleitete George zum Taxi. Wahrscheinlich traute Donald ihm nicht über den Weg.

43.
Nessa

Keine Sekunde konnte sie länger in Applewell bleiben! Sie hatte gedacht, in dem Cottage für immer ein Zuhause gefunden zu haben, doch wie sollte sie jetzt noch neben George leben? In einem Moment waren sie verliebt wie die Turteltauben, im nächsten bezichtigte er sie aller möglicher Niederträchtigkeiten. Sie hatte sich ihm mit Haut und Haaren hingegeben, wie konnte er da bloß denken, dass sie ihn so hintergehen könnte …?

Mit dem Handrücken wischte sie sich die Tränen aus dem Gesicht und schluchzte. Natürlich hatte sie von seinen Problemen gewusst, aber sie hatte ehrlich geglaubt, dass er sie in den Griff kriegen könnte – vielleicht saßen sie aber auch zu tief. Den Hang zum Horten würde er nie ganz loswerden, aber sie hatte schon das Gefühl gehabt, dass sie gemeinsam Fortschritte machten, dass sie ihm guttat. Und jetzt das.

Kaum war sie zu Hause, fing sie auch schon mit dem Saubermachen an. Ihr war die Ironie sehr wohl bewusst, doch wenn sie unter Stress stand, musste sie eben putzen. Wie hatte sie je glauben können, dass es zwischen einem Ordnungsfanatiker wie ihr und einem Messie wie George klappen könnte? Da standen sich Welten gegenüber. Nie im Leben könnte sie mit seiner Unordnung leben, und er würde es nicht aushalten, wenn sie ständig alles aufräumen und wegpacken musste.

Von beiden Seiten würde sich so Groll anstauen, bis von ihrer Liebe nichts mehr übrig bliebe.

Und es gab noch einen weiteren Grund, warum sie auf allen vieren den Küchenboden schrubbte: Sie wollte das Cottage zum Verkauf anbieten, gleich morgen. Wie sollte sie weiter Tür an Tür mit George leben? Sie könnte es nicht ertragen, wenn der Mann, den sie liebte, in greifbarer Nähe war, sie jedoch abgrundtief hasste. Das würde sie sich nicht antun. Und ihm auch nicht. Obwohl er so hartnäckig von ihrem Verrat überzeugt war, liebte sie ihn noch immer. Die einzige Möglichkeit, den Schmerz irgendwie zu ertragen, war wegzuziehen, und das würde sie auch tun.

In Applewell gab es für sie nichts. Nicht mehr.

Mit Sylvia im Schlepptau wäre es sicher nicht so leicht, etwas zur Miete zu finden, aber sie würde es schon schaffen.

Die arme Katze merkte, dass mit Frauchen etwas nicht stimmte, denn seit ihrer Rückkehr aus dem Pub wich sie ihr nicht von der Seite. Sylvia rieb sich wie eine Wilde an ihr, an Armen, Beinen, am Kopf und maunzte kläglich. Kaum hatte sich Nessa auf alle viere begeben, war sie ihr auf den Rücken gehopst, jetzt balancierte sie auf ihren Schultern herum.

»Wird schon wieder, Sylvia«, säuselte Nessa. Hoffentlich behielt sie recht.

Nachdem die Fliesen in der Küche glänzten, setzte sich Nessa langsam auf und gab Sylvia Zeit, herunterzuspringen. Anschließend wollte die Katze gleich wieder auf ihren Schoß, und so nahm Nessa sie hoch, drückte sie und weinte in ihr weiches Fell. Wie weh das tat! Als hätte ihr jemand Scherben ins Herz gepflanzt.

Nessa saß noch immer auf dem Fußboden, als draußen auf der Straße ein Wagen zu hören war. Kurz darauf klopfte es bei ihr.

Mit einem Geschirrtuch wischte sie sich die Tränen weg und ging zur Tür. Wahrscheinlich war es Alison.

Fehlanzeige.

Zu ihrem Schrecken stand George vor ihrer Tür. Mit ihm hatte sie erst einmal nicht gerechnet. Oder überhaupt nicht mehr. Im Meiden von anderen war er doch ganz groß, dachte sie verbittert.

Er sah schlimm aus, als hätte er mindestens eine Woche lang nicht geschlafen, so gar nicht wie der Mann, mit dem sie noch vorhin das Bett geteilt hatte. Der Mann war nämlich beschwingt und glücklich gewesen. Doch dann verglich sie ihn auch unweigerlich mit dem Mann, der sie so enttäuscht und verletzt angesehen hatte, bevor er aus dem Pub gestürmt war.

Nessa wartete wortlos ab.

George schien allerdings nicht in der Lage zu sein, zu reden, obwohl er die Lippen bewegte, kam kein Ton heraus.

Vor dem Haus stand ein Taxi mit laufendem Motor, ein älterer Mann lehnte mit verschränkten Armen daran und machte ein entschlossenes Gesicht. Es war Donald, der sie im *Busy Bumble* angesprochen hatte, aber wo wollte George hin? War er gekommen, um sich zu verabschieden?

Von unten ertönte ein erfreutes Maunzen, und Sylvia schoss vor, um George schnurrend um die Beine zu streichen. Nessa wünschte, sie wäre so unbekümmert wie ihre Katze.

»Was willst du?«, fragte sie, um die Sache hinter sich zu bringen. Je eher sie ihn wieder loswurde, desto schneller konnte sie wieder weinen und mit ihrer Katze schmusen.

Sie konnte kaum fassen, was er ihr, ihnen, antat – aber so war es nun einmal, und da musste sie jetzt durch. Außer ihrem Herzen war alles taub, nur das tat so weh, als würde es jeden Moment zerbrechen.

»Du hast es keinem gesagt«, presste George hervor.

»Nein, habe ich nicht.« Sie riss sich zusammen. »Das haben wir doch schon alles hinter uns. Du hast dich damals in mir getäuscht und jetzt wieder.« Nessa lächelte traurig. »Sie wussten es schon alle. Die Leute aus dem Dorf, meine ich.«

»Ja.«

Donald rief ihnen irgendwas von der Straße aus zu, was Nessa aber nicht verstand.

»Hau ab!«, rief George.

»Geht nicht«, brüllte Donald zurück. »Ich habe strikte Anweisung, erst zu gehen, wenn ihr zwei Idioten euch einen Versöhnungskuss gegeben habt.«

Da konnte er lange warten, das wusste er ja hoffentlich, denn die Zeiten waren vorbei. George hatte ihr deutlich zu verstehen gegeben, dass er ihr nicht traute, wie sollte das auch gehen, wenn er immer voreilige Schlüsse zog?

Genau das verletzte sie ja auch, dass er so ein schlechtes Bild von ihr hatte.

»Man hat mich gekidnappt. Alles Mairis Schuld«, sagte George, als könnte er es selbst kaum glauben.

Wirklich unglaublich, war er deshalb hier?

»Ich habe Mairi besucht, und sie hat mir gesagt, ich wäre ein Idiot«, meinte er. »Und jetzt soll ich dir sagen, wie leid es mir tut.«

»Und tut es dir leid? Oder bist du bloß hier, weil Mairi es wollte?«

»Natürlich tut es mir leid. Mir hat noch nie etwas so leidgetan.«

Nessa blinzelte gegen die Tränen an, die ihr über die Wangen rollten. »Ich kann das nicht immer wieder von Neuem durchstehen, George.«

George sah an ihr vorbei. »Musst du auch nicht, alle wissen ja schon Bescheid, wussten es offenbar schon seit Jahren.«

Ihm war anzusehen, wie gedemütigt er sich fühlte. Mit hängenden Schultern und traurigem Blick stand er vor ihr. Da erst wurde ihr bewusst, dass sie viel zu dicht dran war, zu involviert, um seine Probleme nüchtern zu betrachten, deshalb trat sie innerlich einen Schritt zurück. Wenn er einer ihrer Patienten gewesen wäre, hätte sie auch von ihm erwartet, dass er sich nach Jahren der Abschottung und Isolation binnen einer Woche veränderte? Garantiert nicht, also war es auch nicht fair von ihr, mit dieser Erwartung an George heranzutreten, bloß weil sie sich in ihn verliebt hatte.

Es würde Zeit brauchen. Und Zeit konnte sie ihm geben. Zeit und Liebe, wenn er es zuließ.

Dass er sich bei ihr entschuldigen wollte, war ja schon mal ein erster Schritt.

»Macht doch nichts«, sagte sie. »Dafür brauchst du dich nicht zu schämen. Niemand ist perfekt.« Nessa stockte. »Ich glaube, ich schulde dir auch eine Entschuldigung. Ich war so damit beschäftigt, dir zu helfen, dass ich vielleicht nicht darauf geachtet habe, was du eigentlich willst. Ich hätte dir meine Freundschaft nicht aufdrängen sollen.« Nun ließ sie ihren Tränen freien Lauf.

Offenbar rührte es George, denn er schüttelte den Kopf und starrte auf seine Füße. Als er sie ansah, hatte auch er Tränen in den Augen.

»Du brauchst dich nicht bei mir zu entschuldigen«, setzte er an, doch sie brachte ihn mit einem Kopfschütteln zum Schweigen.

»Dann sind wir quitt«, sagte sie mit stockender Stimme.

Er nickte und holte zitternd Luft. Am Ende würde doch alles gut werden. Solange sie keine Wunder von ihm erwartete und Geduld hatte, würde es schon irgendwie klappen.

Nessa signalisierte Donald Daumen hoch und zog George ins Haus. Der stieß die Tür hinter sich zu und folgte ihr ins Wohnzimmer. Als sie ihn losließ und sich zu ihm umdrehte, lag ein Hoffnungsschimmer in seinem Blick.

»Ich gebe uns noch mal eine Chance, wenn du dabei bist«, sagte sie. Unwillkürlich verschränkte sie die Arme vor der Brust, ließ sie aber gleich wieder sinken. »Wir können das Problem gemeinsam angehen, aber nur, wenn du das wirklich willst. Du musst mir versprechen, dass du dich nicht gleich wieder zurückziehst, wenn Schwierigkeiten auftauchen oder es bei uns mal nicht so gut läuft, denn das ist in jeder Beziehung so.«

Nessa hielt den Atem an, denn sie fürchtete seine Reaktion. Wie schwer es für ihn war und wie unwohl er sich fühlte, konnte sie sich denken. Gleichzeitig war es der einzige Weg. George musste es selbst wollen.

Er räusperte sich und sah sie ernst an. »Ich versuch's.«

Realistisch betrachtet hätte seine Antwort nicht besser ausfallen können, dennoch sagte sie: »Wenn nicht, bekommst du es mit ganz Applewell zu tun. Nicht nur ich, sondern das ganze Dorf steht hinter dir. Du brauchst nicht allein zu sein, es sei denn, du willst es.«

»Ich will nie wieder allein sein«, entgegnete er, und sie wusste, was er damit meinte.

Vielleicht war es noch zu früh, ihm zu sagen, dass sie ihn liebte, aber wie hieß es noch so schön: Taten sagen mehr als Worte. Nessa nahm ihn in den Arm, drückte ihn fest: »Das musst du auch nie wieder.«

44.
Nessa

»Hier im Flur willst du also anfangen«, sagte Nessa und blickte zu den Zeitungstürmen auf. Bloß nirgendwo anstoßen. Allein den Flur auszumisten, war eine riesige Herausforderung, und George hatte eine Weile gebraucht, um sich mental dafür zu wappnen. Doch sie hatte ihm versprochen, dass er das Tempo bestimmen durfte.

»Vielleicht kann ja die Grundschule Zeitungen gebrauchen. Was meinst du? Soll ich da mal anrufen?«, fragte er.

»Warum nicht? Während du anrufst, fange ich schon mal an, einen Schwung Zeitungen ins Auto zu tragen.« Ihren Ford hatte sie schon bei ihm auf die Auffahrt gefahren, denn sie würden sicher ein paar Touren zum Wertstoffhof machen müssen. Doch wenn die Schule Altpapier brauchen konnte (oder zumindest einen Teil davon), umso besser, denn George würde sich leichter trennen, wenn er wüsste, dass die Zeitungen noch Verwendung fanden.

Sie hatte gerade den dritten Schwung zum Wagen gebracht, als George wieder auftauchte. »Tut mir leid, dass es so lange gedauert hat. Ich habe mit der Direktorin gesprochen, leider haben die im Moment keine Verwendung dafür, aber sie hat mir ein paar Tipps gegeben. Stell dir vor, wir haben uns über Pappmaché und Igel unterhalten.«

Nessa stutzte. Der Zusammenhang leuchtete ihr nicht ein.

George lachte fröhlich, und ihr wurde gleich leichter ums

Herz. »Sie kennt eine Frau, die schöne Dinge aus Pappmaché bastelt, und die Wildtierstation im Ort ist auch immer auf der Suche nach Streu für die Käfige, dafür sind Zeitungen ideal. Wer hätte das gedacht?«

Sie jedenfalls nicht!

»Ich habe bei der Wildtierstation angerufen, und die nehmen uns die Fuhre ab.« Er deutete zum vollgepackten Wagen. Auf einmal machte er ein sorgenvolles Gesicht. »Meinst du, es ist genug für alle da?«

Nessa sah ihm fest in die Augen und gab sich große Mühe, nicht wertend zu klingen: »Du hast genug, um die Künstlerin und auch die Wildtiere die nächsten Monate mit Papier zu versorgen. Lass uns den Wagen noch voll machen, ein bisschen passt noch rein, und dann liefern wir es gleich ab.«

»Okay!«

George wirkte übertrieben munter, wahrscheinlich wollte er sich ihr zuliebe nichts anmerken lassen. Gerade der Anfang musste ihm schwerfallen, doch mit der Zeit würde es hoffentlich leichter werden, je mehr er aussortierte und je mehr von seinem Haus wieder sichtbar wurde.

So, das war's. Der Wagen war beladen, Nessa klopfte sich die Hände an der Jeans ab und wartete auf George, der noch die Tür abschloss. Schon jetzt ließ sich die Haustür viel leichter öffnen, obwohl sie bloß die Zeitungen und Broschüren direkt hinter der Tür eingeladen hatten. Es würde ewig dauern auszumisten. Sie konnte nur beten, dass George am Ball blieb.

Ein paar Wochen später stemmte Nessa die Hände in die Hüften und sah sich in der Küche um. Schon viel besser! Die Waschmaschine war leer (wieso George kaputtes Geschirr darin aufbewahrt hatte, wusste der Geier) und Herd und Backofen waren auch wieder benutzbar. Nicht dass George hier groß kochen würde, er hatte die Geräte lediglich kurz angestellt, um zu sehen, ob sie noch funktionierten. Zum Essen kam er nämlich zu ihr. Mehr oder weniger wohnte er jetzt bei ihr im Cottage. Dass Nessa der Gedanke nicht gefiel, dass er inmitten all des Gerümpels schlief, war bloß ein Grund. Vor allem mochten sie nicht lange getrennt sein. Und Nessa weigerte sich strikt, mehr Zeit als nötig in Georges Bungalow zu verbringen – jedenfalls solange das Haus nicht vollkommen entrümpelt war.

Der Bungalow könnte ein unglaublich schönes Zuhause abgeben, aber dafür müsste er gründlich renoviert werden. In seinem jetzigen Zustand steckte er so tief in der Vergangenheit fest, dass sie den missbilligenden Atem von Georges Vater im Nacken zu spüren meinte, während sie seine gehorteten Besitztümer Kiste für Kiste aus dem Haus schleppte.

Nessa kniff die Augen zusammen und stellte sich vor, wie es hier mit einer neuen Küche aussehen würde. Den Kühlschrank würde sie dort hinstellen und den –

»Richtest du schon wieder alles in Gedanken neu ein?« George war leise hinter sie getreten. Er schlang die Arme um sie und küsste ihren Nacken. Nessa lehnte sich an seine breite Brust und sog den holzigen Duft seines Rasierwassers ein.

»Ertappt. Wie wär's, wenn du –?«

»Nein, ich baue hier keine neue Küche rein. Hast du ja auch nicht gemacht.«

»Ja, weil du bei mir gemalert hast.«

»Die Schränke hier kann ich auch streichen.«

»Schau sie dir doch mal an. Die fallen ja schon auseinander.«

»Die repariere ich einfach.« Er ließ sie los und öffnete eine Schranktür. »Ein paar Schrauben, ein Scharnier, dann ist der Schrank so gut wie neu.«

Nessa hatte ihre Zweifel. »Und … und … ich weiß nicht mal, wie man die Farbe nennt. Apricot? Das ist eher noch geschmeichelt.«

»Kann ich überstreichen.«

»Ist der Schrank nicht mit Melaninharz beschichtet?«

»Kann gut sein. Aber wenn man ihn entsprechend vorbehandelt, kann man bestimmt –«

Nessa legte ihm einen Finger auf die Lippen. »George, mein Schatz, ich weiß ja, dass du nichts wegschmeißen und immer alles wiederverwenden möchtest, das schätze ich auch an dir, aber diese Küche ist nicht mehr zu retten.«

»Da bin ich anderer Meinung. Stell dir doch bloß mal den Schrank in einem hübschen Blau vor …«

»Ich wette, du hast gerade einen Topf blaue Farbe in der Garage gefunden, stimmt's?«

Als George das Gesicht verzog, wusste sie sofort, dass sie den Nagel auf den Kopf getroffen hatte. Ihm fiel das Ausräumen nach wie vor schwer, aber er machte Fortschritte. Dennoch war es Tag für Tag ein zähes Ringen, ihn dazu zu bewegen, sich von Sachen zu trennen. Inzwischen wusste Nessa auch, wann es klüger war, klein beizugeben. Schließlich war es sein Weg. Sie stand ihm bloß bei. Außerdem liebte sie ihn. Was sie ihm bislang nicht gesagt hatte, aber bald tun würde.

Heute wollten sie sich das Zimmer vornehmen, vor dem sich George am meisten fürchtete: das Elternschlafzimmer. Wahrscheinlich würde er fast alles behalten wollen. Doch er hatte ihr auch gesagt, dass es ihm nicht guttue, dass Schrank und Schubladen noch voll mit der Kleidung seiner Mutter waren.

»Kann's losgehen?«, fragte Nessa. »Und denk dran: drei Stapel!«

Er nickte, doch ihm war anzusehen, wie er sich innerlich sträubte.

»Du musst es nicht machen, wenn du nicht willst«, sagte sie.

»Ich will nicht, aber ich muss. Ich habe mir nämlich Gedanken gemacht. Was, wenn ich plötzlich sterbe?«

»Hör bloß auf damit, davon will ich nichts hören.« Der Gedanke, ihm könnte etwas zustoßen, machte ihr Angst. Sie hatte ihn doch gerade erst gefunden, unvorstellbar, ihn gleich wieder zu verlieren.

»Jetzt mal im Ernst. Ich denke schon eine ganze Weile darüber nach. Wenn ich nicht bei Lebzeiten dafür sorge, dass die Sachen eine gute Verwendung finden, landet später alles auf dem Müll. Mairis Schlaganfall hat mir zu denken gegeben. Was passiert mit ihrem Haus und all den Dingen, die sie so liebt? Und was würde mit meinen passieren?«

»George …«

»Stimmt doch. Wenn sie zu ihrer Tochter zieht, wird sie sicher nicht alles mitnehmen, selbst wenn es Alison gelingt, eine Einliegerwohnung zu organisieren. Ich möchte selbst entscheiden, was mit meinen Sachen geschieht.«

»Finde ich morbide.«

»Ist doch bloß vernünftig. Was mir etwas bedeutet, bedeutet jemand anderem nichts.«

So konnte man es natürlich auch sehen. »Aber ein paar Kleinigkeiten willst du schon noch behalten, oder?« Entwickelte er sich jetzt etwa vor ihrer Nase zu einem Minimalisten?

»Klar. Und ich will sicher mehr behalten als nötig. Da kommst du ins Spiel. Drei Stapel und die Frage.«

»Okay. Bist du bereit?«

George atmete einmal tief ein und stieß den Atem schnaubend aus. »Bereiter werde ich nicht.«

Nessa nahm seine Hand und drückte sie. »Ich bin stolz auf dich. Du schaffst das. Außerdem müssen wir ja nicht alles heute erledigen, wir können uns Zeit lassen.«

Es würde ohnehin mehr als einen Tag dauern, doch sie machten sich beherzt ans Werk. Nessa hielt jedes Teil einzeln hoch und stellte die Frage: »Was machst du damit, wenn du's behältst?«

Etwas bloß »für alle Fälle« zu behalten, war dabei keine Option. Dinge wie zum Beispiel die Bohrmaschine waren davon ausgenommen, aber ein Paar Schuhe von Georges Mutter nicht. Sobald feststand, dass Sachen wegmussten, ging es weiter mit der Frage, wohin. Da kamen die drei Stapel ins Spiel: ein Stapel für Dinge, die George behalten wollte, einer für die Wohlfahrt und einer für die Müllabfuhr. Doch um diesen dritten Stapel gab es immer wieder Diskussionen.

»Damit kann man doch bestimmt noch was anfangen«, jammerte George, als Nessa ein altes Nachthemd hochhielt. Es war aus Biberstoff und hatte schon bessere Zeiten gesehen. So verblichen und fusslig, wie es war, taugte es nicht mehr für den Charity-Shop, und behalten wollten sie es auch nicht.

»Man könnte es zerschneiden und Putzlappen daraus machen«, meinte Nessa skeptisch. »Oh, warte mal, ich habe eine Idee!« Sie rannte zu sich, denn da hatte sie ihr Handy liegen lassen, und sie wollte eine ganz bestimmte Person anrufen.

Als sie zurückkam, hielt George noch immer traurig das Nachthemd in der Hand. Misstrauisch sah er sie an.

»Ist eine richtig gute Idee, glaub mir«, sagte sie, suchte auf dem Handy nach der richtigen Nummer.

»Gracie? Hier ist Nessa Millbrook, wie geht's dir?« Sie schaltete auf Lautsprecher, damit George mithören konnte.

»Danke gut. Und dir?«

»Super.« Nessa schenkte George ein breites Lächeln. »George mistet gerade ein wenig aus, und da wollte ich dich fragen, ob du vielleicht Kleidung gebrauchen kannst, die sich nicht mehr zum Verkauf eignet? Du kannst gerne Nein sagen, wenn du keinen Bedarf hast, aber ich wollte zumindest mal fragen.«

»Ist ganz erstaunlich, was man von alter Kleidung noch alles gebrauchen kann«, sagte Gracie. »Knöpfe, Haken und Ösen, Reißverschlüsse, Bänder und Futterstoff, oft kann man auch noch einen Teil des Stoffs verwenden.«

»Soll ich dir vielleicht ein paar Tüten vorbeibringen, oder möchtest du lieber herkommen und sie hier durchsehen?«

An dieser Stelle begann George wild zu gestikulieren, weil er natürlich auf keinen Fall wollte, dass Gracie zu ihm kam, aber Nessa ignorierte ihn einfach. Ein geselliger Mensch würde er nie werden, aber es war schon wichtig, dass er außer mit ihr auch noch mit anderen Leuten sprach. Der einzige andere Mensch, mit dem er sich wohlfühlte, war Mairi, die allerdings in ein weiter entlegenes Krankenhaus für Langzeitpatienten verlegt worden war.

Nessa hatte auch gar nicht vor, Gracie zu George einzuladen – dass ihn das überforderte, war ihr klar –, doch Nessa konnte sie ja bei sich zu Hause empfangen. Sobald George ein paar Säcke gepackt hatte, würde Nessa sie zu sich nehmen, dann konnte Gracie die Sachen in Ruhe bei ihr durchsehen.

Mit Gracie vereinbarte sie, dass sie später am Nachmittag vorbeikommen würde. Nach dem Telefonat sagte sie zu George: »Sie macht alles Mögliche aus Resten.«

»Also geht nichts davon auf den Müll?«, fragte er.

»Manches vielleicht schon«, meinte Nessa, »aber nur Dinge, mit denen wirklich niemand mehr etwas anfangen kann.«

George seufzte. »Na schön. Dann packen wir das Nachthemd mal in die Tüte für Gracie, in der Hoffnung, dass sie es nimmt.«

Nessa schleifte einen der Säcke hinüber zum Sofa, wo Gracie saß. George war drüben bei sich, angeblich musste er arbeiten, aber Nessa hatte den Verdacht, dass er nicht dabei sein wollte, wenn Gracie durch die Kleider seiner Mutter stöberte. Außerdem war er noch nicht bereit, mit anderen Leuten in Kontakt zu treten. Hin und wieder mal mit Alison, die jetzt immer von Freitag bis Montag im Haus ihrer Mutter wohnte. Unter der Woche war sie in Swansea, um zu arbeiten. Wenn Alison nicht konnte, übernahm Nessa gerne die Besuche bei Mairi. Es machte ihr nichts aus, und George auch nicht. Insgeheim genoss er die Besuche sogar, da war sie sich sicher.

Gracie bekam leuchtende Augen, als sie das erste Teil aus dem Beutel zog. »Wie toll!«, rief sie und hielt einen alten Wollmantel in traditionell walisischem Muster hoch. Ein Ärmelbündchen war eingerissen, und der Saum unten löste sich auch schon, so dass man das Futter sah. Außerdem fehlten zwei Knöpfe, was ihn ein wenig mitgenommen aussehen ließ.

»Den kann ich ausbessern«, verkündete Gracie beglückt und griff erneut in den Beutel.

Als sie das Nachthemd am Wickel hatte, mit dem alles angefangen hatte, sagte sie zu Nessa: »Das schneide ich in Streifen für Haare.«

»Wie bitte?«

»Stoffhaare für Puppen. Wenn man diesen Stoff in schmale Streifen schneidet, kringelt er sich von selbst. Perfekt für Puppenhaar.«

»Okay …«

»Du musst mal vorbeikommen, dann zeige ich dir, was ich meine.«

Bislang war Nessa erst einmal bei Gracie gewesen, als sie ihre Vorhänge und die Kissen abgeholt hatte. »Wenn ich das nächste Mal im Dorf bin, klingle ich mal bei dir.«

Am Ende nahm Gracie außer einen paar Schnipseln fast alles mit.

Bevor sie ging, brachte sie Nessa noch auf eine Idee, wie George weitere Dinge loswerden konnte. Es passte auch gut zu seiner Wirf-nichts-weg-Ideologie, gleichzeitig würde es ihn ermuntern, mit den Leuten aus dem Dorf in Kontakt zu treten.

Nun musste Nessa ihn bloß noch für diese Idee begeistern.

45.
George

George hatte mit Nessa in Löffelchenstellung geschlafen und löste sich nun von ihr. Es war noch früh, bloß die Vögel und die Katze waren schon auf, doch er war einfach zu angespannt, um zu schlafen. Er hatte schon ewig wach gelegen und gegrübelt, was die Leute wohl sagen würden.

Die meisten Dinge, die unter die Rubrik »Verpackungsmaterial« fielen, wie Pappe, leere Dosen, Kartons und Papier, waren schon entsorgt. Doch selbst nachdem sie säckeweise Kleidung und andere Haushaltsartikel zum Charity-Shop gebracht hatten, gab es immer noch unglaublich viel Krempel, und er wusste einfach nicht, wohin damit.

Nessa schon.

Anfangs war er von ihrer Idee nicht gerade begeistert gewesen. Er hatte sie rundweg abgelehnt, doch später eingelenkt, nachdem ihm klar geworden war, dass Catrin vom ortsansässigen Charity-Shop ihm nicht alles abnehmen würden. Die Gläser mit den Schrauben und Nägeln aus der Garage, den verrußten Vergaser oder die Kartons mit dem kaputten Geschirr wollte sie nicht haben. Aber vielleicht könnte es ja noch jemand gebrauchen …

In ein paar Stunden (in viereinhalb, um genau zu sein) würde es in seinem Vorgarten vor Leuten nur so wimmeln.

Bei dieser Vorstellung graute ihm.

Noch schlimmer wäre allerdings, wenn gar keiner käme.

Was, wenn ihn alle mieden, wie er es mit den anderen all die Jahre getan hatte?

George war so rastlos, dass er sich Schuhe anzog und rüber zu sich ging. Genauso gut konnte er jetzt schon anfangen, Tische aufzubauen und Laken und Decken auszubreiten, für alles, was ihm in die Hände fiel. Er hatte sich überlegt, dass er von Dingen, von denen er mehrere besaß, nur eines behalten wollte. Natürlich kam es immer ein wenig drauf an, was es war. Lange Bretter oder Spanplatten würden im Schuppen bleiben, denn wie sich ja erst kürzlich bei seinem Esszimmerfenster und Mairis Eingangstür gezeigt hatte, konnte man solche Dinge gut verwenden. Allerdings hatte er einräumen müssen, dass er nicht drei Marmeladengläser mit Nägeln der gleichen Größe brauchte.

Während er einen der Tische draußen bestückte, tauchte Nessa auf und rieb sich verschlafen die Augen.

»Du hast ja schon ohne mich angefangen«, meinte sie gähnend.

»Keine Sorge, es gibt noch genug zu tun. Hast du auch Lust auf einen Tee?«

»Ich koch uns einen. Und mach uns noch ein Schinken-Sandwich, bevor die Horden einfallen.«

»Meinst du, dass viele kommen werden?«

»Sehr viele, davon bin ich überzeugt, und wenn es nur aus Neugierde ist.«

»Hmm. Kann ich nicht solange drinnen bleiben? Schließlich verlange ich ja kein Geld dafür. Und meine Hilfe beim Abtransportieren brauchen sie auch nicht.«

»Kommt nicht infrage. Das würde sehr seltsam wirken.«

»Ist mir egal«, entgegnete er, aber das stimmte nicht. Im Grunde seines Herzens war es ihm nie egal gewesen, deshalb hatte er sich ja überhaupt erst so isoliert. Die Leute sollten nicht schlecht von ihm denken, wenn sie mitbekamen, wie es in seinem Haus aussah. Wie es in ihm aussah.

George stupste Nessa an. »Leg mal lieber los mit den Schinken-Teilen. Da haben wir schon den ersten Interessenten.«

Sid kam über den Gehweg geeilt, und George setzte probeweise ein Lächeln auf. Fühlte sich noch ein wenig ungewohnt an, aber vielleicht würde es ja im Verlauf des Morgens besser werden. »Sid, freut mich, dich zu sehen.«

»Ach ja? Oh … Freut mich auch.« Sid warf Nessa einen vielsagenden Blick hinterher. »Wir freuen uns alle so, dass ihr wieder zusammen seid. Es hätte mir echt leidgetan, wenn du hier allein verschimmelt wärst.«

Verschimmelt? Also als Verschimmeln hatte er sein zurückgezogenes Leben jetzt nicht empfunden.

»In deinem Alter verdienst du auch ein bisschen Glück«, fuhr Sid fort, und George blieb der Mund offen stehen. Von wegen Alter. Sid war sieben Jahre älter als er. Frechheit!

Doch bevor sich George eine passende Antwort zurechtlegen konnte, fügte Sid hinzu: »Ist kein Spaß, so alleine zu leben. Ich weiß, wovon ich rede.« Sid machte so ein tieftrauriges Gesicht, dass George sofort Mitleid bekam. Er hatte nicht geahnt, dass Sid einsam war – der Zeitungshändler hatte immer gut gelaunt gewirkt.

»Keine Sorge, ich habe ja meine beiden Söhne und die Enkel und all meine Freunde, also sollte ich mich nicht beklagen. Aber wenn Nessa eine Freundin hat …« Sid kicherte.

Nessa gehörte fest zu ihm. Bei diesem Gedanken wurde ihm ganz warm ums Herz. Die Sonne schien, und der Himmel war strahlend blau, es würde ein wunderbarer Tag werden, in mehr als einer Hinsicht.

»Ich kann nicht lange bleiben«, sagte Sid und warf einen Blick auf die Fülle der Dinge im Vorgarten. »Ich wollte nur mal kurz vorbeischauen, meine Unterstützung kundtun, und vielleicht kann ich ja was brauchen. Tatsächlich –« Sid lief zu einer Decke, auf der allerlei Klempnerzeug lag. »Der Wasserhahn sieht aus wie die bei mir im Bad. Der Heißwasserhahn ist noch in Ordnung, aber der Kaltwasserhahn hat einen Riss. Ich dachte schon, ich muss gleich beide ersetzen, weil es solche alten Hähne gar nicht mehr zu kaufen gibt.« Sid nahm den Hahn in die Hand und inspizierte ihn. Oben fehlte bloß die Plakette aus Emaille mit der Aufschrift *Heiß* oder *Kalt*. »Na, das Teil oben kann ich ja von meinem Hahn nehmen. Scheint bloß angeschraubt zu sein. Hast du was dagegen, wenn ich den mitnehme?«

»Nur zu, darum geht's ja heute.«

»Und du willst wirklich nichts dafür haben?«

George schüttelte den Kopf.

»Danke, Mann. Wenn du das nächste Mal eine Zeitung holst, geht die aufs Haus.« Sid nickte ihm zu und ging.

George wollte es nicht sagen, aber die Zeiten waren vorbei, in denen er Zeitungen gekauft hatte. Wenn er sie wenigstens gelesen hätte, wäre es ja eine andere Sache, aber keine davon hatte er je aufgeschlagen. Im Nachhinein wurde ihm bewusst, wie verschwenderisch diese Marotte gewesen war, aber wenigstens hatte er die Zeitungen für gute Zwecke spenden können.

Als Nessa beladen mit einem Tablett mit zwei dampfenden Teebechern und zwei Tellern mit Schinken-Sandwiches zurückkam, waren schon weitere Leute eingetroffen. Lottie Hargreaves, der es offenbar gelungen war, ihren drei Kindern zu entkommen, Eleri Jones, die ihm schelmisch zuzwinkerte, und Catrin Williams vom Charity-Shop. Im Laufe des Morgens schien ganz Applewell einmal seine Auffahrt hochgetrabt zu sein. Sogar Donald Mousel und Mrs Hayworth ließen sich blicken. George erinnerte sich noch an die peinliche Unterhaltung mit Mrs Hayworth im Zeitungsladen, als er zum ersten Mal Nessas Namen gehört hatte. Hätte er da schon gewusst, was er jetzt wusste, hätte er Mrs Hayworth kräftig umarmt.

Die meisten nahmen wenigstens ein Teil mit nach Hause, manche auch mehrere. Und die ganze Zeit über hörte George die Leute sagen: »Danach habe ich schon ewig gesucht« oder »Genau, was ich brauche«. Ihm war klar, dass Zeug übrig bleiben würde, darauf war er gefasst (gewissermaßen), aber worauf er nicht gefasst war, war die große Unterstützung von allen Seiten. Viele sagten, wie sehr sie sich freuten, ihn zu sehen (was implizierte, dass sie ihn die letzten Jahre kaum gesehen hatten), und alle schienen sich aufrichtig zu freuen, dass er und Nessa ein Paar waren. So sehr er sich auch bemühte, seine Gefühle für Nessa nicht allzu offensichtlich zur Schau zu stellen, gelang es ihm nicht, vor allem nicht, wenn sie immer wieder den Arm um ihn legte oder ihm einen Kuss auf die Wange gab.

Als eine der Letzten tauchte Alison auf.

»Wie geht's Mairi?«, rief Nessa sofort.

Alison seufzte. »Mürrisch, verdrossen, eine undankbare Patientin … aber ansonsten geht es ihr gut. Sie wird bald entlassen.«

»Das sind ja tolle Neuigkeiten!« Als George Alisons Gesichtsausdruck sah, fragte er: »Oder etwa nicht?«

»Nein. Sie will unbedingt wieder in ihrem Haus wohnen. Ich habe ihr erklärt, dass das nicht geht. Langfristig kommt sie nicht mehr allein zurecht, wenn überhaupt. Sie muss zu mir ziehen. Darüber ist sie gar nicht glücklich, und wenn ich ehrlich bin, ich auch nicht. So etwas zu sagen, gehört sich ja eigentlich nicht, aber ich weiß jetzt schon, dass es ihr bei mir nicht gefallen wird. Und wenn es ihr schlecht geht, geht's mir auch schlecht. Aber es muss einer ein paar Mal am Tag nach ihr sehen, wie soll das gehen, wenn ich so weit weg wohne?«

»Habt ihr schon mal über eine Einliegerwohnung nachgedacht?«

»Mein Mann und ich haben uns auf dem Markt umgeschaut, aber da war nichts, was wir uns hätten leisten können. Es sei denn, Mum verkauft ihr Cottage, aber davon will sie nichts wissen.«

»Schwere Entscheidung«, meinte Nessa mitfühlend. George wusste genau, was sie meinte. Sein Vater war damals auch nicht gerade begeistert gewesen, als George wieder bei ihm eingezogen war. Und George selbst auch nicht. Obwohl sein Vater Hilfe gebraucht hatte, und George seinen Vater geliebt und ihm diese Hilfe aus freien Stücken angeboten hatte, war es schwierig gewesen.

»Wenn wir dir irgendwie helfen können …?«, meinte Nessa.

Alison lächelte traurig. »Das ist wirklich nett. Ihr seid wirklich tolle Nachbarn. Wenn ich Mum zu mir geholt habe, würde ich euch vielleicht bitten, ein Auge aufs Haus zu haben, bis eine Entscheidung gefallen ist. Das würde mir eine Riesenlast nehmen, dann müsste ich nicht immer noch herfahren, um nach dem Rechten zu sehen.«

»Natürlich machen wir das. Sag Bescheid, wenn es einen Entlassungstermin gibt. Sollte sie wirklich zu dir nach Swansea ziehen, würden wir uns gerne vorher verabschieden«, sagte Nessa.

George hoffte, es würde nur ein Abschied auf Zeit werden, und Mairi würde doch eines Tages wieder in ihr Cottage zurückkehren. Nachdem er seine Nachbarin jetzt besser kennengelernt hatte, wollte er sie nicht gleich wieder verlieren.

Und wenn es ihr irgendwie möglich war, alleine zurechtzukommen, würde er alles tun, um ihr zu helfen.

Hilfe und Freundlichkeit machten die Welt zu einem besseren Ort, und seit Nessa nebenan eingezogen war, hatte er von beidem im Überfluss.

Da gab es noch etwas, das die Welt zu einem besseren Ort machte, und das war Liebe. Und er konnte es kaum fassen, dass er sie gefunden hatte.

George wartete, bis Alison gegangen war und sich auch die paar Nachzügler, die noch um die letzten Habseligkeiten im Vorgarten herumgeschlichen waren, verzogen hatten.

Es war an der Zeit, Nessa zu sagen, was er für sie empfand.

Er sollte sie zu einem romantischen Essen ausführen und es ihr dann sagen. Aber es hier inmitten der Überbleibsel seines alten Lebens zu tun, schien ihm passender. Vor ihm auf dem Rasen lagen die Reste. Sobald diese in Säcke verschnürt abtransportiert waren, gab es nichts mehr – außer einem Neuanfang, einem neuen Leben. Und dieses neue Leben wollte er mit Nessa teilen, der Frau, die es ihm erst ermöglicht hatte. Die Frau, ohne die er nicht mehr leben wollte.

»Nessa?« Wie zögerlich seine Stimme klang. Seine Unsicherheit würde er sicher nie ganz ablegen, mancher Schmerz saß einfach zu tief, doch mit Nessa an seiner Seite …

»Hmm?« Nessa räumte die Reste von einem der Tische und schaute auf.

Jetzt hatte er ihre volle Aufmerksamkeit. Doch wie ging es weiter? Sollte er ihr erst einmal danken? Ach was, einfach raus mit der Sprache. »Ich liebe dich.«

»Ich weiß. Ich liebe dich auch.«

»Ja?«

»Was denkst du denn!«

»Du hast es ja nie gesagt.«

»Ich habe darauf gewartet, bis du merkst, dass du mich liebst. Ich wollte dich nicht verschrecken.«

Wie gut sie ihn doch kannte! Vielleicht hatte er sich gleich vom Fleck weg in sie verknallt, als sie mit Sylvia durch den Garten spaziert war, nur dass er es da eben noch nicht gemerkt hatte. Wann genau er sich richtig in sie verliebt hatte, wusste er nicht. Die Liebe hatte sich so heimlich angeschlichen wie eine Katze an einen Vogel. Eines Tages war es ihm klar geworden.

»Würdest du … willst du … ich meine …«, stammelte er. Was stellte er sich bloß so an? »Bei mir einziehen?«, platzte er schließlich heraus.

Nessa lachte laut auf, und George rutschte das Herz in die Hose. »Vergiss es. Nicht, bevor du diese schreckliche Küche nicht erneuert hast. Und nicht mal dann. Ich hab 'ne bessere Idee: Du ziehst einfach zu mir. Du wohnst ja praktisch schon bei mir. Und wenn du den Bungalow ein wenig aufgemotzt hast, kannst du ihn verkaufen.«

George sah sie entgeistert an. »Ich soll den Bungalow verkaufen?«

»Ja. Du bist doch da gar nicht glücklich.«

Wo sie recht hatte, hatte sie recht. Es war an der Zeit, einen Schritt vorwärts zu machen, und dafür wäre es am besten, den Bungalow zu verkaufen. Wäre schon seltsam, nebenan zu wohnen, während jemand anderes in dem Haus lebte, das einmal ihm gehört hatte. Aber er würde schon damit klarkommen.

Mit Nessa an seiner Seite würde er mit allem klarkommen. Sie würde ihm schlicht keine andere Wahl lassen.

EPILOG

George

Irgendwie hätte sich George eine Art Abschiedszeremonie gewünscht, denn heute war der letzte Tag, an dem ihm der Bungalow gehörte.

Er hatte ihn verkauft und dafür nicht einmal einen Makler bemühen müssen, denn Mairi hatte ihn gekauft. Zwischen ihr und Alison hatte es gehörig Krach gegeben, bis beide übereingekommen waren, Mairis Cottage zu verkaufen, damit sie in den Bungalow ziehen konnte. Da alles ebenerdig war, würde es ihr das Leben erleichtern, und mit ein paar kleineren Umbauten und größeren Renovierungsarbeiten (bei denen George und Nessa versprochen hatten zu helfen) würde es ein schönes Zuhause für Mairi abgeben. So müsste sie auch nicht das Dorf verlassen, an dem sie so hing, denn George und Nessa wären gleich nebenan und könnten ein Auge auf sie haben. Bei Alison war viel Überredung vonnöten gewesen, doch am Ende hatte sie es geschluckt.

George sah sich zum letzten Mal um. Ohne all das Gerümpel und die vielen Möbel fühlte es sich nicht mehr wie das Haus an, in dem er einen Großteil seines Lebens verbracht hatte. Doch wenn er die Augen schloss, spürte er noch den Geist seiner Eltern und den seines alten Selbst. Schön, dass er nicht alle Verbindungen zu dem Haus abbrechen musste. Und dass kein Fremder darin wohnen würde. Mairi würde sich gut darum kümmern, das wusste er.

Er sollte rüber ins Cottage gehen. Nessa würde jeden Augenblick von der Wildtierstation zurückkommen, in der sie drei Tage die Woche aushalf und sich um verletzte Tiere kümmerte. George liebte ihre Geschichten über die kleinen Wesen, die sie wieder gesund pflegte, und hielt Nessa im Arm, wenn sie um die weinte, die es nicht geschafft hatten.

Die letzten fünf Monate waren eine Achterbahn der Gefühle gewesen. Wahrscheinlich musste man sich bei Nessa auf ein Leben voller Liebe, Lachen und Tränen einstellen. Durch sie waren Licht und Lebendigkeit in sein Leben getreten und hatten ihn aus seinem Schattendasein gezerrt. Jetzt hatte er das Gefühl, einen Platz an der Sonne zu haben. Zumindest im übertragenen Sinne, denn in Wales konnte man nie hundertprozentig auf die Sonne bauen, und in den letzten zwei Wochen hatte es mit wenigen Unterbrechungen ständig geregnet.

Heute hatte der Regen nachgelassen, und George hatte sich im Garten des Bungalows umgesehen, falls der Rasen noch einmal gemäht werden musste. Er wollte Mairi so gut es ging helfen, den Garten in Schuss zu halten, denn bei der Größe verwilderte er sonst im Nu. Mairi liebte den Garten, selbst würde sie wohl nur noch etwas darin herumpuzzeln können, deshalb wollte er ihr die groben Arbeiten abnehmen, damit sie darin sitzen und ihn genießen könnte.

Sicher war er nicht zum letzten Mal im Bungalow, dennoch fühlte es sich heute wie ein Abschied an. Später würde sich Alison die Schlüssel holen, damit die Renovierungsarbeiten beginnen konnten. George musste sich einen Moment sammeln, bevor er aus der Tür trat und seinem alten Leben für immer den Rücken kehrte.

Als er plötzlich eine schnelle Bewegung zu seinen Füßen wahrnahm und sich eine geschmeidige Gestalt um seine Beine wand, schrak er kurz zusammen.

»Ach, Sylvia!« Glücklich strich sie ihm um die Beine. Rieb ihr Köpfchen an seinem Knie und schnurrte. Ihr Schnurren erinnerte vage an einen Pressluftbohrer.

George runzelte die Stirn. Neben der Katze befand sich noch etwas vor der Tür. Er bückte sich.

Was machte denn diese Kuchendose hier? Und dann auch noch ein Zettel drauf, der mit einem kleinen Stein beschwert war?

Er sah hinüber zum Cottage. Nessas Wagen stand schon in der Auffahrt. Offenbar war er so in seine Erinnerungen versunken gewesen, dass er sie nicht hatte kommen hören.

Jetzt war sie allerdings nirgends zu sehen, deshalb klemmte er sich die Dose unter den Arm und las die Nachricht.

Nur ein kleines Zeichen der Zuneigung,
um dir zu sagen:
Ich liebe dich.

Deine Frau
Nessa x
(Nessa Nightingale)

Wie jetzt? Sie waren doch gar nicht verheiratet …

Ein Lächeln breitete sich über seine Lippen, als er die Nachricht vorsichtig zusammenfaltete und sie einsteckte. Dieses Stück Papier würde er auf jeden Fall behalten, und dagegen hätte sicher nicht mal der Putzteufel von nebenan etwas.

Fragte sie, was er hoffte, dass sie fragte?

Den Stein steckte er sich auch in die Hosentasche, den würde er noch brauchen, und dann widmete er sich der Dose. In dieser Kuchendose hatte sie ihm den allerersten Kuchen vor die Tür gestellt.

Mit pochendem Herzen öffnete er den Deckel.

Darin befand sich ein einziger Cupcake.

Als ihm der vertraute Duft von Zucker und Vanille in die Nase stieg, atmete er tief ein. Der Cupcake war mit einer mintgrünen Buttercreme – im Ton von Nessas Küchenschrank – glasiert. Doch seine Aufmerksamkeit war von etwas ganz anderem gefangen genommen.

Mitten auf der Butterglasur saß eine weiße Zuckerscheibe. Darauf waren zwei Schriftrollen gemalt, und dazwischen stand etwas geschrieben.

Willst du mich heiraten?

George wusste nicht, was er sagen sollte. Vielmehr wusste er es schon, aber er war so überwältigt, dass er keinen Ton herausbrachte.

Er nahm den Cupcake und stellte ihn auf den Tisch im Flur. Bei den vielen Schmetterlingen im Bauch war an Essen gerade nicht zu denken, das musste warten.

Schließlich hatte er jetzt Wichtigeres zu tun.

Er war Nessa eine Antwort schuldig.

Nessa

Nessa war übel. Was, wenn er Nein sagte? Das mochte sie sich gar nicht ausmalen, dennoch ging ihr die Frage nicht aus dem Kopf, machte sie ganz verrückt vor Angst.

Wie sollte sie bloß eine Zurückweisung verkraften? Wie könnten sie als Paar damit weiterleben?

O Gott, warum hatte sie bloß gefragt?

Es war doch alles gut zwischen ihnen. Was musste sie überhaupt daran rütteln, so eine Heirat war doch gar nicht nötig. Sie liebten sich ja auch so, ohne Ring und Trauschein.

Doch in der Hinsicht war sie eher altmodisch.

Nessa wollte ihren George unbedingt heiraten. Seine Frau sein. Sie wollte zu ihm gehören, und er sollte zu ihr gehören. Pech, wenn das nicht mehr zeitgemäß war und alle heute lieber als Partner denn als Eheleute zusammenlebten.

Aber wenn er nicht wollte? Wie würde er es ihr beibringen?

Hätte sie ihn bloß direkt gefragt und nicht diese alberne Notiz geschrieben und eine noch viel albernere Zuckerbotschaft auf einem ebenso albernen Cupcake.

Warum hatte sie das bloß getan?

Ihr Magen rebellierte, ihr Mund war trocken. Und ihr Herz wummerte, so dass sie Angst hatte, jeden Moment ohnmächtig zu werden.

Bestimmt hatte er die Nachricht längst gelesen. Was machte er denn überhaupt so lange noch da drüben? Er war doch schon seit Stunden im Bungalow!

Nessa sah auf die Uhr. Es waren erst zehn Minuten vergangen, seit sie herübergeschlichen war und ihm die Dose vor die Tür gestellt hatte.

Ihr kam es wie ein halbes Leben vor.

Obwohl sie die ganze Zeit gewartet hatte, erschrak sie, als draußen ein Geräusch ertönte. Sie rieb sich die feuchten Hände an der Jeans trocken und schluckte.

Ein leises Maunzen verriet ihr, dass es doch nicht George war.

Nessa atmete auf.

Sylvia hatte wirklich ein schlechtes Timing, außerdem hätte sie genauso gut hinten durch die Katzenklappe kommen können, die George extra für sie installiert hatte.

Wieder maunzte es.

Nessa stöhnte und öffnete zitternd die Tür. Sylvia schoss fröhlich quiekend ins Haus, doch Nessa hatte nur Augen für den Bungalow.

Die Dose war weg.

Dafür stand etwas vor ihrer Tür. Ihre Dose mit einem Zettel und einem Stein, der ihr vertraut vorkam.

Mit angehaltenem Atem und hämmerndem Herzen nahm sie die Dose hoch. So leicht, wie sie war, war sie leer.

Zaghaft faltete sie die Notiz auf. George hatte die Antwort direkt unter ihre Frage geschrieben.

Ja, ich will.
George Nightingale

Nessa sank zitternd gegen die Hauswand.

Er hatte Ja gesagt. Ja! Ja, ja, ja!

Sie hatte George nicht durch die Küchentür kommen hören, doch als er sie von hinten umarmte und ihr Haar küsste, sank sie in seine Arme. Denn da gehörte sie hin, und als sie sich glücklich zu ihm umdrehte, sah sie, wie glücklich auch er war.

»Eigentlich sollte ich dich Florence nennen«, murmelte er.

»Ich habe meine eigene Krankenschwester. Nessa Nightingale. Klingt schön, findest du nicht?«

Fand sie auch und bewies es ihm, indem sie die Tür zutrat und ihn an der Hand die Treppe hinaufzog. Bevor Alison die Schlüssel holte, blieben ihnen noch ein paar Stunden, die Nessa nutzen wollte.

Wie sagte George doch immer so schön: Wer weiß, wozu es gut ist …

ENDE

Katy Turner
Wo die Liebe dich findet
Roman
Aus dem Englischen von Marie Rahn
412 Seiten. Broschur
ISBN 978-3-7466-4051-8
Auch als E-Book lieferbar

Das Herz macht, was es will

Holly ist selbstbewusst und voller Energie, nur in der Liebe geht sie auf Nummer sicher – ein gebrochenes Herz tut einfach zu weh. Als die Tierärztin unverhofft in die schottischen Highlands versetzt wird, muss sie sich nicht nur an große Tiere gewöhnen, sondern auch an eigenwillige Dorfbewohner. Derart abgelenkt, vergisst sie, auf ihr Herz aufzupassen. Und ehe Holly sich's versieht, ist sie verliebt. In einen Mann, bei dem früher sämtliche Alarmglocken geschrillt hätten und der nun ihr Leben komplett auf den Kopf stellt.
Charmante Figuren vor der Traumkulisse Schottlands: der perfekte Feel-good-Roman für alle, die dringend eine Auszeit brauchen.

Regelmäßige Informationen erhalten Sie über unseren Newsletter.
Jetzt anmelden unter: www.aufbau-verlage.de/newsletter

atb aufbau taschenbuch

Olivia Anderson
Wiedersehen in Maple Creek
Roman
270 Seiten. Broschur
ISBN 978-3-98751-005-2
Auch als E-Book lieferbar

Far away from the City

Molly führt mit ihrem Freund Jackson ein glückliches Leben – wie sie meint, doch dann erhält sie eine Nachricht, die alles verändert. Ihre Tante Gynnie ist gestorben und hat Molly ihr kleines Hotel in Maple Creek im fernen Kanada vererbt. Mit einem schlechten Gewissen, weil sie ihre Tante in den letzten Jahren sehr vernachlässigt hat, macht Molly sich auf den Weg. Doch von der Idylle, wie Molly sie in Erinnerung hat, ist kaum etwas geblieben. Bevor sie das Hotel verkaufen kann, muss es renoviert werden – und zwar ausgerechnet von Nat, dem einzigen Handwerker weit und breit. Molly spürt, dass Nat sie für zickig und oberflächlich hält – und trotzdem ist da etwas, das beide zu verbinden scheint …

Eine Liebesgeschichte im fernen Kanada – turbulent, atmosphärisch und voller wunderbarer Figuren